COLLE

C000053704

Arto Paasilinna

Le bestial serviteur du pasteur Huuskonen

Traduit du finnois
par Anne Colin du Terrail

Denoël

Titre original :

ROVASTI HUUSKONEN
PETOMAINEN MIESPALVELIJA

Arto Paasilinna est né en Laponie finlandaise en 1942. Successivement bûcheron, ouvrier agricole, journaliste et poète, il est l'auteur d'une vingtaine de romans dont *Le meunier hurlant*, *Le lièvre de Vatanen*, *La douce empoisonneuse* et, en 2003, *Petits suicides entre amis*, livres cultes traduits en plusieurs langues.

PREMIÈRE PARTIE

L'OURSON ORPHELIN

1

Le triste sort d'une ourse

«Le Diable rôde parmi nous tel un lion rugissant!»

Le pasteur Oskar Huuskonen, appuyé des deux mains à la balustrade de sa chaire, fixait d'un regard implacable les paroissiens de Nummenpää assemblés à ses pieds, la tête courbée sous le poids du péché. L'église, construite en rondins résineux, était badigeonnée à l'extérieur de rouge de Falun et à l'intérieur d'un céleste bleu-gris. L'autel et la chaire étaient en vieux pin du Nord patiné. Au premier rang se pressaient les notables de la communauté: le conseiller aux affaires agricoles Lauri Kaakkuri, le propriétaire de la cimenterie Onni Haapala, le général de brigade Maksimus Roikonen, le docteur Seppo Sorjonen, le pharmacien, des professeurs, le directeur du bureau des permis de construire, le chef des pompiers… et la pastoresse Saara Huuskonen, une belle femme à l'air hautain qui semblait toujours beaucoup souffrir d'avoir à écouter les homélies de son époux.

«Mais quand Dieu lui cingle l'échine de son fouet, il y a du poil qui vole et le Malin chie dans son froc!»

Le pasteur doyen Oskar Huuskonen était un prédicateur bouillant qui ne ménageait pas ses ouailles, contrairement à ses jeunes collègues. Les périodes de crise exigent des prêtres à poigne, et il en était un.

Un peu plus tôt ce même jour, dans la même paroisse, une sage mère ourse apprenait à ses petits à trouver leur pitance. La vie étant ce qu'elle est, mieux valait se mettre en chasse pendant la nuit, quand les cruels humains étaient endormis, et sommeiller soi-même dans la journée au sein des sombres sapinières. Passer l'hiver assoupi dans sa tanière et mener l'été une vie libre et vagabonde.

Le printemps était déjà bien avancé, l'ourse brune était sortie depuis près d'un mois et demi de sa léthargie hivernale. Elle était accompagnée de deux oursons, un mâle et une femelle, un garçon et une fille, d'adorables et attendrissantes peluches nées sous la neige au fond de leur gîte, qui avaient maintenant la taille de petits chiens. La mise bas s'était passée à merveille, sans complications ni panique. Les ourses n'ont pas besoin de sage-femme, et les mâles n'assistent pas à l'accouchement. Tout se fait dans la nuit noire de la tanière, la mère se réveille à peine pour donner naissance à ses marmots, guère plus gros qu'une pelote de laine. Un coup de patte pour les mettre à la mamelle, et le tour est joué.

En cette fin du mois de mai, la nuit d'été était claire. Les trois boules de poils se promenaient sous la ligne à haute tension qui traversait la commune, sur un terrain couvert d'épais taillis de bouleaux et de sorbiers, entrecoupés, aux endroits les plus secs, de genévriers touffus et de jeunes sapins de Noël. Le canton de Nummenpää est voisin de ceux de Sammatti et de Somero, au nord-ouest du département d'Uusimaa, et la ligne à haute tension qui le fend transporte l'électricité des centrales du Nord vers la capitale, qui la consomme avidement. La mère ourse avait installé sa tanière à dix kilomètres du bourg, dans une profonde forêt de sapins vallonnée, et elle subsistait tout l'été dans les parages, rôdant à la lisière des hameaux, tuant parfois un élan ou un cerf, ou enseignant comme maintenant à ses petits l'art de se nourrir d'œufs de fourmi. Il y avait en effet une fourmilière sous la ligne à haute tension et l'ourse, arrivée là, la décapita d'un coup de patte avant de creuser loin à l'intérieur, d'une griffe prudente, jusqu'à atteindre l'étage où pullulaient les œufs blancs. Il ne restait plus qu'à porter d'un geste vif le caviar de fourmi à sa bouche, en prenant soin de ne pas avaler en même temps trop d'aiguilles de pin et autres saletés. Le mieux était en général de piller le nid dans la nuit, quand les ouvrières dormaient et que les larves étaient rangées en bon ordre à leur place. Les oursons farfouillèrent avec entrain dans la fourmilière afin de goûter aux friandises révélées par leur mère. C'était meilleur que des grenouilles, et moins acide que les canneberges qui avaient passé l'hiver sous la neige.

Quand ils se furent assez régalés, la mère rapetassa la fourmilière : il ne s'agissait pas de la détruire, juste de prélever la part de larves revenant aux ours.

Plus loin, dans une clairière où des arbres venaient d'être coupés, la mère arracha l'écorce d'une souche pour en faire surgir de gros vers blancs aux puissantes mandibules, auxquels les petits trouvèrent au moins aussi bon goût qu'aux œufs de fourmi. Les ours sont fines gueules dès leur plus jeune âge.

À l'aube, la famille courte-queue parvint aux abords du bourg, où la mère s'attaqua d'une patte experte à un rucher : elle fit une brèche dans le grillage, pénétra dans l'enclos avec ses petits, renversa une première ruche, en sortit habilement les rayons et lécha avec soin tout le miel, d'un air gourmand, indifférente à l'affolement des abeilles. Sans les briser, elle empila par terre les cadres nettoyés. Cette femelle n'était ni brutale ni querelleuse.

Après leur festin de miel, les ours continuèrent de longer la ligne à haute tension jusqu'à l'orée du village. Un spitz se mit à aboyer. La mère ordonna à ses petits de se cacher au pied d'un arbre et se plaqua elle-même au sol, puis, comme le chien ne se calmait pas, elle laissa échapper un sourd grondement d'avertissement. Les poils du spitz se hérissèrent sur sa nuque, sa queue recourbée lui tomba entre les jambes et il fila dans sa niche, d'où l'on ne vit plus dépasser que l'extrémité tremblante de sa truffe humide.

Au bout d'un moment, l'ourse se releva, huma longuement l'air et, constatant que tout était calme, reprit sa route avec ses petits. Près de la station électrique se dressaient quelques maisons et, à la lisière de la forêt, des hangars dont l'un abritait la brasserie artisanale de la SARL Malts et Moûts de Nummenpää. Il s'en échappait dans la fraîcheur de l'aube une excitante odeur de bière à laquelle l'ourse était incapable de résister. Elle fit le tour du bâtiment, cherchant un accès, mais toutes les portes étaient verrouillées. Il ne restait plus qu'à y pénétrer par effraction : elle s'appuya de tout son poids contre un vantail de tôle qui lentement céda et s'enfonça, presque sans aucun bruit. Après avoir écouté un moment, l'ourse entra, suivie par ses petits.

Il faisait sombre à l'intérieur, mais grâce à leur infaillible instinct animal, les ours trouvèrent sans peine la cuve où fermentaient deux cents litres de moût épais. C'est qu'ils avaient soif ! La mère lapa avec avidité le liquide mousseux, et les oursons se dressèrent sur leurs pattes de derrière pour fourrer eux aussi leur museau dans le brassin. Après quelques ébrouements, ils y prirent vite goût. L'ourse buvait à grandes lampées, ce n'est pas tous les jours qu'on trouve aussi bon ! Les courtes-queues s'interrompirent un moment pour examiner de plus près le hangar, découvrirent une grande huche à demi pleine d'orge malté et s'en goinfrèrent à pleines pattes, puis retournèrent se désaltérer. Ils commençaient à bien s'amuser, la bière leur était montée d'un coup à la tête, leur faisant oublier leur prudence naturelle ; les oursons se mirent à faire les fous et la mère elle-même avait envie de danser la sarabande, seule la sagesse de l'âge la retenait encore.

Les petits avaient maintenant la colique, mais le monde est assez vaste pour ne pas se noyer dans un peu de chiasse d'ours. Et comme les courtes-queues ne portent pas de culotte, ils ne risquent pas de se salir, même s'ils font un peu trop la java.

Après avoir bu jusqu'à plus soif, la mère fit sortir ses petits de la brasserie et les emmena se reposer un peu sous la ligne à haute tension. L'ourse était grande, elle pesait au moins 150 kilos et mesurait facilement 80 centimètres au garrot. Avec son poil dru et ses pommettes ébouriffées, c'était une femelle plus séduisante que la moyenne. Elle avait du succès auprès des mâles de la région et n'avait pas particulièrement besoin, en période de rut, d'user de ses charmes pour les attirer, elle en avait en général déjà bien assez à ses trousses.

Les trois ours étaient plus que pompettes ; au lieu de rentrer chez eux dans la forêt, ils poursuivirent gaillardement leur route vers la station électrique. En chemin, ils tombèrent sur la maison de l'organisatrice de banquets Astrid Sahari. De nouvelles odeurs de nourriture leur chatouillèrent les narines : irrésistiblement attirée par l'alléchant parfum de mets délicats, la mère ourse décida de s'introduire dans la resserre de la traîteuse, malgré le jour déjà levé. Elle arracha sans mal la porte de ses gonds. La truffe frémissant d'enthousiasme, les courtes-queues se glissèrent dans le petit chalet où l'on avait rangé la veille au soir des dizaines de plats de fête de toutes sortes : coulis et estouffades, sauces en tout genre, ragoût carélien, gratin de pommes de terre aux harengs, tresses briochées, fraisiers, salades et autres délices qui leur firent définitivement perdre la tête. Ils plongèrent leur museau velu dans les succulents desserts, leurs langues râpeuses léchèrent avec béatitude les viandes en sauce, gelées tremblotantes et gigots d'agneau fumés disparurent d'autorité dans leurs estomacs. Les ours firent patte basse sur le délectable résultat de semaines de travail de l'organisatrice de banquets Astrid Sahari. Le festin avait été commandé pour un mariage : on devait bénir ce jour-là l'union d'un bon à rien notoire, le conducteur de pelleteuse Hannes Loimukivi, et de la fille unique du propriétaire de la cimenterie locale, Marketta Haapala, un peu simplette mais douce et aimante, tous deux membres de la paroisse et âgés de quarante ans. L'industriel Onni Haapala avait décidé d'offrir un somptueux repas de noces qu'Astrid Sahari s'était chargée de préparer. C'était ce banquet que les trois ours ivres s'employaient sans remords à dévorer à belles dents.

On entendit sonner les cloches du campanile de l'église en bois rouge de la paroisse de Nummen-pää, mais les pillards ne s'en émurent pas. Ils étaient habitués à leur tintement métallique, dont l'écho étouffé parvenait parfois, en plein hiver, jusque dans leur tanière. D'après leur expérience, le vacarme des cloches divines était inoffensif.

Les oursons, tout à la joie de leur première cuite, ne purent cependant s'empêcher de grogner et de chahuter, les tréteaux chargés de victuailles s'écroulèrent, plusieurs jattes se brisèrent sur le sol, les cassolettes de sauce roulèrent dans les coins. L'organisatrice de banquets Astrid Sahari accourut, encore en robe de chambre, pour voir d'où venait le bruit.

Doux Jésus! La resserre était pleine d'ours, le museau tout barbouillé de crème et de confiture!

La traîteuse s'empara du balai posé sur le perron

du chalet et l'agita en direction des vandales. Il faut dire qu'Astrid n'avait pas froid aux yeux ; au cours de ses cinquante ans d'existence, elle en avait vu des vertes et des pas mûres et avait même été mariée à deux reprises — chaque fois, soulignons-le, à des conducteurs de bulldozer, gros mangeurs et francs buveurs.

L'ourse se prit sur le nez un coup de balai furieux. Les petits se réfugièrent derrière leur mère. Ils couinaient, terrifiés par la vue de l'organisatrice de banquets courroucée brandissant son houssoir sur le seuil de la porte.

La mère ourse, affolée, prit la défense de sa progéniture. Elle agrippa d'une patte hargneuse la permanente d'Astrid, lui fit lâcher son balai et l'envoya valser du perron jusque loin sur la pelouse. Puis elle ordonna à ses petits de grimper à l'abri dans un arbre du jardin. Les oursons, toujours piaillant, escaladèrent avec agilité un gros sapin touffu. L'organisatrice de banquets en profita pour fuir au grand galop, hurlant à pleins poumons. Elle courut à la clôture de la station électrique, priant pour que la grille ne soit pas verrouillée. Elle ne l'était pas, grâce au ciel. Le soulagement d'Astrid fut cependant de courte durée, car l'ourse se rua sur ses talons vers le transformateur. Seule solution, face au péril, monter à un pylône à haute tension en acier, haut de plus de vingt mètres.

Ainsi fit-elle, et l'ourse de même.

C'est à cet instant précis que retentit le glas de l'église de Nummenpää. Un dénommé Aarno Malinen, opérateur de concasseur de son état, était mort dix jours plus tôt et aujourd'hui, devant son cercueil, le pasteur doyen Oskar Huuskonen, ministre du culte, déclarait :

« Tu es poussière, Malinen, et tu retourneras à la poussière. Au jour du jugement notre Sauveur Jésus-Christ te ressuscitera et te délivrera. »

Huuskonen se demanda si dans le cas présent il n'aurait pas mieux valu parler de roche concassée plutôt que de poussière, mais le respect de la liturgie interdisait de prendre de telles libertés.

Malinen était donc défunt, mais il ne resta pas seul dans son voyage vers l'au-delà. L'organisatrice de banquets Astrid Sahari grimpait lestement toujours plus haut sur le pylône d'acier, la gueule rouge de l'ourse aux basques de son peignoir. Que valait-il mieux, s'agripper à la ligne à haute tension ou mourir déchiquetée entre ciel et terre par un fauve assoiffé de sang ? Avec une logique toute féminine, Astrid Sahari empoigna des deux mains les câbles sous tension. Un immense arc électrique jaillit : la pauvre femme fut d'abord saisie comme un rosbif, puis cuite à point comme un gigot à l'étouffée, et enfin desséchée et racornie comme un lavaret grillé sur la braise.

Le sort de l'ourse protégeant ses petits ne fut pas plus heureux : elle planta ses crocs dans le pied fumant de l'organisatrice de banquets et reçut en récompense une décharge électrique peut-être encore plus terrible que la première. Elle se trouva instantanément transformée en gibier rôti et son épaisse fourrure s'enflamma telle une torche. Sa carcasse carbonisée resta accrochée au pylône à haute tension, le corps noirci de l'organisatrice de banquets entre les dents.

L'épouvantable accident fit sauter l'électricité dans toute la paroisse, les lumières s'éteignirent, et l'inséminateur retraité Yrjänä Tisuri, qui se trouvait sous assistance respiratoire dans le service hospitalier du centre médical, faillit y passer. L'agent de maintenance ne réussit pas en effet à mettre en marche le diesel du groupe électrogène de secours, et il fallut pratiquer le bouche-à-bouche afin de garder le patient en vie. La tâche ne fut guère plaisante pour l'infirmière, vu que Tisuri avait toujours mâchouillé une chique nauséabonde et évitait d'autant plus soigneusement de se brosser les dents qu'il était maintenant parvenu à un âge avancé.

Dans le jardin de l'organisatrice de banquets Astrid Sahari, près de la station électrique, deux oursons geignaient en haut d'un sapin, le cœur serré d'une peur affreuse. Ils n'avaient pas encore compris qu'ils étaient désormais orphelins.

2

Mariage forcé à Nummenpää

L'église en bois de Nummenpää a été édifiée au
XVIIe siècle. La tradition rapporte qu'il se trouvait
auparavant à cet endroit une petite chapelle en
rondins où l'on célébrait l'office dans les grandes
occasions, l'été et parfois même l'hiver, sous l'égide
de la paroisse mère de Somero. Mais Nummenpää
était maintenant une paroisse indépendante, dirigée
par le pasteur doyen Oskar Huuskonen. Ce dernier
était marié et avait avec la pastoresse deux enfants
adultes, des filles, qui avaient depuis longtemps
quitté le foyer pour se marier à leur tour. La vie
n'était pas gaie, dans cette commune rurale perdue
au milieu des forêts du département d'Uusimaa, et
le pasteur, qui se sentait souvent seul, souffrait de
vague à l'âme. C'était un ecclésiastique au tempé-
rament de feu, qui se serait plutôt vu exercer son
apostolat dans une paroisse plus vaste et plus importante, ou, mieux encore, au sommet de la hiérarchie
d'un diocèse. Mais malgré tous ses efforts, il n'avait

pas réussi à s'extraire de Nummenpää. Peut-être fallait-il en voir la raison dans ses interprétations parfois dérangeantes de la Bible, ses prêches souvent radicalement éloignés du texte du jour, ou ses violentes prises de position critiques dans la presse religieuse. Oskar Huuskonen était docteur en théologie et avait fait sa thèse sur l'apologétique, autrement dit la défense de la vérité chrétienne, dont il s'était alors érigé en ardent partisan. Mais ces temps étaient loin et il n'était plus aujourd'hui très sûr de la solidité de ses arguments, ni même de sa foi.

La pastoresse Saara Huuskonen, née Lindqvist, enseignait le suédois au collège de Nummenpää et aurait bien aimé elle aussi résider dans une bourgade plus riche et plus animée, mais avec la crise et le chômage qui secouaient le pays, il n'y avait aucun poste vacant et personne ne semblait avoir besoin d'une professeure de langue de quarante-neuf ans. Cela n'avait rien d'étonnant, et n'était en aucune façon de la faute d'Oskar Huuskonen, mais la pastoresse en voulait malgré tout à son époux d'avoir à passer le restant de ses jours dans ce triste trou aux sombres hivers moroses et aux étés étouffants rythmés par le bourdonnement des mouches sorties des fosses à purin des paysans. Si Oskar avait été ne serait-ce qu'un peu plus accommodant, au sens positif du terme, et donc en un mot plus conciliant et plus tolérant, de nombreuses possibilités d'avancement se seraient certainement offertes à lui au sein de l'Église. Car après tout, la principale mission d'un prêtre est de prôner la charité et l'humilité. Par quel démon était-il possédé, pour vouloir si souvent, dans la vie, critiquer ses supérieurs et pinailler sur de vaines questions théologiques ? Un homme sensé aurait gardé la bouche close et trouvé du travail au siège du diocèse, à Helsinki, avant de se faire nommer évêque au bout d'un délai convenable. Et ce n'est qu'après avoir fait en sorte de tirer sa femme de cet endroit perdu qu'il se serait permis de disserter sur des points de doctrine.

Ce dimanche, le texte du jour, tiré de l'Ancien Testament, citait Moïse parlant à Josué :

« Choisis-nous des hommes, sors, et combats Amalek. »

Le pasteur Oskar Huuskonen évoqua le combat de tout un peuple, faisant remarquer que l'Union européenne ne pourrait rien pour les Finlandais s'ils n'avaient pas la foi et si leur main tremblait au moment du vote décisif. Il commenta également le livre d'Abdias, chapitre I, verset 2 :

« Voici, je te rendrai petit parmi les nations, tu seras l'objet du plus grand mépris. »

Ce n'était pas un prêche lénifiant. Les paroissiens écoutaient leur berger l'oreille basse, car rares sont ceux qui sont exempts de tout péché parmi les hommes, et encore plus parmi les peuples, et les

menaces du prophète Abdias relayées par Huuskonen tombaient dans un terreau fertile.

« Des nations entières peuvent être pareilles à un
lion rugissant », tonna-t-il.

Une fois le service funèbre en l'honneur de l'opérateur de concasseur Aarno Malinen terminé, on
sonna brièvement le glas, puis vint le tour de la cérémonie nuptiale. Au cours de son ministère, Oskar
Huuskonen avait eu l'occasion d'apprendre à bien
connaître — tant spirituellement que charnelle-
ment, aussi gênant soit-il de le reconnaître —, la
mariée, Marketta Haapala, une blonde au teint de
farine mentalement attardée, fille du propriétaire
de la cimenterie. La pauvre folle était enceinte. Il
était toutefois de notoriété publique que le responsable en était Hannes Loimukivi, qui, soumis à de
multiples pressions, avait accepté de l'épouser. Le
pasteur en personne lui en avait d'ailleurs touché
un mot, en termes plutôt virils.

Au son de la marche nuptiale de Mendelssohn, les
futurs époux remontèrent la nef centrale vers l'autel.
Tout semblait en ordre, à part peut-être la mine ren-
frognée du fiancé. L'église était pleine de monde, les
paroissiens venus à l'office étaient restés pour assister
à la bénédiction de ce couple mal assorti.

Soudain, les lumières s'éteignirent. Une coupure de courant. Le pasteur Huuskonen émit
silencieusement un vœu. Que la lumière soit ! S'il y

25

avait un mariage qu'il aurait préféré ne pas célébrer dans l'obscurité de la vieille église en bois, c'était bien celui-là. Mais même ainsi, les fiancés parvinrent enfin devant lui. Il les regarda d'un air sévère et commença la cérémonie. Il avait décidé d'adopter la version longue de la liturgie, agrémentée de nombreuses citations de la Bible. Il avait aussi l'intention de prononcer un discours empli de bons conseils, à l'attention particulière du marié. Ce vaurien avait besoin d'apprendre à vivre.

Le pasteur Huuskonen prit pour thème de ses exhortations le livre de Néhémie, chapitre XII, verset 27 :

« Lors de la dédicace des murailles de Jérusalem, on appela les Lévites de tous les lieux qu'ils habitaient et on les fit venir à Jérusalem, afin de célébrer la dédicace et la fête par des louanges et par des chants, au son des cymbales, des luths et des harpes. »

Il souligna qu'en ce jour l'on se réjouirait autant dans la paroisse de Nummenpää que lors de la consécration du nouveau temple de Jérusalem, des milliers d'années plus tôt ; dans cette petite bourgade reculée résonnerait ainsi, à défaut de cymbales, le son de l'accordéon, et l'on se régalerait du festin cuisiné par l'organisatrice de banquets Astrid Sahari, l'on danserait et l'on chanterait. Mais au milieu de ces réjouissances terrestres, il convenait de se rappeler qu'à la noce succédait immanquablement la vie quotidienne et que mieux valait, dans celle-ci, s'en remettre à Dieu et suivre le droit chemin.

À cet instant du discours du pasteur, un pilier de bistrot à demi soûl entra en courant dans l'église. Alors qu'il se promenait sur la route, au sortir de l'estaminet local, il venait d'être témoin d'une scène atroce, la mort de l'organisatrice de banquets Astrid Sahari et d'une ourse, au sommet d'un pylône électrique. L'ivrogne beugla :

« Arrêtez tout ! L'Astrid a grimpé avec une ourse sur un poteau de la ligne à haute tension ! Elles sont mortes toutes les deux ! Grillées ! »

La cérémonie nuptiale s'interrompit dans un désordre indescriptible, aggravé par l'agent de maintenance des services publics communaux, Rainer Hyhkönen, qui avait lui aussi couru de toute la vitesse de ses jambes à l'église. Sur le seuil, il cria d'une voix forte qu'on avait besoin d'urgence dans la cave de l'hôpital de l'aide d'un costaud, il fallait mettre en marche le diesel qui, en cas de coupure de courant, faisait tourner le groupe électrogène. Il n'y avait pas un instant à perdre, un patient sous oxygène luttait contre la mort.

« Il faut le démarrer à la manivelle, la batterie est à plat, je ne peux pas faire ça tout seul. »

Le pasteur Oskar Huuskonen dut se résoudre à annoncer aux paroissiens que la cérémonie était suspendue, mais reprendrait à une heure qui serait indiquée plus tard, de préférence dès que la catastrophe serait jugulée. Le futur marié en tête, la foule se rua hors de l'église sans écouter la fin de ses propos. La malheureuse fiancée s'effondra sur un banc, serrant dans ses mains tremblantes son bouquet composé des plus belles fleurs des champs de ce début d'été. Des larmes brillaient dans les yeux timides de la pauvre femme abandonnée.

Au triple galop, Oskar Huuskonen partit avec Hyhkönen en direction de la cave du service hospitalier du centre médical. En passant devant la station électrique, il vit sur le pylône à haute tension deux silhouettes fumantes dont il était difficile de savoir qui était l'organisatrice de banquets, et qui l'ourse. Ce n'était pas le moment de rester à méditer sur la question, il fallait courir mettre le diesel en marche afin de fournir du courant au respirateur et sauver la vie du malade.

Dans la cave, Huuskonen tourna la manivelle du diesel à la force du poignet tandis que l'agent de maintenance réglait les compteurs ; le moteur toussa et s'alluma, un courant salvateur circula dans le réseau électrique de l'hôpital, le respirateur se réactiva et l'on put remettre son masque à oxygène à l'inséminateur retraité moribond Yrjänä Tisuri.

L'infirmière en nage alla s'écrouler dans la salle de repos, les mains crispées sur la poitrine.

« Le métier de soignant est parfois rude », haleta-t-elle.

Le pasteur Oskar Huuskonen repartit vers l'église. Les abords de la station électrique grouillaient de monde. Les corps de l'organisatrice de banquets et de l'ourse avaient été descendus du pylône à haute tension par la grande échelle des pompiers. Astrid Sahari avait été recouverte d'une couverture, mais le cadavre de l'animal gisait tel quel sur la pelouse. Il flottait dans les airs une odeur de viande brûlée.

On avait trouvé dans un sapin voisin deux oursons apeurés que l'on avait attrapés et enfermés dans la resserre. Il y régnait un désordre épouvantable, signe certain que des courtes-queues s'en étaient donné à cœur joie.

Tout le village était sens dessus dessous. On racontait aussi que le fiancé, Hannes Loimukivi, avait profité du chaos pour s'éclipser en douce. Pendant que sa promise en pleurs l'attendait à l'église, il avait pris la fuite.

Le pasteur Oskar Huuskonen ne se déclara pas vaincu. Il réunit une patrouille d'une demi-douzaine d'hommes afin de rattraper le fiancé évadé. On ne le trouva bien sûr pas chez lui, ni au bistrot. On fouilla les maisons les plus proches, ainsi que celles de ses amis, jusque dans les placards et sous les lits, mais sans résultat. Quelqu'un finit par suggérer que Loimukivi avait pu filer au chalet de la société de chasse, au bord du lac de Nummenpää, vu qu'il en était vice-président et ne courait pas seulement les femmes, mais aussi le gibier. C'est là qu'on le trouva : il était monté dans le grenier du sauna, où il pensait être bien caché. On le fit descendre de là sans ménagement, et le pasteur Huuskonen l'entraîna à l'écart pour une petite conversation en tête-à-tête.

L'entretien pastoral fut plus musclé qu'à l'accoutumée. Le ministre du culte souligna le caractère sacré des liens du mariage et renforça le poids de ses paroles en fourrant le museau du fiancé dans un buisson d'orties. L'on parvint ainsi à un arrangement à l'amiable : le fiancé reviendrait docilement à l'église, et le pasteur mènerait en bonne et due forme à son terme la cérémonie interrompue.

Empruntant le camion des pompiers, Huuskonen parcourut ensuite en long et en large les rues du bourg afin d'annoncer par l'entremise du haut-parleur installé sur le toit que la bénédiction nuptiale reportée à cause de l'accident reprendrait dans une demi-heure.

« Une réception se tiendra au domicile du père de la mariée, mais compte tenu des circonstances, le banquet est annulé. »

Le village retrouva son calme et bientôt l'église

se remplit à nouveau de paroissiens curieux d'assister à l'événement. La mariée était belle, le marié, dans son costume sombre légèrement froissé, avait la mine grave et le visage luisant de brûlures d'orties, mais sinon tout allait pour le mieux. Le pasteur adressa quelques mots de réconfort aux parents et amis de l'organisatrice de banquets Astrid Sahari. Puis il bénit sèchement le couple présent devant lui, selon la formule la plus courte et sans trop cultiver de citations bibliques.

3

Le cadeau d'anniversaire du pasteur Huuskonen

Une semaine avant la Saint-Jean, le pasteur Oskar Huuskonen fêta ses cinquante ans. Il était né le 17 juin à Rovaniemi, dans la famille d'un chef de flottage. La guerre mondiale venait de connaître un tournant décisif, le succès initial des Allemands avait fait place à une défaite sanglante. Ils avaient subi des revers en Afrique, et même les Juifs se rebellaient à Varsovie. Oskar avait un peu plus d'un an quand toute la Laponie avait été vidée de ses habitants et que les Finlandais s'étaient retournés contre leurs anciens frères d'armes. Les Huuskonen avaient été évacués en Suède comme tous les autres civils. Quand la famille était revenue chez elle, dix-huit mois plus tard, Rovaniemi n'existait plus. Les Allemands l'avaient réduite en cendres, il ne restait plus de cette ville auparavant si active qu'une forêt de cheminées.

L'Association des amis de la chorale de l'église de Nummenpää, présidée par Taina Säärelä, une sexagénaire qui enseignait dans le même établissement que la pastoresse Saara Huuskonen, s'était chargée des préparatifs officiels du cinquantième anniversaire du pasteur. L'on choisit les hymnes et les cantiques que l'on chanterait pour l'occasion, le général de brigade Maksimus Roikonen — qui se trouvait posséder une villa à Nummenpää — fut invité à prononcer un discours, et l'on réfléchit au cadeau à offrir au héros du jour. Il fallait quelque chose d'original et d'emblématique. C'est alors que quelqu'un suggéra de faire don au pasteur de l'ourson mâle que l'on avait recueilli à peu de frais dans le sapin du jardin de l'organisatrice de banquets Astrid Sahari. On avait réussi à confier la petite femelle aux bons soins du parc animalier d'Ähtäri, mais son frère était plus difficile à caser et se trouvait donc toujours à Nummenpää. On le gardait enfermé dans le garage du chef des pompiers Rauno Koverola, où on le nourrissait comme un chien. On avait beau avoir proposé l'orphelin non seulement à Ähtäri, mais aussi au zoo de Korkeasaari et jusqu'à Luleå, en Suède, personne n'en voulait. On n'avait pas pour autant le cœur de le tuer, et voilà que s'offrait l'occasion d'en faire cadeau au pasteur Oskar Huuskonen. L'idée semblait bonne, car l'homme était originaire de Laponie, et fils d'un chef de flottage, donc en un sens proche de la nature primitive et sauvage, du moins par sa naissance, et le gratifier d'un ours semblait tout à fait approprié. D'autant plus que l'on échapperait ainsi à la nécessité de lancer une collecte auprès des paroissiens pour l'achat d'un autre présent.

Personne n'ajouta tout haut qu'un ours vivant était un cadeau particulièrement bien choisi pour l'intransigeant ministre du culte : il aurait là de quoi méditer. C'était en outre une bonne occasion de rabattre son caquet à l'arrogante pastoresse imbue de sa personne et de son statut de suédophone, toujours prompte à critiquer Nummenpää et ses habitants. Quand elle aurait à nourrir l'ourson et à nettoyer le tapis du salon de ses crottes, peut-être se rendrait-elle compte de ce que les gens pensaient d'elle. On pouvait aussi secrètement espérer que lorsque l'ours aurait grandi, il se déciderait, un jour de rogne, à se jeter sur le pasteur et la pastoresse avec assez de sauvagerie pour laver d'un coup tous les affronts accumulés.

La professeure de collège Taina Säärelä prit contact avec le ministère de l'Agriculture, qui délivra concernant l'ourson une autorisation de détention d'un animal sauvage, au motif que sa génitrice était morte et que si on le relâchait dans la nature il y mourrait car il ne savait pas encore chasser seul et se méfier des dangers de la vie.

Par l'intermédiaire de la Ligue nationale des malvoyants, on trouva dans la commune voisine de

Somero un vannier aveugle à qui l'on commanda un panier solide où enfermer l'ourson. Il y avait d'un côté une chatière — ou plus exactement une oursière —, et de l'autre une petite fenêtre par laquelle le courte-queue pouvait passer la truffe pour humer l'air. On étala au fond une couverture douillette. Pour finir, on acheta pour l'animal une écuelle chromée, un collier à boucle d'argent et une muselière sur mesure. On l'emmena jusqu'à la ville de Lohja afin de le faire toiletter dans un salon de beauté pour chiens, et il fut ainsi prêt à être remis à son nouveau maître. On noua autour du panier de larges rubans de soie et l'on disposa dessus un bouquet de fleurs. Tous ces préparatifs se firent bien sûr à l'insu du pasteur et de la pastoresse. Comme il n'était pas tout à fait dit qu'ils apprécieraient le présent à sa juste valeur, il fut jugé plus prudent d'éviter de poser des questions oiseuses et de faire au berger quinquagénaire de la paroisse la surprise de ce cadeau, qu'il veuille ou non d'un ours.

Vint enfin le jour de l'anniversaire du pasteur Oskar Huuskonen. Plus de cent invités, dont l'évêque du diocèse de Helsinki, Uolevi Ketterström, se pressaient à la réception organisée à la maison paroissiale. En ouverture, la chorale de l'église entonna le psaume I, verset 3 :

« Il est comme un arbre
Qui donne son fruit en sa saison,
Et dont le feuillage ne se flétrit point :
Tout ce qu'il fait lui réussit. »

Le général de brigade Maksimus Roikonen, un grand escogriffe — prénom oblige — approchant la cinquantaine, officier de l'armée de terre, prononça ensuite un discours ampoulé retraçant dans un style martial les principales étapes de la vie du pasteur Huuskonen, et termina son allocution par des félicitations sans fioritures. Puis on chanta en suédois, en action de grâces, la dernière strophe du traditionnel psaume C :

« Célébrez-le, bénissez son nom !
Car l'Éternel est bon ; sa bonté dure toujours,
Et sa fidélité de génération en génération. »

Les représentants des associations remirent leurs cadeaux et leurs bouquets. La chorale de l'église chanta de nouveau, cette fois un air profane, *Hisse et ho, matelot !*, après quoi l'on apporta le cadeau-surprise, le panier où le petit ourson orphelin attendait ses futurs maître et maîtresse.

Dans l'allégresse générale, on présenta l'offrande au pasteur Huuskonen. Celui-ci n'avait aucune idée de ce que contenait le panier, mais quand il eut défait les rubans de soie, le mystère fut levé. De la petite fenêtre surgit un bout de truffe humide. La pastoresse gémit :

« Par les cornes de Belzéb… »

Le pasteur lança un regard noir à son épouse. Le moment était mal choisi pour laisser échapper des jurons, même si le cadeau d'anniversaire le laissait lui aussi pantois. Mais le mal était fait, de ce jour on appela tout naturellement l'ourson Belzéb.

Taina Säärelä y alla du compliment de circonstance. Elle évoqua la virilité maintes fois prouvée du héros du jour, rappela son amour bien connu des animaux et souligna que rien ne pouvait mieux convenir qu'un ours mâle pour honorer le bien-aimé berger de cette paroisse.

« Cher Oskar, tu as parfois toi-même tout d'un ours : tu veilles d'une poigne paternelle à entretenir la contrition de tes ouailles, tu es un prêtre énergique et zélé, mais nous savons tous qu'il y a aussi en toi de la tendresse et, oserai-je dire, une douceur comparable à celle de l'épaisse fourrure de cet animal », déclara-t-elle.

On sortit l'ourson de son panier et l'on invita le pasteur à le prendre dans ses bras. Un journaliste de la *Gazette de Nummenpää* joua des coudes pour photographier le quinquagénaire et son ours. Ce dernier lécha la joue rêche du pasteur, effleurant même son rabat de sa langue, et tous songèrent que la photo serait excellente.

L'évêque clôtura la fête par une prière dans laquelle il souhaita à Oskar Huuskonen de vivre jusqu'à un âge avancé sous l'aile du Seigneur. Voyant l'ourson folâtrer aux pieds du pasteur, il ajouta :

« Longue vie à toi aussi. »

Plus tard dans la soirée, lorsque le pasteur et la pastoresse, de retour chez eux, eurent disposé toutes les fleurs dans des vases et se furent retrouvés en tête-à-tête, ils se préparèrent des cocktails bien tassés et se laissèrent tomber épuisés sur le canapé.

« À ta santé », dit Saara Huuskonen d'un ton las. Puis elle ajouta avec plus de mordant :

« Quelle idée, aussi, d'escalader ce pylône électrique, comment cette idiote d'Astrid a-t-elle pu croire qu'on pouvait échapper à une ourse en grimpant quelque part ? Du coup, j'ai dû préparer de mes mains des gâteaux et des biscuits au gingembre pour des centaines de personnes, comme si je n'avais que ça à faire, déjà que le jardin est tout desséché.

— S'il te plaît, Astrid n'a même pas encore été inhumée.

— Pour ce qu'il reste à enterrer, un simple tas de cendres ! »

Voyant l'ourson mordiller un coin du sofa, Saara

lui donna une tape sur le nez. Avec un glapissement, il se réfugia sur les genoux d'Oskar.

« Laisse cet ours tranquille.

— Il vient à peine d'arriver et il abîme déjà les meubles. »

Huuskonen vida son verre d'un trait. Puis il ôta son costume noir d'ecclésiastique et enfila sa tenue de pêche.

« Je vais faire un tour dans l'île, poser des filets.

— Le jour de ton anniversaire ?

— Je n'ai plus très envie de faire la fête.

— Emmène ce sac à puces, il sent le chien mouillé. »

Le pasteur Oskar Huuskonen prit l'animal sous son bras et sortit. Il s'installa au volant de sa voiture pour se rendre au lac de Nummenpää, où il mit sa barque à l'eau. Il fit asseoir l'ourson sur le banc de proue et empoigna les rames. Le courte-queue avait l'air effrayé, mais quand Oskar lui eut parlé d'un ton rassurant, il se calma et se mit à regarder le paysage. À un kilomètre environ sur le lac, il y avait une île avec quelques chalets, dont l'un servait de cabane de pêche aux Huuskonen. Le pasteur accosta au bout du ponton et débarqua l'ourson à terre. Puis il alla chercher deux filets dans le hangar et reprit la barque pour aller les jeter en bordure de la roselière. L'ourson, geignant d'un air inquiet, vint sur le ponton regarder ce que faisait son maître, mais comme ce dernier ne s'éloignait pas plus que ça, il se tut.

Oskar Huuskonen alla relever la nasse qui reposait à une petite distance de la rive. Au fond se débattaient quelques perches et gardons. Il offrit les poissons à l'ourson, qui les renifla d'abord d'un air sceptique, puis, les jugeant comestibles, les mangea de bon appétit.

Quand le pasteur eut terminé, il s'allongea sur l'herbe. Le soleil se couchait, teintant de rouge les nuages blancs. Les pensées se bousculaient dans son esprit, à propos de lui-même et de sa foi. Cinquante ans, c'est une longue période dans l'existence d'un homme. Plus de la moitié, largement plus de la moitié de sa vie s'était maintenant écoulée. Qu'avait-il accompli ? Sa foi était-elle toujours solide et sincère ? Eh bien… c'était à voir. Il avait un doctorat en théologie, la charge d'une paroisse, un titre de doyen, une famille, ce chalet dans l'île. Ce n'était pas grand-chose.

« Mais j'ai quand même aussi un ours. »

Belzéb, étendu aux côtés de son maître, regardait lui aussi la splendeur du soir.

4

Scènes de ménage et nouvelles disciplines sportives

Depuis qu'il avait fêté ses cinquante ans, le pasteur Oskar Huuskonen se sentait las et fatigué de sa mission sacerdotale. À l'époque où il n'était encore qu'un jeune vicaire, à Somero, il courait sans relâche d'un bout à l'autre de la paroisse au service du Seigneur, mais maintenant la lourdeur de la tâche lui pesait, il n'était plus autant porté par les ailes de la foi. Heureusement, la paroisse de Nummenpää, avec plus de 5 000 fidèles, était assez grande pour lui avoir donné droit à de l'aide, en la personne d'une pâle vicaire au visage boutonneux. La pauvre n'avait rien d'un régal pour les yeux. Pourquoi fallait-il que la faculté de théologie admette en son sein des femmes au physique aussi ingrat, alors qu'elle aurait aussi bien pu recruter des étudiantes un peu plus séduisantes ? Les études de théologie sont réservées aux pires laiderons de l'université, c'est un fait, alors que les beautés divines s'inscrivent en lettres pour travailler leur français…

et les fumeuses mal habillées et mal embouchées, mais diablement sexy, en sciences sociales. Oskar Huuskonen se rappelait encore parfaitement les castes de sa jeunesse estudiantine.

Au regard de l'efficacité de la propagation de la foi, la beauté extérieure était pourtant peut-être plus importante que la flamme intérieure — dans le cas des femmes, s'entend. Huuskonen avait été en son temps un ardent partisan du pastorat féminin, il avait signé dans la presse de vigoureux articles sur l'égalité et autres, et voilà pour quel résultat.

Mais bon, la vicaire de la paroisse ne pouvait rien à son physique. Sari Lankinen, à vingt-neuf ans, était une fiancée de Jésus qui psalmodiait et priait avec ardeur et récitait la liturgie les mains tremblantes, si confite en dévotion que le pasteur en avait parfois carrément honte.

Dans la semaine qui suivit la Saint-Jean, le travail ne manqua pas. Dès le lundi matin, Oskar Huuskonen dut s'occuper à son bureau d'un monceau de paperasses, s'entretenir au téléphone avec de nombreux interlocuteurs, prendre des dispositions pour deux mariages et pour les funérailles de l'organisatrice de banquets Astrid Sahari. En raison de l'autopsie médico-légale et de l'enquête approfondie diligentée par l'administration, l'enterrement avait dû être reporté, et ce n'était que maintenant, après un interminable délai, qu'Astrid trouverait enfin un repos éternel bien mérité.

À dix heures, l'ouvrier forestier Jukka Kankaanpää entra dans le bureau du pasteur, chaussé de ses bottes cloutées, le casque de protection sous le bras. Il voulait se marier, et sa fiancée tenait absolument à une cérémonie religieuse. Le problème était que Kankaanpää avait officiellement rompu avec l'Église, dans sa jeunesse, et devait maintenant réintégrer la communauté des croyants. Emporté par son militantisme communiste, il n'avait même pas fait sa confirmation. Huuskonen l'informa qu'il devrait en passer par l'apprentissage du catéchisme.

« Le catéchisme ? Je ne me vois pas trop aller m'asseoir avec les enfants, à près de quarante ans. »

Le pasteur le rassura, il n'aurait pas à effectuer le stage d'instruction religieuse des jeunes confirmands. Il suffirait qu'il lise le catéchisme et vienne prendre des leçons particulières cinq soirs de suite, l'enseignement requis serait ainsi bouclé dans la semaine.

« Il ne me restera plus qu'à vous confirmer dimanche prochain.

— Et comme ça je pourrai communier ?

— Communier et vous marier, aussi sec.

— On ne peut pas dire que j'aie vraiment la foi. Ce n'est pas gênant ? »

Le pasteur Huuskonen déclara qu'une foi sincère n'était pas essentielle en soi. Du moment que l'ouvrier forestier s'efforçait de considérer Dieu et la religion sous un jour positif, il était sur la bonne voie.

« La foi peut prendre tant de formes, il y en a d'inébranlables et de moins assurées. »

L'ouvrier forestier Jukka Kankaanpää bûcha le catéchisme de Luther, apprit les dix commandements et leur signification et s'imprégna de tous les autres points importants, y compris les devoirs d'un futur chef de famille envers les siens, détaillés au chapitre cinq.

Une fois les urgences de la matinée expédiées, le pasteur Huuskonen rentra déjeuner chez lui et en profita pour nourrir l'ourson. Après le repas, il se rendit à la réception donnée pour le quatre-vingtième anniversaire de la conseillère en économie domestique Emilia Nykyri. La vieille dame habitait une petite maison à la sortie du bourg. Le pasteur fit un bref discours, l'assistance chanta les versets 2 et 3 du cantique *Seigneur Jésus-Christ, mon bonheur,* puis l'on prit le café. On évoqua les funérailles d'Astrid Sahari, qui donc les paierait, la défunte n'avait pas de famille. Huuskonen révéla que l'organisatrice de banquets avait un compte en banque bien garni, on la porterait en terre à ses propres frais.

« C'est vrai, on a toujours bien gagné son pain

dans les métiers de bouche», s'exclama joyeusement l'octogénaire conseillère en économie domestique.

Dans l'après-midi, le pasteur Oskar Huuskonen discuta de la réfection de la toiture en bois de l'église. Deux bardeautiers étaient arrivés de Lumparland, dans les îles d'Åland, afin de mesurer le toit et faire un devis. Huuskonen se déclara satisfait de leur proposition et promit de défendre le dossier devant le conseil presbytéral.

Après que les bardeautiers ålandais s'en furent allés, confiants, le pasteur s'attaqua à un autre grand projet. Le fossoyeur de la paroisse se plaignait depuis déjà longtemps de son dos et demandait qu'on lui achète une pelleteuse. L'homme avait recueilli les offres de deux vendeurs de matériel agricole et il fallait maintenant choisir entre elles. Huuskonen opta pour une Valtra de fabrication finlandaise, produit de l'usine Valmet, qui était paraît-il très maniable et assez puissante pour creuser dans la terre gelée.

Si la paroisse ne s'était pas décidée à acheter une pelleteuse, il aurait fallu mettre le fossoyeur à la retraite. Ç'aurait été injuste, car il avait creusé tout au long de sa vie des centaines, voire des milliers de tombes dans le cimetière de Nummenpää.

Le pasteur Huuskonen se dit que la pelleteuse serait sans doute encore en service quand il mourrait et qu'on creuserait sa tombe.

«Elle pourrait même être encore sous garantie», songea-t-il avec un brin de mélancolie.

Le pasteur était attendu pour une conférence à la société de bienfaisance de Nummenpää, mais comme l'enterrement de l'organisatrice de banquets Astrid Sahari était prévu le soir même, il n'avait pas le temps d'y aller. Il s'occupa donc de rédiger l'oraison funèbre du plus fameux cordon-bleu du canton qu'il prononcerait à la salle des fêtes de la maison paroissiale. Il ne vint que peu de monde, la traîteuse était déjà oubliée. Elle avait nourri de son vivant des milliers de bouches gourmandes, mais pour ses propres funérailles, seuls étaient présents quelques fidèles, qui n'eurent droit, en guise de festin, qu'à du café et à des biscuits au gingembre du commerce.

Le pasteur Oskar Huuskonen tint un discours émouvant en mémoire d'Astrid. Il avait choisi pour thème l'Évangile selon Jean, chapitre XXI, verset 15 :

«Jésus lui dit : "Pais mes agneaux."»

Dans ce passage, l'apôtre raconte comment Jésus est apparu à ses disciples au bord d'un lac, en s'arrangeant au passage pour leur assurer une pêche miraculeuse.

Le pasteur compara le travail culinaire de l'organisatrice de banquets Astrid Sahari à une œuvre de charité manifestant son souci et son amour du prochain. Lors de l'apparition de Jésus, l'on avait mangé du poisson et du pain, ce qui était naturel, puisque les disciples étaient des pêcheurs. Astrid aussi appréciait le poisson. Quantité de délicieux filets fumés, rillettes de saumon, quenelles de brochet, harengs salés, vendaces ou brèmes au four… c'est ainsi que la traîteuse avait régalé durant des décennies les convives des fêtes de Nummenpää. Comme les disciples, Astrid était aussi une excellente boulangère : elle savait à merveille pétrir les miches de seigle, les pains aigres-doux, les galettes d'orge et les baguettes, faire sécher les biscottes et confectionner les pirojki.

« Mais l'homme ne vit pas que de pain. Notre chère défunte était aussi imbattable pour ce qui est des viandes ! Un véritable don du ciel ! »

Le pasteur Huuskonen énuméra pieusement les mets les plus exquis des banquets d'Astrid :

« Souvenons-nous par exemple de ses gigots d'agneau ou de ses jambons mitonnés… de ses délicieux museaux de porc et autres plats en gelée ou de ses fricassées de lagopèdes, blancs de faisan, rognons frits à l'huile et épaules de renne séchées, sans parler de son pâté d'élan de renommée nationale ! »

Les quelques personnes présentes écoutaient le discours du pasteur l'eau à la bouche. Une fois les dernières prières dites, l'on but le café en vitesse, et tous coururent manger de leur côté, car l'enterrement de l'organisatrice de banquets leur avait donné un appétit d'ogre. Le pasteur Huuskonen se dépêcha lui aussi de rentrer chez lui, où l'ourson l'attendait, affamé. Il lui coupa un généreux morceau de cervelas, puis demanda à son épouse ce qu'il y avait pour le dîner.

La pastoresse lui apporta une barquette de risotto au foie de génisse du supermarché, trancha de mauvais gré pour l'accompagner quelques rondelles de cornichon à la russe, remplit un verre d'eau et se retira dans sa chambre. Huuskonen fit fondre une noisette de beurre dans l'écœurante bouillie et la mastiqua à contrecœur. Ce simple repas était certes un don de Dieu et méritait à ce titre tout le respect du monde, mais le pasteur trouvait néanmoins peu conforme à sa position d'avoir à avaler une nourriture tout juste bonne pour les chiens.

Quand il eut fini de manger, Oskar prit l'ourson dans ses bras et clopina vers la chambre où son épouse irritée l'attendait de son côté de la couche conjugale.

«Je ne veux pas de cette bête dans mon lit, décréta-t-elle d'un ton aigre.

— Mais ce pauvre petit Belzéb a pris l'habitude de dormir là, et il te réchauffe les pieds à toi aussi», plaida le pasteur.

La pastoresse se redressa belliqueusement sur ses oreillers.

«Tu ne comprends donc pas, espèce d'ahuri, qu'aucune femme saine d'esprit ne peut vouloir dormir dans le même lit qu'un ours!»

Saara Huuskonen se lança dans une litanie de récriminations: elle ne supportait plus de s'occuper de l'hygiène de cet animal, ses aisselles sentaient la tourbe, il ne se léchait pratiquement jamais le derrière, ses dents puaient le poisson pourri si on ne les lui lavait pas de force tous les jours et en plus, cette saleté essayait de mordre quand on le toilettait, il n'avait toujours pas appris à s'asseoir sur la cuvette des W.-C. et semait ses crottes dans tout le jardin et jusque devant le canapé du salon, pas plus tard qu'hier.

Oskar Huuskonen fit remarquer à son épouse que dans sa jeunesse elle avait été très heureuse de pouvoir se glisser sous les mêmes draps que lui et lui avait souvent murmuré à l'oreille, dans sa fougue, qu'il était beau et fort comme un ours.

«Mais maintenant que tu en as un vrai sous la main, ça n'a pas l'air de te plaire.

— Que cette sale bête aille au diable! Je veux pouvoir dormir tranquille.»

On enferma Belzéb dans son panier, mais quand on éteignit la lumière, il se mit à geindre, apeuré, empêchant ses maîtres de trouver le sommeil. Oskar tenta de convaincre Saara d'autoriser le petit ourson qui pleurait emprisonné tout seul à venir les rejoindre. La pastoresse perdit patience et chassa son mari du lit conjugal.

« J'en ai assez des ours ! Hors d'ici tous les deux ! »

Oskar Huuskonen emporta le panier de Belzéb dans le salon et déplia le canapé-lit pour s'y installer avec l'ourson. Une fois libéré de sa cage, le courte-queue s'endormit satisfait aux pieds de son maître. Par moments, dans son sommeil, il effleurait de sa langue la jambe poilue du pasteur. Ce dernier resta encore longtemps éveillé, à méditer sur son existence.

Le lendemain matin, le pasteur Huuskonen, fatigué, s'attaqua sans grand enthousiasme à ses habituelles tâches administratives. Les bureaux de la paroisse allaient fermer quand un jeune agriculteur entra, un javelot à la main et un gros rouleau de corde à linge sur l'épaule. C'était Jari Mäkelä, un sportif d'une trentaine d'années, qui voulait s'entretenir avec le pasteur d'une affaire importante.

« Je me demandais si la paroisse ne pourrait pas me louer le campanile de l'église pour m'entraîner, comme on n'y sonne presque plus jamais les cloches, vu qu'on utilise des enregistrements. »

L'idée de louer le campanile était suffisamment étrange pour que le pasteur veuille en savoir un peu plus.

Mäkelä posa son javelot contre le mur et sa corde

à linge sur une chaise. Puis il expliqua qu'il s'était mis à pratiquer les sports de lancer selon une nouvelle méthode, plus exigeante que la normale.

« Ça me revient, maintenant. Vous êtes le Jari Mäkelä qui a remporté le concours de javelot du championnat régional d'athlétisme ? »

Le sportif rougit de contentement. On se souvenait quand même encore de lui, et le pasteur se rappelait même la forme éblouissante dans laquelle il avait été, en cet été 1989. Il avait réalisé un lancer de 63,22 mètres, un sacré résultat !

« Je pratique maintenant le lancer ascensionnel, à la verticale, et j'aimerais bien pouvoir m'entraîner cet été dans le clocher, pour perfectionner ma méthode. »

Le pasteur Oskar Huuskonen annonça à Mäkelä que l'on reparlerait plus tard de la location du campanile, pour l'instant il n'avait pas le temps. L'évêque venait de téléphoner et l'attendait pour déjeuner.

L'agriculteur adepte des disciplines de lancer revint dès le lendemain matin voir le pasteur dans son bureau, cette fois sans son javelot, mais toujours avec son rouleau de corde à linge sur l'épaule. Huuskonen commençait à être un peu irrité par l'insistance du sportif, qu'avait-il, cet ahuri, à vouloir à tout prix utiliser le campanile ? Ne comprenait-il pas qu'on ne fait pas de sport dans une église ? Et puis on ne peut pas lancer le javelot dans un clocher, Mäkelä le prenait-il pour un demeuré ?

« Ne vous énervez pas. Je me disais juste que cette tour vide serait pratique pour m'entraîner et développer cette nouvelle discipline. »

Jari Mäkelä expliqua qu'il lui était venu l'idée de lancer le javelot à la verticale, dans un mouvement ascensionnel, ce qui exigeait qu'il y ait assez d'espace, et donc de hauteur de plafond, au-dessus de l'athlète, avec de préférence une trappe dans le toit pour que le javelot puisse filer dans les airs. Dans ce contexte, il était venu réitérer sa demande de location du campanile pour le restant de l'été.

« Il est vide et ne sert à rien, la paroisse pourrait en tirer un peu d'argent. »

Le pasteur Huuskonen demanda à Mäkelä où il avait pratiqué jusque-là le javelot ascensionnel.

« Dans mon séchoir à grain, mais il est devenu trop bas de plafond. Mes performances se sont beaucoup améliorées. »

Jari Mäkelä joua fièrement des biceps. Le pasteur se rendit à l'évidence, il y avait là une nouvelle discipline et son pratiquant acharné. Il ne pouvait toutefois pas pour autant consentir à un usage sportif du campanile, même si le projet était digne d'intérêt et susceptible, qui sait, de faire la renommée de la paroisse de Nummenpää et, au-delà, du pays et de la nation entière.

« Je suis allé faire des essais, quelques week-ends de suite, dans un silo de l'Administration des greniers de l'État, à Salo, qui se trouve être vide pour cause de travaux, mais il est beaucoup trop haut, les javelots retombent à l'intérieur. Je suis obligé de porter un casque. Et le silo doit de nouveau être rempli dans deux semaines. »

Cette nouvelle discipline commençait à intéresser le pasteur, au point qu'il alla chercher la clef du campanile chez le bedeau afin de visiter les lieux avec Mäkelä. La corde à linge s'avéra utile : le lanceur de javelot ascensionnel grimpa au dernier étage de la tour et mesura l'espace libre. De la plate-forme des cloches, il cria :

« Plus de 12 mètres ! Mon record est de 14,33. Ce serait parfait, à condition de garder la trappe du toit ouverte. »

Le pasteur pria Mäkelä de redescendre. Il expliqua qu'il serait dangereux de lancer des javelots dans le campanile, ils risquaient de retomber n'importe où près de l'église sur le dos des gens. D'après le sportif, le danger n'était pas si grand. On pouvait provisoirement entourer le clocher de barrières et mettre des panneaux indiquant que des projectiles étaient susceptibles de jaillir de temps à autre de la trappe du toit.

« Je vous promets de ne pas m'entraîner pendant les offices et les enterrements », fit valoir Mäkelä.

Le pasteur réfléchit, mais parvint vite à la conclusion qu'il était hors de question de louer le clocher. Il était déjà considéré dans la paroisse, et même au-delà, comme un ecclésiastique autoritaire et extravagant, alors que dirait-on s'il autorisait de telles activités dans le campanile de son église ? Un péquenot cinglé qui y lancerait le javelot en poussant des hans serait un véritable danger public.

« Impossible. Mais est-ce que vous ne pourriez pas pratiquer le lancer ascensionnel ailleurs, par exemple dans un puits suffisamment profond ? On a rarement vu un été aussi sec, tout le monde se plaint que le niveau de l'eau est au plus bas. »

Jari Mäkelä n'avait pas songé à cette possibilité. Splendide ! Il avait toujours considéré que le pasteur Huuskonen était un homme de bon conseil et il en avait là une nouvelle preuve.

Le sportif voulut aussitôt partir à la recherche de puits taris pouvant servir d'aire de lancer. Le pasteur décida de l'accompagner, les bureaux allaient de toute façon fermer et il n'avait pas ce jour-là d'autres obligations.

Il n'y avait plus dans le centre de l'agglomération de puits accessibles, car un réseau communal de distribution et d'évacuation des eaux avait été construit dans les années soixante-dix. Mais dès la sortie du bourg, la moindre maison en avait un. Les puits tubulaires n'étaient pas utilisables à des fins sportives, mais il y avait dans les hameaux de la paroisse largement assez de bons vieux ouvrages de surface. Le pasteur prit sa voiture pour emmener Jari faire le tour des fermes et mesurer avec sa corde à linge la profondeur des puits. La plupart étaient trop étroits pour qu'un sportif dans la force de l'âge puisse s'y entraîner au lancer de javelot, et beaucoup contenaient encore trop d'eau. Certains propriétaires accueillirent le projet avec scepticisme, peinant à voir l'intérêt de développer de nouvelles disciplines sportives. La présence du pasteur Huuskonen était cependant de nature à dissiper les doutes.

Au bout de deux heures de recherches, on trouva un puits adéquat à Rekitaival, à six kilomètres du bourg. L'endroit n'était pas non plus bien loin de la ferme de Mäkelä, dans le hameau de Mäkiniitty, et le sportif pourrait ainsi pratiquer sa nouvelle discipline tous les soirs s'il voulait. Le puits était profond de 11 mètres et son cuvelage était constitué de 22 buses en béton de 140 centimètres de diamètre, empilées verticalement. Les trois dernières buses baignaient dans une eau si contaminée par le purin de la ferme qu'elle n'était bonne qu'à arroser les légumes. L'ouvrage se prêtait donc parfaitement au lancer du javelot ascensionnel.

Le lendemain soir, après une causerie dans un cercle de prière, le pasteur Oskar Huuskonen se rendit en voiture à Rekitaival avec son ours. Jari Mäkelä n'avait pas perdu de temps : il avait garé sa tractopelle à côté du puits et placé à l'intérieur de celui-ci, grâce au treuil hydraulique de l'engin, une solide plate-forme de lancer en planches, montée sur des pieds de 180 centimètres de haut destinés à la maintenir au-dessus du niveau de l'eau. La grand-mère de Jari, Sanna Mäkelä, qui lui servait d'assistante et de mesureuse de résultats, était en train de lui couvrir les épaules d'une cuirasse en tôle galvanisée soudée et de lui tendre, pour protéger sa tête, un casque de chantier en fibre de verre. Ces précautions avaient pour but d'éviter que le lanceur ne se blesse si le javelot, pour une raison ou une autre, retombait en fin de vol dans le puits.

« Mais ce sport est loin d'être aussi dangereux que la boxe ou le hockey sur glace, sans parler de la formule 1. »

Jari enfila un pantalon de pêche montant jusqu'aux aisselles, au cas où la violence de l'effort le ferait basculer des planches dans l'eau mêlée de purin du puits.

Cinq javelots sous le bras, Jari s'installa sur la plate-forme de lancer que sa grand-mère, à l'aide du treuil, descendit avec lenteur et dignité dans les sombres profondeurs. Puis elle coupa le moteur du tracteur et regarda dans le puits. Une voix caverneuse en monta :

« Je peux y aller ?

— Vas-y ! »

La vieille dame alla se placer à une dizaine de mètres de là et fixa d'un regard acéré le chéneau du toit de l'étable voisine, derrière le puits. Le point culminant de la trajectoire du javelot serait facile à repérer par rapport à la ligne droite reliant ses yeux au chéneau. Il ne resterait plus ensuite qu'à mesurer le résultat du lancer avec une tige graduée placée sur le couvercle du puits : en y ajoutant la profondeur du puits, le résultat obtenu était précis et à tous égards officiel. À condition bien sûr de soustraire la hauteur du talon des chaussures du lanceur.

Des entrailles du puits monta un grognement assourdi et de l'ouverture jaillit un javelot. Le pasteur Huuskonen sursauta. Le spectacle était grandiose, étrangement mystérieux, tel un terrible message muet venu des enfers.

D'un regard d'aigle, la grand-mère de Jari enregistra le point culminant de la trajectoire du javelot. Le pasteur mit la baguette graduée en place et, après un rapide calcul, on nota l'excellent résultat de 14,40 mètres. C'était le record de l'été de Jari Mäkelä, d'autant plus remarquable que c'était la première fois qu'il lançait d'un puits. Jusque-là, il ne s'était entraîné que dans un silo à céréales et dans le séchoir à grain de la ferme familiale.

Quatre autres javelots fendirent les airs. Deux

d'entre eux volèrent plus bas que le premier, le troisième retomba dans le puits, déclenchant une salve de jurons. À son dernier lancer, Jari améliora son record de 20 centimètres. Il ne réutilisa pas le javelot retombé dans le puits, car selon son interprétation du règlement, les lancers ratés ne pouvaient être rattrapés.

Une fois sorti du puits, le sportif étudia soigneusement ses résultats et les nota dans un carnet à couverture noire. Il était à l'évidence satisfait de ses performances. Sa grand-mère aussi était fière de son petit-fils.

« Notre Jari a toujours bien aimé lancer toutes sortes de choses. Une fois, quand il était petit, il a jeté la montre de son grand-père dans le lac. Elle a volé si loin qu'on ne l'a jamais retrouvée, et pourtant Aaretti a plongé tout l'été à sa recherche. Mais du coup, il est devenu le meilleur nageur de Nummenpää, il a même été sélectionné dans l'équipe nationale de water-polo. »

Le fermier Juuso Rekitaival voulut lui aussi tenter sa chance. Il expliqua avoir pratiqué dans sa jeunesse le lancer de disque et de poids, mais Jari fit remarquer qu'on ne pouvait pas pratiquer le disque dans le puits, il était trop étroit, et le poids était trop dangereux.

« Si on se prend une boule de fer sur la tête, même un casque solide n'en sort pas intact », déclara-t-il, parlant d'expérience. Il avait essayé le lancer de poids ascensionnel dans son séchoir à grain.

Le fermier obtint d'assez bons résultats, sur une série de cinq javelots, mais son meilleur lancer resta malgré tout inférieur de plus de 1,50 mètre au record de Jari.

On tenta de convaincre le pasteur Huuskonen d'expérimenter lui aussi cette nouvelle discipline. Il était tenté, en un sens, mais sa dignité d'ecclésiastique lui imposait une certaine circonspection. Finalement il céda, et on le descendit dans le puits. Oskar était un homme corpulent et il lui fallut un moment pour trouver une position adaptée. Le lancer ascensionnel diffère à bien des égards de l'épreuve horizontale classique : le javelot doit être empoigné de la main droite et maintenu dans l'alignement de la cuisse droite, la main gauche soutenant la pointe en biais vers le haut. Le lancer proprement dit s'effectue par un brusque mouvement de rotation de bas en haut, en prenant garde à ne pas se cogner le coude contre le cuvelage du puits. Il est permis de prendre appui du flanc gauche contre la paroi. La main droite transmet au javelot une force étonnante. Le pasteur réussit tous ses essais, dont le meilleur atteignit 12,70 mètres — performance tout à fait remarquable dans la catégorie des seniors.

La compétition intéressait tant Belzéb qu'il venait

de temps en temps jeter un coup d'œil dans le puits, au risque de prendre un javelot dans la poitrine. On enferma donc l'ourson dans la cabine du tracteur, d'où il suivit d'un regard expert l'entraînement des lanceurs de javelot ascensionnel.

Le temps passa comme l'éclair. L'obscurité ne tarda pas à tomber, et la grand-mère de Jari Mäkelä se plaignit de ne plus bien voir les résultats, avec l'âge sa vision nocturne avait diminué. Le pasteur Huuskonen eut l'idée de scotcher une lampe de poche à la pointe des javelots, de manière à enregistrer avec précision leur hauteur quand ils jaillissaient du puits. Cette invention, bien qu'excellente en soi, s'avéra cependant trop coûteuse, car le verre et l'ampoule de la torche se cassaient en retombant sur le bord du puits ou les pierres de la cour de ferme. On résolut le problème en remplaçant la lampe de poche par un cierge magique que le lanceur allumait au fond du puits avant de catapulter son trait. Tous les décors de Noël de Rekitaival y passèrent, mais en même temps, quel spectacle magnifique que celui des javelots auréolés d'étincelles jaillissant du puits tel un feu d'artifice dans l'obscurité croissante de la nuit d'été.

5

Entretiens pastoraux

Éternelle épine dans le cœur de Dieu, l'agriculteur Santeri Rehkoila fut retrouvé pendu dans la troisième semaine de juillet. Il avait pris le chemin de l'étable abandonnée de sa ferme, avait attaché un nœud coulant aux tirettes de la cheminée de la laiterie et était resté accroché là quelques jours, jusqu'à ce que l'on s'inquiète de lui et qu'on le trouve mort au bout de sa corde. Sa femme n'était heureusement pas là quand on avait ôté sa dernière cravate au suicidé ; l'agricultrice Saimi Rehkoila était une femme pieuse et douce, alors que le défunt avait été de son vivant un propre à rien dur et brutal. À son décès, Santeri Rehkoila venait d'avoir soixante-dix-huit ans. Son épouse avait plusieurs années de moins que lui. Les enfants, s'il y en avait jamais eu, étaient bien sûr loin depuis longtemps, et il ne resta plus dans la grande maison sans joie qu'une frêle et triste veuve dont l'univers entier semblait s'être écroulé avec la mort violente de son mari.

Dès la découverte du corps, le pasteur Oskar Huuskonen se rendit auprès de la malheureuse afin de la réconforter et de convenir des dispositions à prendre pour le service funèbre et l'enterrement. Saimi Rehkoila était en pleurs. Elle était profondément bouleversée et craignait en outre que l'on ne puisse pas inhumer Santeri en terre consacrée, maintenant qu'il était allé se pendre au lieu d'attendre de mourir de mort plus naturelle.

Oskar Huuskonen lui expliqua qu'on ne classait plus depuis longtemps les défunts selon les causes de leur décès et que les suicides étaient devenus si courants qu'on n'y voyait plus rien d'extraordinaire. Mais quand un tel drame vous frappe, il est bien sûr lourd à porter.

Le pasteur encouragea l'agricultrice à prendre rendez-vous avec le docteur Sorjonen, au centre médical. Dans les pires moments de détresse, des tranquillisants pouvaient être utiles, et des somnifères ne seraient peut-être pas non plus de trop. Dans l'épreuve, une inébranlable confiance en Dieu aidait bien entendu aussi à surmonter la douleur.

Le pasteur procura à Saimi, pour les temps les plus difficiles, une aide ménagère qui s'occupa des préparatifs des funérailles tout en lui apportant un soutien moral. Mais quand on eut mis Santeri en terre, fin juillet, le désespoir de sa veuve ne fit que s'accroître. Oskar Huuskonen lui rendit plusieurs fois visite pour des entretiens pastoraux de cure d'âme.

« Ma vie est si vide, maintenant, se plaignit Saimi. Santeri avait beau être soupe au lait, et parfois même méchant, j'ai tout perdu quand il m'a laissée. Il ne me reste rien, absolument rien. Cette grande maison déserte est sinistre, il n'y résonne plus aucune voix, personne ne me regarde, il n'y a plus de vie nulle part. Je me sens coupable de la mort de Santeri. De ne pas avoir compris son désarroi.

— Face à la mort, on se sent toujours seul et désemparé », compatit le pasteur Huuskonen. Au fond de lui, il songea que le vieux ne méritait pas tant de chagrin. Il avait bien connu Santeri Rehkoila. C'était une mauvaise tête, toujours à chercher querelle à tout le monde, un fainéant et un violent qui, quand il avait bu, battait souvent sa femme. Santeri avait aussi, en son temps, fabriqué clandestinement de l'eau-de-vie avec son grain, été traîné plusieurs fois devant les tribunaux, semé des enfants naturels dans toute la paroisse et fait de la prison pour conduite en état d'ivresse et pour escroquerie. Il n'y avait pas pire fauteur de troubles, au nom du ciel! Mais sa veuve lui avait toujours tout pardonné et parlait maintenant de sa peine d'une faible voix brisée :

« J'ai l'impression d'être écrasée par un fardeau de pierres, j'ai la poitrine serrée et je pleure parfois des

63

heures durant. Je n'ai plus d'appétit, c'est affreux de dresser la table pour une seule personne quand on a cuisiné pendant plus de quarante ans pour deux. Il m'arrive de me réveiller la nuit en croyant que Santeri est revenu de la ville et s'est laissé tomber à côté de moi, mais quand je tends la main pour lui caresser le front, le lit est vide, les draps sont froids et humides et je n'y trouve plus son odeur.

— Il est naturel que votre conjoint vous manque. L'amour envers un disparu peut parfois être si fort qu'on le ressent comme une souffrance physique », expliqua le pasteur. D'après l'enquête menée par la police sur le suicide de Santeri Rehkoila, ce dernier s'était apparemment mis dans un sale pétrin, il était non seulement criblé de dettes, mais entretenait des relations douteuses avec la pègre et faisait même l'objet de diverses plaintes l'accusant d'être un maître chanteur sans scrupule. Il s'était trouvé acculé, son avenir s'annonçait bouché et, dur à cuire comme il l'était, il avait préféré se tuer plutôt que d'avaler la pilule amère qu'il s'était lui-même concoctée. Triste histoire, mais le pasteur, en dépit de tous ses efforts, avait du mal à éprouver de la pitié pour le défunt. Sa veuve, par contre, avait oublié toutes les humiliations subies et s'accrochait au moindre souvenir de son mari :

« Ce matin, j'ai enfilé la salopette de Santeri et chaussé ses bottes en caoutchouc, même si elles sont bien trop grandes pour moi, et j'ai fait le tour de nos terres, je suis allée voir tous les endroits où Santeri travaillait. Je respirais l'odeur de ses vêtements et je n'arrêtais pas de pleurer. »

Le pasteur Huuskonen se demanda si la veuve brisée de chagrin avait marché sur les pas de Santeri Rehkoila jusqu'à sa distillerie clandestine, ou grimpé, ses grandes bottes aux pieds, dans le nid d'amour du fenil de l'étable où il se vantait de lutiner ses conquêtes. Mais tout haut, il se contenta de déclarer à la malheureuse :

« S'identifier à son conjoint décédé dans les instants de solitude prouve la force du sentiment qui nous unit à lui, par-delà même les frontières de la mort. »

Le soir tombait déjà et le pasteur devait encore se hâter d'aller à la réunion du comité des fêtes du hameau de Rekitaival, où il livra sa pensée sur le thème du jour, « Comment stimuler la vie spirituelle des campagnes ». Il tenta par la même occasion d'améliorer ses performances au lancer de javelot ascensionnel, mais on aurait dit qu'une partie du fardeau de la terrible douleur de la veuve d'agriculteur Saimi Rehkoila pesait maintenant sur ses épaules : le projectile s'éleva tout juste à 11 mètres et retomba dans le puits, où il heurta en cliquetant le casque de protection du lanceur. Oskar se demanda, au fond de son trou, si les années l'avaient vraiment rendu fou à ce point — catapulter des javelots hors d'un puits !

En arrivant au presbytère, le pasteur Huuskonen trouva la pastoresse dans le jardin en train de frapper Belzéb à coups de battoir à tapis. L'ourson hurlait, terrifié, montrant même par moments les dents, mais il eut le temps de prendre une bonne raclée avant que son maître ne se précipite à son secours.

La pastoresse Saara Huuskonen étouffait de rage. Resté seul pendant la journée, l'ourson avait lacéré le tapis du salon, vidé le sucre du placard de la cuisine dans l'évier et renversé la farine. Une fois couvert des pieds à la tête de poudre blanche, il s'était vautré partout dans la maison.

« Il fallait bien que j'époussette ce démon. Si tu avais vu le chantier quand je suis revenue des courses !

— Ce n'est quand même pas une raison pour le frapper avec le battoir à tapis. »

Le pasteur prit Belzéb dans ses bras afin de le porter dans sa chambre, se jurant de ne plus jamais le laisser seul au presbytère avec son épouse. Saara n'était pas foncièrement méchante, mais elle avait le caractère vif et se laissait facilement aveugler par la colère.

La pastoresse avait honte de s'être emportée, mais elle ne voulait pas l'avouer à son mari. Elle lança au contraire d'un ton sarcastique :

«Tes paroissiens auraient aussi bien pu t'offrir un singe.

— Que veux-tu que je fasse d'un singe?

— Et d'un ours, donc! Tu es la risée du canton, le pasteur doyen, docteur en théologie, se promène dans le bourg avec un ourson merdeux dans les bras. Et s'amuse avec un fou à lancer des javelots hors d'un puits. Si jamais ça se sait un jour, je quitte cette maison.»

Plus tard dans la soirée, Saara vint frapper à la porte d'Oskar et lui tendit un biberon, apparemment celui qui avait servi à nourrir la benjamine du couple, quelque vingt ans plus tôt.

«J'y ai mis du lait et du miel, c'est pour Belzéb», dit Saara, et elle se retira dans sa propre chambre.

L'ourson téta goulûment le lait chaud parfumé au miel, les yeux fermés de plaisir.

Avant de dormir, Oskar lut à son protégé quelques extraits de l'attendrissant *Winnie l'ourson* de A.A. Milne. Belzéb regarda les images et écouta l'histoire comme s'il la comprenait. Mais bientôt ses paupières se fermèrent et le pasteur le porta dans son lit. Puis il travailla un peu sur son prêche du dimanche à venir, auquel il avait décidé de donner encore plus de mordant qu'à l'accoutumée.

La semaine suivante, le pasteur Huuskonen apprit que Saimi Rehkoila s'était mise à pêcher dans le lac de Nummenpää. Cela n'avait rien d'extraordinaire en soi, ses eaux étaient poissonneuses et les riverains y jetaient volontiers leurs filets. Mais l'agricultrice n'avait jamais pris les rames du vivant de son mari, elle restait à la ferme à s'occuper des vaches et de la cuisine. Et voilà qu'elle s'était décidée à utiliser la barque, avait appris à poser des filets et s'était renseignée auprès des voisins sur les meilleurs coins de pêche de Santeri.

Saimi s'était approprié les vêtements de travail de son mari et s'était mise à conduire le tracteur dans les champs. Alors qu'elle se contentait auparavant de regarder son homme travailler la terre par la fenêtre de la salle, elle s'employait maintenant à la cultiver elle-même.

Le pasteur Huuskonen se fit la réflexion que le chagrin de la veuve avait quelque chose de patholo-gique. Pendant ses études, dans les années soixante, il s'était intéressé aux théories d'Erich Lindemann sur le deuil et il voyait bien que les réactions de Saimi n'étaient pas très saines. Il arrive en effet parfois, quand une personne soigne pendant long-temps, et jusqu'à ce qu'il meure, un proche cloué au lit, que peu de temps après ce décès elle commence à son tour à éprouver le même type de symptômes, s'affaiblisse et doive être soignée par d'autres. Le survivant prolonge en quelque sorte la maladie du défunt, car il n'arrive pas à surmonter autrement la

perte qui le touche. Saimi Rehkoila s'était maintenant mise à imiter la vie et le travail de son mari,
sans heureusement aller jusqu'à distiller de la gnôle.
Elle ne savait sans doute rien des activités les moins
avouables de Santeri.

Huuskonen se rendit avec son ours chez la veuve
pour un nouvel entretien pastoral.

Belzéb, qui folâtrait sur le plancher de la grande
salle de ferme, pas le moins du monde effarouché,
tenta de grimper sur les genoux de Saimi et de qué-
mander des friandises. L'agricultrice alla prendre
dans sa corbeille un petit pain à la cannelle qu'elle
fit réchauffer au micro-ondes et coupa en morceaux
pour l'ourson. Celui-ci les mangea avec délice et en
réclama d'autres, qu'il obtint.

« Les ours sont vraiment adorables », fit l'agricultrice. Puis elle parla de sa peine, qui commençait à
s'atténuer un peu :

« J'ai remis la barque de Santeri à l'eau et appris à
pêcher, j'ai ramené pas mal de brochets et de brèmes
dans mes filets. J'ai aussi hersé deux hectares de
jachère, et puis j'ai charrié un tas de vieux fumier
dans le champ de pommes de terre. J'ai l'intention
de planter de la primeur au printemps prochain.
C'est ce que Santeri avait toujours prévu de faire,
même si en fin de compte il ne semait généralement
pas de patates, et à vrai dire pas beaucoup de seigle

non plus. Peut-être est-ce la Providence qui veut que je m'attelle maintenant aux besognes qu'il a laissées inachevées.»

Le pasteur Huuskonen songea que la ferme et ses terres croulaient effectivement sous les travaux en plan et les projets abandonnés. Il dit tout haut:

«Je vois que vous commencez à remonter la pente, vous trouvez malgré votre deuil le courage de penser à pêcher du poisson et assurer les récoltes. C'est le pain quotidien qui nous donne notre force.

— Je me sens quand même affreusement seule. J'ai l'impression de subir un châtiment. Je n'ai même pas de chat, et je ne peux pas en adopter un, Santeri ne les aimait pas.

— Je pourrais vous confier mon ourson pendant la journée. La solitude vous paraîtrait peut-être moins pesante.

— Vous feriez ça? Mais que dirait Santeri?»

Le pasteur faillit grogner qu'il ne voyait pas en quoi cela pouvait regarder cette vieille fripouille défunte, mais il se retint et dit:

«Les ours sont sous la protection personnelle du Seigneur, surtout les oursons comme celui-ci.»

Le pasteur Huuskonen expliqua à Saimi Rehkoila qu'il avait été convoqué au siège du diocèse, à Helsinki, pour un entretien à propos d'un prêche qu'il avait fait au printemps et de quelques articles de journaux que le doyen du chapitre et l'évêque n'avaient pas digérés. Il devrait passer la nuit dans la capitale, et il se demandait si l'agricultrice ne pourrait pas garder l'ourson en pension chez elle pour deux jours, ou en tout cas pour une nuit.

« Mais qu'en dira la pastoresse ? Je ne voudrais pas la priver de la présence de ce petit mignon.

— Ma femme est allergique, c'est pour ça que je vous le demande. »

L'affaire fut conclue. Le pasteur Oskar Huuskonen fit la liste de ce qu'on pouvait donner à manger à Belzéb, expliqua où le coucher et quels soins lui prodiguer. Il proposa de l'argent à l'agricultrice pour les frais de bouche, mais elle refusa.

« Il y a toujours de quoi nourrir un ours, dans une grande maison comme celle-ci », déclara-t-elle gaiement.

Le soir venu, le pasteur rentra au presbytère ; la veuve, au moment de se coucher, installa Belzéb à ses côtés. Celui-ci se demanda d'abord s'il était vraiment autorisé à grimper dans le lit, mais quand Saimi lui caressa le poil et lui parla tendrement, il en conclut que dans cette maison tout était permis et sauta à l'ancienne place de Santeri Rehkoila. L'ourson trouva vite le sommeil, tout comme la veuve, réconfortée par la présence dans son lit d'un compagnon chaud et velu.

6

L'œuvre militaire de Jésus

Au début de l'été, le pasteur Oskar Huuskonen avait, plus ou moins par plaisanterie, publié dans les *Nouvelles de Salo* un article sur les activités militaires de Jésus-Christ. Il était docteur en théologie, expert en exégèse et en apologétique, et s'estimait capable de raisonner non seulement sur les questions religieuses, mais aussi sur la signification historique et objective du christianisme et en particulier de Jésus. Il connaissait les théories de l'Anglais Joel Carmichael, un spécialiste un peu allumé de l'étude des religions, sur le rôle d'agitateur et d'insurgé du Messie.

Dans ses propres réflexions, Oskar Huuskonen en était arrivé à la conclusion que Jésus était avant tout un orateur de grand talent qui attirait des foules d'auditeurs et de partisans, surtout dans les couches les plus pauvres de la population. Il songeait aussi de toute évidence à chasser du pouvoir le clergé traditionaliste qui s'appuyait sur les forces d'occupation romaines, et peut-être au bout du compte à se faire proclamer roi des Juifs, d'abord sur la terre et, en cas d'échec, au moins au ciel.

Dans son article, intitulé « L'œuvre militaire de Jésus », Huuskonen avait écrit que le Messie, fort du soutien des masses, avait décidé de marcher sur Jérusalem et de prendre le pouvoir. Il ne s'agissait donc pas d'une pacifique arrivée à dos d'âne, dans le style des images pieuses, mais d'une brutale irruption dans le temple de Jérusalem d'un commando militairement organisé. Jésus disposait de tout un groupe de sous-commandants fanatisés, qu'il appelait ses disciples et qui ne reculaient pas devant l'usage de la force. L'édifice était protégé par quelques éléments d'une cohorte romaine, à peine une centaine d'hommes, ainsi que par les gardiens juifs du temple. Ces troupes amollies avaient été balayées et Jésus avait jeté dehors les changeurs d'argent et autres opposants à son action.

Les disciples étaient cependant une bande de bras cassés, d'un point de vue militaire, et l'avantage initial de la conquête du temple s'était vite mué en défaite, la tête de pont avait été perdue, Jésus avait été obligé de fuir à Béthanie. Il aurait sans doute pu poursuivre son combat sous forme de guérilla, car il avait les capacités et le charisme d'un chef, mais l'un de ses adjoints locaux, Judas l'Iscariote, avait hélas trouvé bon de changer de camp et de révéler la cachette des rebelles. Jésus avait été pris par surprise et n'avait pas pu se défendre par les armes. Il avait choisi la seule méthode raisonnable dans ces circonstances, la résistance passive.

Il était clair que ce chef révolutionnaire, qui rêvait sérieusement d'un État juif indépendant et que l'on appelait déjà le roi des Juifs, représentait une grave menace pour les Romains. On l'avait donc exécuté, en le clouant en croix. Tel est en général le triste sort des rebelles en cas d'échec de leur action.

Dans la dernière partie de son article, le pasteur Oskar Huuskonen avançait l'idée que si Jésus avait vécu en Finlande au début du XXe siècle, pendant la guerre civile, son destin n'aurait guère été plus enviable :

Si Jésus avait été un bolchevik, un rouge, comme on peut le supposer compte tenu de ses penchants politiques, le Comité du peuple l'aurait sans aucun doute nommé dès le début de l'insurrection ministre du gouvernement révolutionnaire. Il aurait très bien pu, par exemple, obtenir le poste de commissaire du peuple au Ravitaillement, vu ses compétences et son expérience dans ce domaine — je pense ici au jour où il a nourri une foule d'un millier de personnes avec juste un peu de pain et de poisson. Il aurait sûrement aussi été un agitateur, un orateur et un journaliste efficace, mais n'aurait sans doute pas fait preuve d'une grande habileté à la tête de troupes combattantes. Il semble naturel qu'en homme profondément religieux il ait adhéré de tout cœur aux théories de Marx, en leur apportant des améliorations conformes à sa propre philosophie.

Quand l'insurrection a été écrasée, Jésus, au lieu de fuir en Union soviétique comme les autres chefs rouges et d'y fonder plus tard le parti communiste finlandais, se serait vraisemblablement, à l'heure de la défaite, rendu sans résister aux blancs, à l'instar de milliers de combattants rouges du rang, hommes et femmes. Il aurait aussitôt été conduit dans une carrière de sable pour y être fusillé. Quant à savoir s'il aurait ressuscité des morts le troisième jour, toutes les hypothèses sont permises. Les bolcheviks l'auraient sans doute de toute façon prétendu, comme jadis en Israël.

Si Jésus avait par extraordinaire échappé aux exécutions sommaires, les tribunaux d'exception l'auraient condamné à mort ou à la prison à perpétuité. Dans ce dernier cas, on peut penser qu'il aurait d'abord été enfermé à la forteresse de Suomenlinna, puis au pénitencier de Tammisaari, où il aurait trouvé un terrain propice pour poursuivre son activité clandestine et travailler à ses écrits politiques. Si Jésus était resté en vie, il serait de toute évidence devenu pour les rouges un héros national et il est probable qu'Otto Ville Kuusinen n'aurait jamais accédé aux hautes responsabilités qui ont été les siennes dans le mouvement communiste international.

On peut donc conclure que Jésus, vivant, aurait pour finir supplanté jusqu'à Staline, qu'il aurait fait exiler ou exécuter. Le communisme aurait ainsi pris

dans le monde un nouveau visage, humaniste et
vertueux, et ne se serait jamais écroulé. Il est donc
dommage, en soi, que Jésus n'ait pas pris part à la
guerre civile finlandaise. Mais peut-être faut-il y voir
la toute-puissante main de Dieu.

Au début du mois d'août, le pasteur Oskar
Huuskonen laissa Belzéb en pension chez la veuve
d'agriculteur Saimi Rehkoila et se rendit à Helsinki. Il prit une chambre à l'hôtel InterContinental
avant d'aller au chapitre du diocèse où il avait été
convoqué. Il était onze heures, on l'attendait dans
le bureau de l'assesseur jurisconsulte Ilkka Hanhilainen, où serait également présent l'évêque du
diocèse Uolevi Ketterström. Hanhilainen était un
sexagénaire rondouillard, chauve et affable, tandis
que monseigneur Ketterström était un homme d'allure sportive, grand, sec et pas commode. Le vaste
cabinet de travail de l'assesseur était meublé d'un
bureau en acajou et, de l'autre côté de la pièce,
devant la bibliothèque, de meubles de salon au cuir
patiné. Le café était servi sur une table basse, avec
des petits fours provenant de la toute proche pâtisserie Ekberg.

L'évêque et l'assesseur jurisconsulte se levèrent le
sourire aux lèvres pour accueillir leur visiteur d'une
solide et chaleureuse poignée de main, d'où le pasteur Huuskonen conclut que l'heure était grave.

Plus les ecclésiastiques font assaut d'amabilités, plus leurs intentions sont mauvaises.

« Veux-tu quelques confiseries, mon cher frère Oskar, elles sont délicieuses, elles viennent de chez Brunberg, à Porvoo », proposa Hanhilainen, mais Huuskonen refusa. Il préférait aller droit au but.

« Voilà… cette histoire est plutôt ennuyeuse, commença monseigneur Ketterström.

— L'affaire se présente mal », renchérit l'assesseur jurisconsulte.

L'évêque expliqua que ni lui ni l'Église n'avaient bien sûr à se mêler de la vie privée du pasteur doyen Oskar Huuskonen, qui ne regardait que lui.

« Mais on nous a rapporté que tu avais au moins deux, si ce n'est trois enfants illégitimes, dans ta paroisse de Nummenpää, et que tu t'obstinais à prêcher sur des sujets sans rapport avec les textes du jour prescrits aux ministres de l'Évangile. »

Monseigneur Ketterström poursuivit benoîtement :

« Tu te promènes là-bas avec un ours en chair et en os dans les bras, qui crotte dans la sacristie, paraît-il, et effraie les gens en s'ébattant dans l'église pendant l'office. Mais ce sont là des choses tout à fait naturelles, dans un sens, et qui ne concernent pas l'évêché.

— Nous avons aussi entendu dire que tu descendais au fond d'un puits pour y lancer le javelot, mais ce genre de passe-temps n'est absolument pas de notre ressort, assura le jurisconsulte d'un air paterne. L'Église évangélique luthérienne de Finlande est tolérante et compréhensive.

— Mais tes articles de presse, voilà qui est démoniaque, soupira l'évêque attristé.

— Qu'est-ce qui t'as pris, malheureux, d'aller publier ces élucubrations dans les *Nouvelles de Salo*, gémit l'assesseur.

— Tu laisses entre autres entendre, dans ce papier, que Jésus aurait été une sorte de révolutionnaire communiste, reprit monseigneur Ketterström. Et tu oses prétendre que les disciples et les apôtres auraient été les chefs d'une armée de guérilleros militairement organisés, et le Messie un insurgé rêvant d'établir l'indépendance d'Israël et de se faire proclamer roi. »

L'on fit une pause pour boire du café et goûter des pâtisseries. Puis l'évêque déclara :

« De tels écrits sont l'œuvre du Diable en personne, crois-moi. Ils font paraître l'Église évangélique luthérienne de Finlande sous un jour curieux, tu y remets en question le fondement même de notre vie religieuse, tu dénatures le message de rachat et de pardon dont Jésus est porteur. C'est aussi grotesque et blasphématoire que si tu prétendais que l'enfantement de Marie n'était pas virginal. »

Les sourcils froncés, le pasteur Oskar Huuskonen grommela :

« Ce qu'il n'était quand même pas, que je sache, comment une femme pourrait-elle se retrouver enceinte par le seul effet du Saint-Esprit ! Ça sent franchement la procréation assistée. »

L'assesseur jurisconsulte déglutit, puis rétorqua qu'Oskar était sans doute bien placé pour le savoir, avec tous les bâtards qu'il avait semés.

Le pasteur Oskar Huuskonen commençait à en avoir assez. Il demanda à ses interlocuteurs où ils voulaient en venir avec cet entretien. S'agissait-il de le morigéner ou de lui infliger des sanctions plus concrètes, comme l'interdire de prêche, lui retirer sa paroisse ou autres mesures de cet acabit ?

« Rien de tout cela, voyons, soupira monseigneur Ketterström. Ces questions sont bien trop délicates, mais nous pourrions, me semble-t-il, trouver un compromis.

— Nous suggérons, mon cher frère Oskar, que tu t'abstiennes pendant un temps d'écrire dans les journaux.

— La liberté de parole s'applique aussi aux prêtres, fit remarquer Huuskonen.

— Tout à fait, se réjouit l'évêque. Et surtout la liberté de prêcher la bonne parole, mais le message doit absolument être conforme aux enseignements canoniques de l'Église, et pas inventé de toutes pièces. Sur les questions religieuses, il ne peut y avoir d'interprétations divergentes. Le dogme doit être respecté. Dans l'Église primitive, déjà…

— À l'époque, n'importe qui disait n'importe quoi, et on burinait les pires âneries dans l'argile, protesta Huuskonen.

— Ces temps sont révolus, déclara l'assesseur jurisconsulte. Et la Bible conserve une sainte et véritable force, nul ne peut le nier.

— C'est autre chose que tes fariboles dans les *Nouvelles de Salo*», confirma monseigneur Ketterström.

Le pasteur Oskar Huuskonen l'admettait volontiers, sans être prêt pour autant à se soumettre à l'interdiction d'écrire que l'assesseur et l'évêque prétendaient lui imposer. Il déclara qu'il camperait sur ses positions aussi longtemps qu'il le jugerait bon, mais suggéra :

« Disons que je pourrais laisser tomber mes activités littéraires pour cet automne. J'ai autre chose à faire qu'à discutailler avec vous. Je dois mettre mon ours à dormir pour l'hiver. »

Soulagés, le jurisconsulte et l'évêque resservirent du café à la ronde.

« Si j'ai bien compris, tu as réellement l'intention de garder cet ours ? » demanda monseigneur Ketterström, radouci par les concessions obtenues.

Huuskonen admit qu'il s'était habitué à son

cadeau d'anniversaire et n'avait pas l'intention de tuer l'ourson. Il ajouta que son épouse ne l'appréciait guère, mais qu'il lui avait trouvé un havre accueillant chez une malheureuse veuve éplorée.

« Comment s'appelle cet ours, au fait ? demanda l'évêque tout sourire.

— Belzéb. »

Monseigneur Uolevi Ketterström trouva le diminutif bien choisi. « Les bêtes sauvages sont à plus d'un égard des sortes de démons. L'évêché n'a rien contre le petit nom de cet ours, ce pourrait d'ailleurs tout autant être Belzébuth en personne, pour ce qui nous concerne. »

7

*Où une peluche
sauve la vie au pasteur*

Le pasteur Oskar Huuskonen avait pris l'habitude d'amener Belzéb à l'église pendant l'office et les autres cérémonies religieuses, baptêmes, enterrements et mariages. Au début, il l'enfermait dans la sacristie, mais comme l'ourson ne s'y plaisait guère, tout seul, il finit par le lâcher dans la nef, où il se conduisait avec componction, comme il se doit dans le temple du Seigneur. Mais son naturel joueur et son insatiable curiosité reprenaient parfois le dessus et il grimpait à la tribune d'orgue, varappant même jusqu'à la chaire d'où il regardait à travers la balustrade les paroissiens assemblés à ses pieds. D'abord effrayé par la musique, il s'était vite accoutumé aux puissants échos de l'orgue et écoutait les cantiques d'un air concentré. Il semblait prêt à se joindre lui aussi aux hymnes, mais les ours ne savent pas chanter, qu'ils le veuillent ou non.

Le charmant petit ourson folâtre devint bientôt le chouchou de toute la paroisse, et personne ne s'offusquait de la présence d'un animal sauvage dans ce saint lieu. Ce dernier se remplissait au contraire tous les dimanches de fidèles qui observaient avec attention le manège de Belzéb. Il y avait plus de monde à Nummenpää que dans aucune autre église du diocèse de Helsinki. Cela n'avait rien d'étonnant, car le spectacle était irrésistible, un peu comme un documentaire animalier, mais bien plus vivant et naturel qu'à la télévision. Les prêches enflammés du pasteur n'étaient pas mal non plus, dans leur genre.

La dure épreuve qu'avait été son entretien avec l'évêque avait décidé Oskar Huuskonen à mettre encore plus de sel dans ses homélies. C'était une obstination de vieillard : face aux pressions, en avant toute, et au triple galop droit dans le mur.

Un dimanche de septembre, le pasteur, emporté par son élan, se lança dans une véhémente confession complète de ses péchés. Il proclama qu'il avait, plus que tout autre, perdu sa foi ardente dans le Fils, dans le Père éternel et même dans le Saint-Esprit.

« Je me sens accablé de péchés et, bien pire, ma joie et mon envie de vivre se sont envolées en même temps que ma foi, je suis devenu un misérable cynique vautré dans la fange du vice. »

La pastoresse Saara Huuskonen se tortillait au premier rang d'un air gêné. On nageait à nouveau en plein délire, juste ciel ! Quand le pasteur émaillait

83

ses homélies de propos de ce style, les paroissiens l'écoutaient le rouge au front, et même Belzéb ne jouait plus. Huuskonen craignait que ce ne soit son dernier prêche dans cette paroisse. Aucun autre prêtre avait-il jamais avoué en chaire ses propres péchés? Il ne se rappelait pas avoir jamais rien entendu de tel, et pourtant il venait de le faire, et en vociférant comme rarement. Après l'office, le pasteur attendit, tendu, les réactions de ses ouailles. Il risquait sa carrière, ou pour le moins d'être mis à l'index. Il avait d'ailleurs bien assez prêché, maintenant qu'il avait atteint la cinquantaine, et où cela l'avait-il mené? Nulle part. J'aurais aussi bien pu rester bouche cousue pendant toutes ces décennies, songea le prêtre vieillissant.

À la sortie de l'église, les paroissiens les plus en vue vinrent serrer la main du pasteur Huuskonen et le féliciter pour sa courageuse et émouvante homélie. Le conseiller aux affaires agricoles Lauri Kaakkuri, président de l'assemblée paroissiale, déclara d'un air admiratif:

«Tu es une vraie bête! J'en ai eu les larmes aux yeux, de t'entendre parler avec autant d'éloquence des péchés de l'humanité. Félicitations, Oskar, continue comme ça!»

La présidente de l'Association des amis de la chorale de l'église, Taina Säärelä, gazouilla:

«C'est un don du ciel, de savoir payer de sa personne comme tu le fais, Oskar Huuskonen!»

Dans la sacristie, la vicaire Sari Lankinen vint dire au pasteur qu'elle aimerait apprendre à prêcher avec autant de force que lui. Aurait-il quelques conseils paternels à donner sur ce point à sa jeune sœur en religion?

«Ma fille, un prêtre doit mener sa vie de manière à y trouver matière à prêcher», répondit sans ambages Oskar Huuskonen.

C'était une profonde pensée. Sari Lankinen se demanda si elle ne devrait pas elle aussi songer à fauter: elle aurait alors quelque chose à confesser dans cette vallée de larmes et son expérience élèverait les âmes déchues. En même temps, l'idée de s'égarer sur la voie du péché effrayait la jeune et innocente vicaire. Elle aurait bien le temps de l'explorer plus tard, conclut-elle sagement.

Le pasteur Huuskonen poursuivit donc son apostolat dans la paroisse de Nummenpää. Ses prêches étaient captivants et ses auditeurs en redemandaient. Oskar se rendait compte que même un prêtre pouvait parler franc s'il le voulait; loin d'affaiblir la portée de son message, cela incitait au contraire les gens à l'écouter tout ouïe.

Il ne fallut pas plus de quelques semaines pour que la rumeur des homélies du pasteur parvienne aux oreilles de monseigneur Uolevi Ketterström.

Cette tête de mule de Huuskonen faisait de nouveau des siennes. Il venait pourtant de se faire dûment chapitrer et avait promis de s'abstenir de publier ses élucubrations dans la presse. Et voilà qu'il tenait en chaire des discours extravagants, qui plus est dans une église bondée tous les dimanches, prétendait-on. L'évêque décida d'aller à Nummenpää calmer les ardeurs du pasteur. C'était d'ailleurs une bonne occasion de faire un tour à la campagne, pour profiter de l'ouverture de la chasse à l'élan. Peut-être pourrait-il participer à une battue ? Monseigneur Ketterström avait une passion pour la chasse et tout particulièrement pour le massacre de cervidés. Il téléphona à son ami le général Maksimus Roikonen, qui avait une villa et des droits cynégétiques à Nummenpää, et s'arrangea pour se faire inviter à une chasse à l'élan dès la première semaine d'ouverture de la saison.

Dans sa paroisse, le pasteur Oskar Huuskonen avait remarqué qu'à l'approche de l'automne l'appétit de Belzéb avait fortement augmenté. Il était capable d'avaler d'un coup jusqu'à deux kilos de cervelas de catégorie B et réclamait à nouveau à manger au bout de quelques heures. Au cours de l'été, l'ourson avait beaucoup grandi et il avait maintenant la taille d'un gros chien, sa gueule s'était faite plus menaçante, il ne jouait plus avec autant d'entrain qu'au début de l'été. Il dévorait comme un ogre en prévision de son sommeil hivernal. La pastoresse se plaignait du montant élevé des factures de nourriture et des pesants sacs à provisions qu'elle devait trimballer, pire qu'une mère de famille nombreuse. Belzéb était souvent l'objet de vives disputes entre les époux, et Oskar Huuskonen jugea plus sage de le confier aux bons soins de la veuve d'agriculteur Saimi Rehkoila.

Le pasteur téléphona au zoo de Korkeasaari et au parc animalier d'Ähtäri afin de leur demander s'ils ne voudraient pas pour l'hiver d'un ourson mâle bien élevé. Il avait tant mangé qu'il était gros et gras et n'arrêtait pas de bâiller. Huuskonen ne savait plus que faire de son animal, il n'avait pas de tanière, et encore moins de mère ourse pour le bercer.

Les parcs zoologiques, qui n'avaient déjà pas voulu de Belzéb au printemps, en voulaient encore moins maintenant. On expliqua à Huuskonen qu'aucune ourse n'accepterait la présence d'un ourson étranger dans sa tanière, et que de toute façon la dormance hiémale des ursidés en captivité n'était pas très profonde, beaucoup restaient éveillés tout l'hiver car il était impossible de leur garantir une paix et un silence absolus. Les experts sollicités déclarèrent que la seule façon de régler le problème était de tuer l'ourson avant la saison froide, ou d'essayer de lui construire un antre accueillant et tranquille pour son sommeil hivernal.

« Mais comment faire pour l'endormir ?

— Difficile à dire… vous pourriez essayer d'acheter un énorme ours en peluche et lui apprendre à dormir avec. Nous ne pouvons rien préconiser d'autre, la léthargie carnivore n'a jamais vraiment été étudiée dans ce pays. »

Huuskonen appela pour finir la ménagerie de l'université d'Oulu, où on lui conseilla de construire une tanière dans un endroit isolé. L'éthologiste Sonia Sammalisto lui décrivit les caractéristiques habituelles des gîtes choisis par les ours dans la nature. Huuskonen nota ses recommandations.

Il ne restait plus qu'à téléphoner aux magasins de jouets de Helsinki. Oskar Huuskonen voulait acheter le plus gros ours en peluche possible. On trouvait à la pelle de petits nounours, mais il ne semblait pas y avoir dans le commerce une seule peluche de la taille d'une ourse adulte. Au rayon des jouets de Stockmann, on répondit :

« Voyons… vous voudriez un ours en peluche qui mesure 70 à 100 centimètres de haut au garrot et 140 à 200 centimètres de long ? Mais qui jouerait avec un objet pareil ? Vos enfants ne seraient pas un peu grandets, monsieur le pasteur ?

— Il n'y a pas de quoi rire.

— Bien sûr, excusez-moi.

— Un ours adulte peut avoir une fourrure épaisse de plus de 20 centimètres, vous auriez ça ? »

Il s'avéra qu'il y avait bien dans les réserves du grand magasin un ours en peluche de la taille souhaitée, qui avait été utilisé comme décor dans une vitrine de Noël, après guerre, à des fins de promotion des ventes. Mais la peluche avait le poil plus ras que ce qu'aurait voulu le pasteur. Elle était peut-être aussi un peu décolorée, car elle était déjà vieille de plusieurs dizaines d'années.

Le pasteur Oskar Huuskonen décida d'aller immédiatement à Helsinki acheter ce plus gros ours en peluche du pays. La pastoresse l'accompagna. Elle profitait de toutes les occasions possibles, et pas seulement de ses visites chez le gynécologue, pour faire un tour dans la capitale. Oskar laissa sa voiture sur le parking de la gare, et le couple se hâta vers le grand magasin.

« Je te préviens, déclara la pastoresse, chez Stockmann je ne parle que suédois.

— Et pourquoi ? Ce n'est pas parce que tu enseignes cette langue que tu ne peux pas parler finnois.

— Chez Stockmann ce serait déchoir, imbécile. »

L'ours en peluche avait été exhumé de la réserve. On l'avait dépoussiéré et porté dans le bureau des étalagistes, au sous-sol du magasin. On ouvrit les négociations.

« Nous sommes prêts à vous le laisser pour un prix raisonnable. Que diriez-vous de 10 000 marks ?

— *Härre guud!* gémit la pastoresse. C'est le prix d'un piano. »

Le représentant du magasin fit remarquer que la tête et les membres de l'animal étaient articulés comme ceux d'un mannequin et pouvaient prendre toutes les positions. Il était par exemple facile de le coucher de manière à ce que l'ourson se blottisse en toute sécurité entre ses pattes.

— Vous disiez au téléphone que le but était d'offrir au petit une sorte de substitut de mère. Vous ne trouvez pas qu'il ressemble à un vrai ?

— Je peux vous en donner trois mille. Le salaire d'un pasteur est modeste. Et cet ourson me coûte cher, il mange comme un ogre depuis que le temps s'est rafraîchi.

— Les ours sont vraiment d'épouvantables gloutons, se plaignit la pastoresse Saara Huuskonen. Vivement qu'il s'endorme, que je puisse moi aussi me reposer un peu. »

On se mit d'accord sur trois mille marks, le grand magasin Stockmann tenait à rester en bons termes avec l'Église. Le pasteur et la pastoresse étaient-ils en voiture, ou préféraient-ils qu'on livre la mère de substitution à la porte de la tanière dans les forêts de Nummenpää ? Dans ce cas, le fret s'élèverait à deux mille marks, voire plus selon la distance à parcourir hors des chemins battus.

Le pasteur déclara qu'il n'avait pas les moyens

de payer de tels frais de transport. Il saisit l'ours en peluche au collet, décidé à le porter sur son dos jusqu'au parking de la gare. Il était inutile de l'emballer. On apposa cependant sur l'une de ses pattes de derrière un autocollant au nom de Stockmann, afin que les Huuskonen puissent quitter sans problème le magasin avec leur emplette.

« Être obligée d'acheter des nids à poussière pareils, quelle avanie », grommela la pastoresse — cette fois en finnois — quand ils furent dans la rue.

L'animal était diablement grand et lourd à porter. Ses pattes de derrière traînaient sur le pavé et sa tête hirsute empêchait Oskar de voir où il allait. Impossible de passer sur le trottoir, l'objet était trop gros, il ne restait plus qu'à emprunter la chaussée. Le pasteur se sentait ridicule à s'exhiber en plein centre de Helsinki avec une peluche géante sur le dos, mais qu'y faire ? Quand on est un ecclésiastique désargenté et ami des animaux, on ne peut que serrer les dents. La pastoresse se refusait à toute coopération, elle marchait sur le trottoir comme si elle ne connaissait pas son mari, qui avait effectivement l'air grotesque, à crapahuter dans l'avenue Mannerheim avec son énorme ours en peluche sur les épaules.

Le pasteur Oskar Huuskonen décida de rejoindre sa voiture par la rue séparant les magasins Sokos de la poste centrale. Le meilleur moyen de parvenir à son but était à son avis de suivre les rails du tramway, puisqu'il ne voyait que ses pieds et que sa femme ne voulait pas lui servir de guide. Au début, tout se passa d'ailleurs bien, mais devant la poste les choses se gâtèrent.

« Oh mon Dieu ! cet imbécile va se jeter sous le tram », cria la pastoresse Saara Huuskonen.

Un tramway de la ligne trois avait tourné le coin de la rue derrière le pasteur, qui ne le vit pas avant de l'avoir heurté. On entendit un bruit affreux, et Oskar Huuskonen serait certainement mort écrasé s'il n'avait pas eu sur le dos un gros animal en peluche bien rembourré. Huuskonen et son ours roulèrent en souplesse devant le tramway qui les poussa sur une vingtaine de mètres avant de s'arrêter. Le conducteur affolé sauta à terre pour voir si la victime était encore vivante.

« Oskar chéri, dis-moi que tu n'es pas mort », supplia la pastoresse en pleurs en secouant son époux évanoui.

Oskar Huuskonen n'avait aucun mal. L'ours en peluche lui avait sauvé la vie. Il leva les yeux vers le ciel et remercia le Seigneur. C'est dans l'épreuve que l'homme se tourne vers son Dieu. Et face au péril, la foi du pasteur était encore assez solide pour reprendre le dessus.

L'une des pattes de derrière du jouet était déchirée et il avait l'arrière-train couvert de poussière.

Les badauds commençaient à affluer. On entendit hurler la sirène d'une ambulance. Il ne manquait plus que ça, gémit Oskar Huuskonen, et Saara acquiesça. On jeta l'ours sur le dos du pasteur qui partit au trot vers sa voiture. Quelques personnes l'aidèrent dans ses efforts, Saara elle-même soutint le fardeau par une patte. Au parking, on fourra la peluche sur la banquette arrière de l'auto. Installée en position assise, elle tenait tout juste à l'intérieur. Le pasteur claqua les portières et prit le chemin de Nummenpää. Dans son dos trônait un énorme ours en peluche à la mine réjouie. Les Huuskonen, à l'avant, avaient l'air plus maussade.

8

L'évêque abat un élan,
Huuskonen l'évêque

C'était un mercredi comme un autre. À neuf heures du matin, le pasteur Oskar Huuskonen déclara ouverte la réunion hebdomadaire du personnel de la paroisse. Étaient présents la vicaire Sari Lankinen et le maître de chapelle Teemu Minkkinen — un ancien hippie d'une quarantaine d'années qui avait tâté de la drogue dans sa jeunesse et s'était de ce fait, malgré ses talents musicaux, retrouvé chef de chœur dans ce coin perdu —, ainsi que la diaconesse Helmi Saranpää, une aimable dame d'un certain âge, et la responsable des activités pour les jeunes, Katariina Malinen, une excitée qui avait voulu, dès son entrée en fonctions, programmer dans l'église des concerts de gospel. Le pasteur avait répliqué que si les psaumes ne suffisaient pas, pourquoi pas, tant qu'à faire, organiser des cérémonies vaudou à la haïtienne autour de l'autel.

Au cours de la réunion, on passa en revue les tâches de chacun pour les deux semaines à venir.

On feuilleta les prospectus de pelleteuses de l'usine Valmet et l'on conclut à l'unanimité que la mécanisation du creusement des tombes était une bonne idée, d'autant plus que la hausse de la mortalité liée à la pyramide des âges de la paroisse représentait une trop lourde charge pour le vieux fossoyeur. La responsable des activités pour les jeunes rapporta qu'aucun des confirmands n'avait été surpris en possession de drogue au stage de catéchisme, ce dont on prit acte avec satisfaction.

Après la réunion, le pasteur Huuskonen prépara l'ordre du jour de l'assemblée du conseil presbytéral. Puis il courut à la maison de retraite pour la prière quotidienne. Parfois, Oskar Huuskonen s'occupait l'esprit en cherchant à deviner dans quel ordre il enterrerait vieux et vieilles. Les ecclésiastiques apprennent vite à sentir l'approche de la mort. Huuskonen ne se trompait que rarement dans ses pronostics. Il était plus doué pour évaluer l'ordre des disparitions que l'équipe du centre médical, à l'exception du docteur Sorjonen. Mais ce dernier était un professionnel de la mort.

Dans l'après-midi, Huuskonen anima également une réunion du cercle de réflexion des anciens, réservé aux hommes, où il parla des « Manifestations masculines et féminines du vieillissement intellectuel », thème sur lequel les participants exprimèrent bon nombre d'intéressants points de vue, pour la plupart incroyablement misogynes. Ainsi s'écoula la journée.

Pendant ce temps, monseigneur Uolevi Ketterström avait pris sa voiture de fonction pour se rendre à Nummenpää, à la villa du général de brigade Maksimus Roikonen, où il revêtit sa tenue de chasse et fit honneur, dans la salle, au solide déjeuner de sportifs servi sur une table en rondins de pin refendus. Ensuite, nettoyage des armes et départ pour la forêt. L'évêque se vit offrir le privilège de se poster à l'affût au pied d'une colline à l'est de Nummenpää. Le général et ses invités disposaient au total d'un quota de trois élans. Il fut décidé de tenter pour cette journée d'abattre un jeune et un adulte.

Monseigneur Uolevi Ketterström, debout à l'ombre d'un gros rocher couvert de lichen, regardait le petit lopin cultivé qui s'étendait devant lui, bordé d'une boulaie aux arbres clairsemés, avec à sa droite une colline rocailleuse. Plus loin scintillait la surface calme d'un étang. On savait que les élans avaient l'habitude de passer entre ses eaux et la colline, et l'emplacement était donc idéal pour un massacre.

Le paysage muet, sous les nuages du ciel d'automne, était un régal pour l'œil. Les feuilles des bouleaux n'avaient pas encore jauni, mais dès les premières gelées nocturnes, tout flamboierait.

Debout là sans un bruit au sein de la nature,

l'évêque se sentit submergé d'émotion : que ce pays était beau ! On dit que la forêt est le temple des Finlandais, et rien n'est plus vrai. Ici, on ne faisait qu'un avec son immense silence, les pensées couraient librement et l'âme vibrait d'une ferveur sacrée.

Deux corneilles passèrent au-dessus du champ. L'évêque en fut un peu contrarié — de quel droit ces satanés volatiles venaient-ils crailler dans le temple du Seigneur ? Il les aurait bien abattus en vol, mais c'était impossible. Premièrement, il n'aurait pas été facile de les toucher avec un fusil à gros gibier, et deuxièmement, on était là pour chasser l'élan et les coups de feu auraient fait fuir les bêtes levées par les rabatteurs. Et puis Dieu avait aussi créé les corneilles, ou, plus exactement, les conditions de leur apparition par le biais de l'évolution des espèces. Mais celle-ci était malgré tout guidée par la main du Créateur du ciel et de la terre et peu importait donc, aux yeux de l'évêque, le moment où l'on considérait que le geste créateur du Seigneur avait commencé ou fini, puisqu'il s'agissait en réalité d'un processus permanent. L'homme, simplement, ne le voyait pas, car l'évolution voulue par l'Éternel progressait à tout petits pas. « Les moulins de Dieu broient lentement », c'est bien ce que dit le proverbe, songea monseigneur Uolevi Ketterström.

Un léger frisson de froid lui parcourut le dos. Il

aurait été temps que l'élan surgisse à la lisière de la forêt, qu'il puisse tirer. Les rabatteurs du général de brigade Maksimus Roikonen avaient-ils trouvé les animaux et réussi à les mettre en mouvement ? L'évêque avait fait la connaissance de l'officier, qui avait plus de dix ans de moins que lui, lors d'une période d'instruction militaire aussi bien temporelle que spirituelle. Ils chassaient ensemble depuis des années dans les mêmes cercles de notables et avaient aussi eu l'occasion de collaborer dans la vie professionnelle.

L'Église et l'armée sont plus proches l'une de l'autre qu'on ne le pense en général. Pendant la guerre, le réconfort moral est essentiel. L'on ne soulignera jamais assez l'importance de la mission des aumôniers militaires, lorsqu'ils bénissent les blessés avant que ceux-ci rendent le dernier soupir. Sans parler de l'enterrement des morts dans le cimetière des héros de leur village natal. Car qui d'autre que les pasteurs trient et identifient les corps ? Et ils savent aussi tenir un fusil, au besoin. C'est ainsi : le sabre et le goupillon, au service d'une même cause, la famille et la patrie. Il ne faut pas oublier, songea l'évêque, que le Seigneur est aussi un dieu irascible et vengeur, et même un dieu guerrier. C'est un rempart que notre Dieu, une invincible armure.

Mais ces évidences avaient été reléguées aux oubliettes dans les années soixante et soixante-dix.

Heureusement, le temps était enfin revenu d'appeler un chat un chat. Beaucoup d'anciens stalinistes convaincus avaient confessé à l'évêque avoir jadis blasphémé Dieu en vain. C'était la mode, on les y avait incités. L'essentiel était qu'ils aient fini par s'en repentir, et monseigneur Ketterström bénissait ce revirement. Il n'était pas rancunier.

Le général de brigade lui avait aussi, un jour de gueule de bois, demandé l'absolution. Lors d'une partie de chasse, l'officier lui avait parlé de certaines choses, la gorge serrée et une authentique larme à l'œil. Parmi d'autres faits regrettables, l'évêque avait ainsi appris que le général Maksimus Roikonen et la pastoresse Saara Huuskonen avaient eu des relations charnelles. Passionnées qui plus est.

Était-ce seulement vrai ? Les pastoresses ne pratiquent pas l'adultère, d'habitude, mais après tout, si le séducteur est un général, peut-être a-t-il ses chances.

Les pensées de monseigneur Ketterström vinrent buter sur le pasteur Oskar Huuskonen. Le charme de la nature se brisa. Cet homme était un fléau. Pas étonnant que sa femme aille parfois voir ailleurs. Au fond, c'était bien fait pour lui, il aurait fallu le lui faire savoir d'une manière ou d'une autre. Mais même un évêque ne pouvait trahir le secret de la confession.

Tandis qu'il maudissait Huuskonen, il entendit

dans la boulaie, de l'autre côté du champ, un fracas de branches brisées. Un grand élan femelle déboula, s'arrêta à la lisière de la forêt, balaya l'espace du regard et repartit au galop à travers la clairière.

Le fusil de monseigneur Uolevi Ketterström tonna. La reine de la forêt tomba à genoux, tourna la tête vers l'évêque, roula sur le flanc, battant l'air des pieds, et rendit l'âme. Ketterström tira encore deux coups de feu à la suite en guise de signal : la chasse avait été fructueuse.

Dans la soirée, l'évêque et le général de brigade vinrent frapper à la porte du presbytère, demandant le pasteur Oskar Huuskonen. Ils avaient lavé le sang de leurs mains et s'étaient changés. La pastoresse Saara Huuskonen invita les deux hommes à entrer, leur proposa du café et aurait même servi des liqueurs pour fêter le succès de la chasse à l'élan, mais en l'absence du maître de maison, Ketterström et Roikonen ne voulurent pas s'attarder.

«Oskar est sûrement en train de s'entraîner à Rekitaival, il y passe souvent la soirée à lancer le javelot.»

L'évêque et le général se rendirent à Rekitaival. La nuit commençait à tomber quand ils arrivèrent à la ferme indiquée par la pastoresse. Les habitants leur apprirent que le pasteur Huuskonen était dans le puits de la cour, mais qu'il ne fallait pas y aller, c'était dangereux. Monseigneur Ketterström ne voyait cependant pas quel risque il pouvait y avoir à jeter un coup d'œil dans un puits. Il traversa la cour et cria dans l'ouverture :

« Oskar, qu'est-ce que tu fais là ? Remonte, mon cher frère ! »

Des profondeurs jaillit un javelot, couronné de la gerbe d'étincelles d'un cierge magique. Sa pointe frappa l'évêque en pleine poitrine. Dans un craquement sinistre, le fer pénétra sous la clavicule droite et, après avoir traversé les muscles du torse, se ficha dans l'omoplate. Le javelot dans le corps, Monseigneur Uolevi Ketterström roula sur le flanc comme l'élan transpercé par sa balle de fusil, ses pieds battant follement l'air. Le cierge magique lui brûla un pan de chemise et lui noircit le nombril.

Ce fut le drame. Le général de brigade utilisa son téléphone portable pour appeler d'urgence le docteur Seppo Sorjonen, qui promit de filer comme une flèche à Rekitaival. Le médecin recommanda de ne pas tenter de retirer brutalement le javelot de son logement tant qu'il n'aurait pas examiné le patient.

Il ne fallut pas plus d'un quart d'heure au docteur Sorjonen pour arriver au puits de Rekitaival. Le cas lui en rappelait un autre, plus ancien : à l'issue d'une partie de cartes, le bûcheron Nätti-Jussi, bien connu dans toute la Laponie, avait reçu un coup de hache sur la tête. N'osant pas retirer le fer profondément enfoncé dans le crâne, le médecin de Kemijärvi avait ordonné de conduire le patient à Oulu pour y être opéré. Mais avant son départ pour l'hôpital, Nätti-Jussi avait exigé que le médecin scie au moins le manche de la hache, pour qu'il puisse mettre son bonnet de fourrure sur sa tête. Il faisait bien - 40° et le blessé devait être emmené en camion, sur la plate-forme arrière.

Cette fois, le docteur Sorjonen cassa le manche du javelot, puis on porta l'évêque dans l'ambulance qui venait d'arriver et on le conduisit au centre médical de Nummenpää. Ce n'est qu'ensuite qu'on se rappela avoir oublié le pasteur Oskar Huusko-nen au fond du puits. Le général de brigade Mak-simus Roikonen suggéra qu'on l'y laisse quelques jours, en guise de leçon, ou en tout cas jusqu'au matin. Embrocher un dignitaire ecclésiastique était un acte suffisamment grave pour qu'une sanction s'impose.

Mais les habitants de la ferme sortirent le pasteur du puits, et il se hâta d'aller à l'hôpital prendre des nouvelles de l'évêque.

9

Préparatifs de sommeil hivernal

Dans le service hospitalier du centre médical de Nummenpää, le docteur Seppo Sorjonen retira la pointe de javelot de la poitrine de monseigneur Uolevi Ketterström, qui gémit de douleur. Oskar Huuskonen, au chevet de la table d'opération, observait avec attention les conséquences de son geste.

«Assez profond et intéressant, comme blessure, marmonna Sorjonen en explorant la plaie laissée par le projectile.

— Est-ce qu'il aurait traversé, si l'omoplate ne l'avait pas arrêté? s'enquit Huuskonen, curieux.

— On n'a pas besoin de toi et de tes questions, Oskar, grogna l'évêque.

— Je suis juste venu te saluer et te demander pardon. Tout est de ma faute, j'aurais dû mettre quelqu'un en sentinelle près du puits, que personne ne vienne fourrer la tête dans l'ouverture comme tu l'as fait. On ne t'avait pas mis en garde?»

103

L'évêque ne tenait pas à poursuivre sur le sujet et le docteur Sorjonen réclama un peu de tranquillité pour soigner le blessé. Le pasteur Oskar Huuskonen adressa encore quelques mots de consolation à l'évêque et se retira. Il revint cependant presque aussitôt sur ses pas et demanda à Ketterström :

« Est-ce qu'il ne faudrait pas déclarer cet incident à la police et dresser un procès-verbal ? »

L'évêque hurla qu'il n'en était pas question. Il fallait oublier cette désastreuse affaire au plus vite et pour l'éternité, amen et dehors !

Monseigneur Uolevi Ketterström fut transféré le lendemain matin à l'Hôpital des diaconesses de Helsinki afin de s'y remettre de son trou de javelot dans la poitrine. D'après le pronostic des médecins, il ne pourrait plus chasser avant longtemps l'élan ni aucun autre gibier, car la blessure se trouvait juste sous la clavicule, à l'endroit où la crosse du fusil reculait en tirant. On lui promit cependant qu'il pourrait reprendre les rênes de son diocèse dans une quinzaine de jours. Officiellement, on annonça que l'évêque s'était légèrement blessé à l'épaule alors qu'il était à la chasse, en trébuchant sur un pieu planté dans le sol. Le mensonge n'était pas bien grand, ni même condamnable aux yeux de Dieu, estima-t-on à l'hôpital et au chapitre du diocèse.

Le pasteur Oskar Huuskonen continua d'exercer normalement son apostolat, du moins en apparence, car il s'attendait malgré tout à une réaction de l'évêché. Rien ne venant, il retourna à ses passe-temps, rasséréné. En plus du javelot ascensionnel, il avait repris goût aux études d'astronomie de sa jeunesse. Moins il croyait en Dieu, plus il s'intéressait à l'espace et aux créatures pensantes qui le peuplaient peut-être. Apprenant qu'il se tenait au centre scientifique et technologique Heureka une conférence internationale sur l'intelligence extraterrestre, le pasteur s'y rendit pour écouter les intervenants et consulter les épais dossiers disponibles. Il apprit que depuis déjà plus de vingt ans l'humanité écoutait les signaux radio du cosmos à l'aide de radiotélescopes, jusqu'à présent sans résultat. Des scientifiques sérieux jugeaient toutefois probable que l'homme n'était pas la seule espèce intelligente de l'univers, et le pasteur Oskar Huuskonen n'était pas loin de partager leur opinion. Si Dieu avait créé l'homme, les animaux, les plantes et le reste sur la terre, pourquoi n'aurait-il pas aussi fait œuvre de création ailleurs dans l'univers ? L'Éternel régnait sur tous les systèmes solaires et les galaxies, et pas seulement sur ce bas monde.

Parallèlement à ses préoccupations astronomiques, Oskar Huuskonen s'attela à un projet de tanière pour l'ourson. Il téléphona à plusieurs spécialistes et se plongea dans les livres — étonnamment nombreux — publiés en Finlande sur les carnivores sauvages. Il acheta même un superbe ouvrage illustré, *L'Ours brun,* avec des textes du spécialiste des ursidés Erik S. Nyholm et des clichés du photographe animalier Eero Kemilä. L'éthologiste Sonia Sammalisto, de l'université d'Oulu, lui prodigua aussi des conseils, de même que les parcs zoologiques de Korkeasaari et d'Ähtäri.

Oskar Huuskonen avait d'abord envisagé de construire la tanière de l'ourson dans le jardin du presbytère, mais lorsqu'il fit part de son projet à la pastoresse, elle sortit de ses gonds.

« Tu as perdu la tête ? Une tanière au pied de notre perron ! Tu ne vois pas qu'il risque d'en sortir Dieu sait quelle bête féroce, au printemps. Cet ours va forcément grandir pendant tout l'hiver dans son trou, à ne rien faire d'autre que dormir et péter, et aux beaux jours, affamé, la première chose qu'il fera sera de nous tuer et de nous dévorer. »

Oskar Huuskonen eut beau lui expliquer qu'un ours ne grandissait pas beaucoup, l'hiver dans son antre, et que son sommeil n'augmentait pas non plus son agressivité, rien n'y fit.

« Tu n'as qu'à emmener Belzéb à la ferme de Saimi Rehkoila et y construire toutes les tanières que tu voudras, mais je ne veux plus voir d'ours au presbytère. Et portes-y en même temps ce nid à poussière », dit la pastoresse en désignant l'ours en peluche géant qu'Oskar avait déposé dans le vestibule du presbytère. Il était appuyé contre le mur, un air amusé sur la figure.

Saimi Rehkoila accepta volontiers que l'on construise une tanière dans sa cour de ferme. Oskar Huuskonen acheta du papier millimétré, une règle et un crayon-feutre et entreprit de dessiner des plans à son bureau. Il décida d'utiliser pour l'ossature de l'antre des planches en bois non traité de deux pouces sur quatre, avec pour isolant de la laine de verre de dix centimètres d'épaisseur, de la marque Ursa, bien entendu. Pour la surface au sol, le pasteur pensait qu'une dizaine de mètres carrés environ suffiraient; dans la nature, les tanières sont beaucoup plus petites, mais en l'occurrence, il fallait y faire tenir non seulement Belzéb et l'ours de la vitrine de Stockmann, mais aussi un humain — au cas où il s'avérerait nécessaire de bercer l'ourson pour l'endormir. Le mieux serait un plan ovale, afin de pouvoir mettre dans le fond la grosse peluche, avec Belzéb entre les pattes, puis, sur le grand côté, un épais matelas de mousse pour la personne qui endormirait et surveillerait l'ourson. L'ouverture, par laquelle on pourrait se glisser à quatre pattes, se trouverait en face. La hauteur sous plafond serait de 70 centimètres du côté des ours et d'un bon mètre de l'autre.

L'éthologiste Sonia Sammalisto téléphona de l'université d'Oulu afin de proposer au pasteur un accord de partenariat. Sachant qu'il avait l'intention de construire une véritable tanière pour son ours apprivoisé, serait-il possible qu'elle en profite pour étudier scientifiquement le sommeil hivernal de l'animal et les réactions de son organisme ? L'université était prête à participer aux frais de construction de l'antre et à fournir les informations nécessaires sur la biologie oursine. Sonia Sammalisto préparait en effet une thèse de recherche sur l'hibernation et la léthargie carnivore des mammifères des régions nordiques et aurait là une occasion inespérée de recueillir des données expérimentales sur l'hivernage de l'ourson du pasteur Oskar Huuskonen.

La température intérieure de la tanière devait être constante. On observerait les fonctions organiques de l'ours à l'aide de différents enregistreurs disposés sur son corps. Toutes les données seraient mises en mémoire sur disquettes et analysées plus tard.

Parfait ! Le projet aurait ainsi une portée scientifique et Oskar Huuskonen n'aurait plus à craindre de se trouver en butte aux moqueries avec son ours et sa tanière. Il fit part à son épouse de l'offre de l'université.

« Je vois que les gens sont fous à lier jusque dans les milieux académiques, dans ce pays », commenta-t-elle.

Oskar Huuskonen téléphona au bureau des permis de construire de la commune afin de savoir s'il était nécessaire de déposer une demande officielle pour ce type de projet. Le directeur du bureau, l'ingénieur-conseil Taavi Soininen, manifesta aussitôt son intérêt et souhaita voir les plans.

Quand il les eut sous les yeux, il se pencha avec le pasteur sur les détails de l'entreprise.

« La température d'une tanière oursine peut être assimilée, à mon sens, à celle d'une maison bien isolée, déclara Soininen. Je suggérerais qu'on pose sur l'armature du toit de l'Ursa de 20 centimètres d'épaisseur, et bien sûr un film plastique coupe-vent. Pour la couverture, le mieux serait peut-être tout simplement du carton bitumé, à moins que tu ne préfères la tôle. Une tôle d'acier galvanisée ou plastifiée serait bien sûr la solution la plus durable, mais avec cette forme ovale, un peu comme un igloo, la mise en œuvre pourrait être difficile et exiger l'intervention d'un couvreur professionnel. En plus, les pluies d'automne risquent de tambouriner si fort sur le métal que Belzéb aura du mal à trouver le sommeil.

— Et si on mettait du bardeau, proposa le pasteur Huuskonen.

— Les règlements anti-incendie interdisent les couvertures en bois pour les habitations, tanières comprises, où l'électricité est installée. »

Oskar Huuskonen confirma qu'il y aurait bien sûr l'électricité dans l'antre, qui donc voudrait rester dans le noir total, surtout qu'endormir l'ours risquait de prendre des semaines. Sans livres, le temps paraîtrait long. Et l'étude scientifique du sommeil hivernal de Belzéb exigeait également du courant.

«Tu comptes aussi mettre l'eau?

— Ce serait sans doute une bonne chose, pour pouvoir au moins se laver les mains et se désaltérer au robinet. Ne pas avoir à sortir pour chercher de l'eau, au risque de réveiller l'ours.»

L'ingénieur-conseil Soininen suggéra en outre au pasteur Huuskonen de prévoir un petit climatiseur du côté humain de la tanière oursine. Son cousin en avait un dans sa multipropriété au Portugal.

«C'est étonnamment silencieux et ça ne coûte pas très cher», fit-il valoir. Il avait passé une semaine de vacances chez son cousin et n'avait absolument pas souffert de la canicule. Au besoin, la climatisation pourrait même être inversée pour chauffer la tanière.

Le pasteur tenait naturellement à climatiser l'antre, ne serait-ce que pour lutter contre l'odeur de renfermé qui risquait d'y régner.

«Bien, je vais ajouter au plan la surface nécessaire à l'appareil et à la prise d'air. On pourrait d'ailleurs faire passer un périscope dans le même conduit. Qu'en penses-tu, pasteur?»

L'idée avait du bon. Quand l'endormeur d'ours serait étendu sur son matelas, il pourrait au besoin surveiller grâce au périscope ce qui se passait à l'extérieur, sans avoir à s'équiper à tout bout de champ pour sortir dans le froid. Une tanière est comme un sous-marin, en un sens, elle vogue sous la neige au pays des rêves, sans fenêtres sur le monde alentour.

« Le téléphone, la radio ?

— Bien sûr, avec des écouteurs, pour que l'ours ne soit pas dérangé dans son sommeil par la sonnerie du téléphone ou la musique de la radio. »

Un télécopieur pourrait aussi être utile. L'éthologiste Sonia Sammalisto, de l'université d'Oulu, avait d'ailleurs fait savoir qu'elle avait besoin d'une ligne de fax pour son travail, et l'on connecterait donc la tanière au réseau téléphonique.

Soininen proposa aussi de dessiner sur les plans, dans la partie humaine de l'antre, un renfoncement dans lequel on pourrait placer une glacière, afin de disposer au besoin de bière fraîche et d'en-cas légers. Ne serait-il pas bon, d'ailleurs, de prévoir une cheminée ou un réchaud ? Endormir Belzéb et observer sa léthargie risquaient d'être des activités de longue haleine, et les humains ont besoin de manger chaud, contrairement à un ours uniquement préoccupé de lâcher des pets dans son sommeil.

« J'achèterai un four à micro-ondes, c'est propre et silencieux », décida le pasteur Huuskonen.

L'ingénieur-conseil promit de s'occuper de mettre

les plans au propre et de les soumettre à la commission des permis de construire.

« En réalité, il n'est pas obligatoire d'obtenir une autorisation pour une aussi petite surface, mais l'avis de la commission pourrait avoir valeur de précédent. Il faudrait aussi savoir comment désigner cet antre. Le cas des tanières oursines n'est pas prévu par le code de la construction.

— Que dirais-tu d'un abri destiné à loger des animaux ? » proposa le pasteur face à ce problème bureaucratique. Soininen agréa le terme et nota qu'il serait à coup sûr le premier ingénieur-conseil au monde à avoir l'honneur de présenter une demande de permis pour la construction d'un gîte d'ours.

« Il ne restera plus qu'à emprunter un canon à neige à la station de ski et à pulvériser un mètre de poudreuse sur le toit pour obtenir un ensemble tout à fait charmant et naturel. »

10

La construction de la tanière

Belzéb bâillait à s'en décrocher la mâchoire en regardant le lanceur de javelot ascensionnel Jari Mäkelä clouer pour la tanière des planches de deux pouces sur quatre. L'ours n'y comprenait pas grand-chose et s'y intéressait encore moins, mais il était content d'être là, au cœur de l'action, avec le pasteur Oskar Huuskonen et l'ingénieur-conseil Taavi Soininen. La veuve d'agriculteur Saimi Rehkoila lui servait à intervalles réguliers de solides collations telles que travers de porc fumés ou cervelas, souvent suivies de douces panades aromatisées au miel. Après, les yeux de l'ourson se fermaient tout seuls.

On était déjà en octobre, il tombait une petite bruine froide. Jari Mäkelä avait porté son record de lancer hors d'un puits à 16,47 mètres et de nombreux supporters enthousiastes s'étaient ralliés à cette nouvelle discipline. Une association sportive, la Ligue des lanceurs ascensionnels de Nummenpää, avait été fondée et aussitôt sponsorisée par le Lions

Club local, qui avait financé la commande pour l'équipe de maillots rembourrés au coude du côté du bras de lancement, portant au dos l'inscription :

TOUJOURS PLUS HAUT
AVEC NOS JAVELOTS

Ligue des lanceurs ascensionnels
de Nummenpää

«Belzéb va avoir une belle tanière», se félicita Jari Mäkelä, fier de son travail.

«Ce serait une idée, philosopha-t-il ensuite, que les gens dorment aussi tout l'hiver. Nous, les agriculteurs, nous en aurions en tout cas le temps. Il faudrait juste, par exemple, n'avoir à payer la redevance télé que pour l'été, parce que qui la regarderait en dormant ? Et on pourrait aussi ne s'abonner aux journaux que pour la belle saison. »

Le pasteur Oskar Huuskonen renchérit : «On pourrait de même fermer les églises pour l'hiver, pendant que les prêtres ronfleraient.

«On enterrerait tous les défunts en mai et on fêterait les confirmations dans la foulée. Il n'y aurait plus jamais d'office de Noël. »

L'ingénieur-conseil, qui venait d'apporter sur le chantier de la tanière un rouleau de carton bitumé noir, déclara :

«Dans le bâtiment, une pause hivernale n'aurait que des avantages, sous nos climats. Le coulage du béton et la pose des canalisations, surtout, sont toujours plus faciles à réaliser en dehors des périodes de gel. »

Saimi Rehkoila aussi trouvait que passer l'hiver à dormir pourrait être une bonne chose :

«Plus besoin de pelleter la neige et de faire de la pâtisserie pour Noël, même si une pauvre veuve solitaire peut de toute façon se passer de fêter la Nativité. Mais il faudrait faire le ménage à fond et laver tous les draps et les tapis à l'automne, pour ne pas avoir à tout récurer tout de suite en se réveillant au printemps.

— Sur un plan plus général, l'économie entière du pays bénéficierait d'un sommeil hivernal, médita l'ingénieur-conseil Soininen. Tous les services pourraient par exemple être suspendus, seules les industries de transformation continueraient de tourner, grâce à la main-d'œuvre étrangère qui resterait éveillée, et les exportations rapporteraient bien sûr toujours autant, hiver comme été. Maintenant, les chômeurs se tournent les pouces toute l'année, bien obligés, mais si on adoptait officiellement le sommeil hivernal, les périodes de chômage diminueraient d'autant et se réduiraient à l'été. D'où des économies considérables pour le budget de la nation, en ces temps difficiles», conclut-il en commençant à clouer le carton bitumé sur les planches à rainure et languette du toit.

Alors que le gros œuvre était presque achevé, on vit arriver de l'université d'Oulu l'éthologiste Sonia Sammalisto, chargée de tout un bataclan d'ordinateurs, de livres, de bobines de câble et d'enregistreurs. La scientifique était une femme séduisante, bien en chair, qui n'avait pas encore atteint la quarantaine et parlait avec un fort accent du Nord. Elle débarqua en taxi sur le chantier et demanda si elle pouvait loger sur place à la ferme, au moins pour quelques semaines, le temps de mettre ses recherches en route.

«Et voilà Belzéb, c'est bien ça? Qu'il est mignon! Mon petit bonhomme, on va te brancher des fils partout et tâcher de savoir à quoi tu penses dans la longue nuit d'hiver, quel genre de rêves tu fais, ou si tu as seulement la moindre activité psychique pendant ton sommeil.»

Belzéb vint se frotter contre la cuisse ronde de Sonia. Le pasteur Oskar Huuskonen regarda le paysage qui se dessinait sous les jupes de la chercheuse et songea qu'il aurait volontiers écarté l'ourson de ses jambes pour les frôler à sa place.

Pour fêter la pose de la dernière poutre de la tanière, le pasteur prononça quelques prières et l'ingénieur-conseil adressa comme toujours en ces circonstances ses remerciements aux ouvriers, qui, dans le cas présent, n'étaient que deux en plus du lanceur ascensionnel Jari Mäkelä. La veuve d'agriculteur Saimi Rehkoila avait cuisiné de la soupe aux pois et l'on vida comme de coutume un certain nombre de bouteilles de bière. L'ours bâillait sur la pelouse. Il commençait à se faire gros et à prendre des allures de jeune mâle.

La pastoresse Saara Huuskonen n'était pas présente, bien qu'Oskar l'eût conviée à venir voir la tanière construite dans la cour de ferme.

« N'y compte pas. Les tanières ne m'intéressent pas. Et à vrai dire, je commence à en avoir assez de toutes ces histoires d'ours, rien que de voir Belzéb, ça m'énerve. »

Le pasteur lui fit remarquer qu'elle avait le cœur bien dur.

« Peut-être. Ça endurcit une femme, d'avoir à expliquer à tout le canton les extravagances de son mari. »

Oskar Huuskonen prit la mouche. Qu'y avait-il donc à expliquer ?

Saara rappela à son époux qu'il avait entre autres, il y a peu, transpercé l'évêque d'un coup de javelot.

« Je me dis parfois que si tu dormais toi aussi tout l'hiver, la vie serait un peu plus tranquille. »

Tiens. Pourquoi pas. Le pasteur ne trouvait pas l'idée si mauvaise. Il songea un instant aux formes généreuses de Sonia Sammalisto. Il pourrait profiter de ses vacances d'hiver, par exemple, pour s'installer dans la tanière de l'ours avec l'éthologiste. Après tout, il y avait dans l'antre un large et épais matelas où faire la sieste.

De retour à la ferme de Saimi Rehkoila, le pasteur acheva de clouer le carton bitumé du toit. Sonia Sammalisto porta son ordinateur dans la tanière, où elle rangea aussi ses livres et le reste de son matériel.

À plusieurs, on traîna dans l'antre le vieil ours en peluche acheté chez Stockmann. On plia ses articulations mécaniques de manière à le coucher dans le coin le plus reculé, puis on poussa Belzéb entre ses pattes. L'ourson était déjà trop ensommeillé pour beaucoup protester, mais il trouvait quand même l'endroit étrange. On le laissa explorer son nouveau logis en toute tranquillité. Les travaux de finitions étaient encore en cours. Un électricien vint poser des câbles, le plombier brancha l'eau et Sonia Sammalisto sortit un télécopieur de sa valise. On installa une ligne de téléphone, connectée à un poste numérique. Les factures, abonnement et communications, devaient être envoyées sur ordre du pasteur aux services administratifs de la paroisse. Pour finir, on mit en place le climatiseur, dont Sonia Sammalisto espérait qu'il maintiendrait autant que possible dans l'antre les conditions atmosphériques constantes nécessaires à ses délicats appareils de mesure.

Enfin, à la mi-octobre, la tanière fut prête. Comme il n'était encore tombé que quelques flocons, on fit venir un canon à neige de la station de ski de Vihti afin de recouvrir la construction et ses abords de cinquante centimètres de poudreuse. La veuve d'agriculteur Saimi Rehkoila berça l'ourson pendant la première nuit. En sortant de l'antre, au matin, elle rapporta que Belzéb s'était montré un peu nerveux au début, son nouveau gîte le perturbait sans doute, mais il avait vite été gagné par le sommeil et avait dormi sans plus de problèmes. Sonia Sammalisto s'occupa de raser les poils de la poitrine et du front de l'ours, scotcha sur sa peau différents enregistreurs de données scientifiques et régla le fonctionnement de l'ordinateur et de la climatisation. On ferma le rideau séparant le fond de la tanière du laboratoire de recherche. Puis l'éthologiste s'installa sur le matelas avec une pile de magazines féminins. Il avait été convenu que le pasteur Oskar Huuskonen viendrait à son tour dans l'après-midi veiller à l'entrée en sommeil de Belzéb. Pour la nuit, Saimi Rehkoila avait promis de lui tenir à nouveau compagnie.

Le pasteur Oskar Huuskonen profita de la semaine d'endormissement de l'ours pour travailler à une homélie sur l'Évangile selon Matthieu, chapitre XIV, versets 22 et 23. C'est là que Jésus marche sur les eaux. Le même pouvoir miraculeux est accordé à Pierre, mais le doute s'empare de lui et il s'enfonce dans les flots; Jésus l'aide alors à surnager et à remonter dans sa barque.

Oskar Huuskonen, dans la tanière de l'ours, s'abîmait dans la contemplation, méditant sur son prêche, réfléchissant au passage en question de la Bible et se remémorant les textes herméneutiques des exégètes. Il ne consacrait pas en général autant de temps à la préparation de ses homélies, mais il était bon, par moments, de faire avec soin le travail auquel ses études l'avaient formé dans sa jeunesse. L'apostolat de l'Église obéissait à ses propres règles et il n'était pas inutile, même pour un pasteur doyen expérimenté, d'aller parfois au fond des choses. Et tandis qu'il était allongé là, dans la tanière de Belzéb, à écouter le bourdonnement silencieux du climatiseur, ses pensées dérivaient d'elles-mêmes vers les questions religieuses, comme jadis, quand il n'était encore qu'un vicaire empli d'une foi ardente.

Oskar Huuskonen s'interrogeait sur le but de l'apologétique. *Apologia,* en effet, signifie «défense», et l'apologétique est donc la branche de la théologie qui a pour objet de trouver des arguments pour défendre la vérité chrétienne. Les scientifiques d'autres domaines tendent à être d'incurables sceptiques, d'éternels douteurs, pour la plupart cyniques et pinailleurs, souvent peu enclins à avoir la foi.

Oskar Huuskonen avait accumulé pour sa thèse de doctorat des masses d'arguments pseudo-scientifiques, mais là, dans la tranquillité de l'antre, il commençait à avoir l'impression que l'apologétique, ou pour le moins l'apologie, ne rimait à rien. À quoi bon défendre la scientificité de la Bible quand votre propre foi vacillait ?

L'ourson semblait dormir. Il respirait lentement et régulièrement. Les recherches de Sonia Sammalisto sur son sommeil hivernal avaient pris un bon départ. D'après elle, la découverte de la cause précise, du facteur déclenchant de la longue léthargie de l'ours risquait d'avoir un formidable retentissement scientifique. On pourrait par exemple utiliser des cures de sommeil prolongées pour le sevrage des alcooliques, voire même guérir l'obésité, ainsi que de nombreuses maladies organiques, si l'on parvenait à reproduire chez l'homme les phénomènes qui accompagnent naturellement la dormance de l'ours. Pour les fous et les indigents, un long repos hivernal constituerait aussi un répit bienvenu dans la pesante obscurité sans fin de l'hiver.

Mais ce prêche. Avant de s'endormir, le pasteur Oskar Huuskonen songea vaguement que si Jésus avait été finlandais, marcher sur les eaux n'aurait pas été un bien grand miracle, en tout cas en hiver. Ce n'était pas une question d'ardeur de la foi, mais d'épaisseur de la glace.

11

Pieux séjour sous la neige

Le pasteur Oskar Huuskonen se sentait chez lui dans la tanière de Belzéb. L'endroit était calme et accueillant, il y trouvait le temps de réfléchir, loin des récriminations de son épouse et des urgences de la paroisse. Dans la partie humaine de l'antre flottait le parfum de l'eau de toilette de Sonia Sammalisto et, de plus en plus souvent, Oskar Huuskonen rampait à l'intérieur alors même que la jeune femme s'y trouvait à lire la presse du cœur. Mais un pasteur est toujours le bienvenu dans une tanière oursine : l'éthologiste lui faisait une petite place à côté d'elle. Ils parlaient à voix basse pour ne pas réveiller Belzéb. Le pasteur laissait reposer sa main sur la hanche de Sonia, le geste semblait naturel.

La chercheuse posait à l'ecclésiastique toutes sortes de questions sur la religion et celui-ci, en homme du métier, parlait volontiers de Dieu, de la Bible, de Jésus-Christ et du Saint-Esprit, toutes choses auxquelles il ne croyait plus guère mais qui étaient depuis toujours au cœur de son travail. Pour une scientifique, Sonia était assez superficielle et même un peu puérile, elle s'intéressait aux romans de gare, à la presse à scandale, à l'astrologie et à toutes sortes d'autres sornettes. Elle était pourtant saine et pleine de vie, pas bête du tout, en réalité, mais dotée à sa manière d'une âme simple et forte. Le pasteur Huuskonen lui racontait des épisodes de la Bible et lui enseignait l'histoire sacrée. Le temps passait ainsi très agréablement. Oskar se sentait rajeunir au contact de Sonia. Par moments, il se demandait s'il n'était pas en proie au démon de midi, et constatait avec une surprise ravie que c'était de toute évidence le cas.

C'est ainsi que naquit entre Sonia Sammalisto et Oskar Huuskonen, dans les profondeurs de la tanière, une relation non seulement spirituelle, mais aussi plus terrestre, une amitié charnelle, comme le pasteur la qualifiait joliment. Il s'attardait souvent toute la nuit dans l'antre auprès de la jeune femme, ne passant qu'un bref coup de fil à la pastoresse pour lui dire que l'ourson était malade et qu'il fallait le dorloter sans relâche nuit et jour. Il informait de même son secrétariat, afin que les appels téléphoniques qui lui étaient destinés soient redirigés vers la tanière.

Saimi Rehkoila cuisinait pour le pasteur et pour l'observatrice de la léthargie hivernale de l'ours de nourrissantes et savoureuses potées d'élan. Elle prenait aussi son tour pour veiller sur le sommeil de Belzéb. Quand elle se trouvait dans la tanière, on n'y voyait plus le pasteur, qui s'occupait alors de ses tâches administratives ou parcourait la paroisse pour présider à des réunions de prière dans les cercles de bienfaisance. Mais quand c'était à Sonia de surveiller les ordinateurs, le pasteur Oskar Huuskonen concluait ses exercices de dévotion par un rapide amen et filait retrouver sa maîtresse dans la tanière.

L'automne et l'avent s'écoulèrent sans encombre, mais à Noël les choses se compliquèrent pour Oskar Huuskonen. Sonia Sammalisto rentra chez elle à Oulu pour les fêtes. Le pasteur perdit tout intérêt pour l'antre de Belzéb. Saimi Rehkoila resta seule à dormir en compagnie de l'ours afin d'éviter qu'il se réveille et se mette à casser les appareils de mesure, ou surtout qu'il se sauve. Il arrive en effet qu'un courte-queue émerge en plein hiver de son sommeil, pour une raison ou une autre, et mette le nez dehors dans le froid. Il est alors tout engourdi et particulièrement irascible, désorienté, et se perd dans les bois, lui le roi de la forêt, incapable de retrouver son chemin.

Le pasteur lui-même avait en cette saison toutes sortes d'obligations sacerdotales. Il devait courir d'une réunion de prière à une autre, rendre visite à ses paroissiens, rédiger son prêche de Noël, se préparer aussi d'une façon ou d'une autre à célébrer l'événement en famille. En famille? La pastoresse Saara Huuskonen n'en voyait pas l'intérêt. Elle n'avait sans doute jamais bien compris le sens profond de la naissance de l'enfant Jésus. Elle assistait certes toujours à l'office de Noël, mais le suivait d'un air renfrogné, comme si elle subissait un châtiment immérité. L'écho de la voix de son époux dans la vieille église mal chauffée n'éveillait en elle aucune ferveur. Les fermiers assis derrière elle dans leurs odeurs de tabac, d'huile de tracteur et de saindoux ne semblaient pas non plus de nature à réjouir son âme d'enseignante de suédois.

Retenu par ses obligations familiales, le général de brigade Maksimus Roikonen ne pouvait pas venir à Noël à Nummenpää. Il aurait pourtant eu fière allure, debout à l'avant d'un traîneau noir attelé de deux chevaux blancs, fouettant leur croupe sur les routes enneigées du village. Mais encore une fois, hélas, la pastoresse devrait rentrer de l'église dans la voiture japonaise d'un banal pasteur, qui n'était même pas noire mais grise et pleine de poils d'ours.

Les Huuskonen ne prirent pas la peine de convenir que cette année ils ne s'offriraient pas de cadeaux et n'inviteraient pour Noël ni leurs enfants ni personne d'autre. C'était acquis. La pastoresse avait commandé un jambon précuit et se contenta de le réchauffer au micro-ondes, de vider dans le même plat une boîte de petits pois en conserve et de disposer distraitement des couverts en argent de part et d'autre des assiettes. Son époux alluma une bougie sur le rebord de la cheminée, mais ne se fatigua pas à faire du feu. Ils mangèrent sans appétit, et le pasteur s'abstint de dire les grâces. Quel Noël !

Le couple faisait chambre à part depuis que Saara avait frappé Belzéb avec le battoir à tapis. Avant de se retirer chacun de son côté, le soir, ils se souhaitaient cependant bonne nuit. Pas de querelle ouverte dans cette famille, donc, mais un sentiment de malaise. La pastoresse, dans son lit, méditait sur son sort d'épouse d'un homme au cerveau détraqué. Oskar avait réellement perdu le sens des réalités, et bien sûr il ne s'en rendait pas compte. Un vieillard qui s'amourache d'une donzelle, comme Oskar de cette boulotte chercheuse d'Oulu, est déjà en soi ridicule et pitoyable, mais aller en plus se vautrer avec elle, et dans la tanière d'un ours ! À son âge, juste ciel ! C'était aussi navrant que lamentable. Saara Huuskonen avait téléphoné à un psychiatre et avait même, sous prétexte d'achats de Noël, été parler de sa honte à Helsinki, mais Oskar n'avait fait que hausser les épaules. Il était parfaitement sain d'esprit, prétendait-il, et Saara s'énervait pour rien comme d'habitude. La ménopause ? avait-il même osé suggérer.

La pastoresse Saara Huuskonen se leva de son lit, énervée, pour aller dans la salle de séjour obscure, prendre ses cigarettes et en fumer une. Le jambon traînait sur la table, c'était la tradition, la nuit de Noël, on ne mettait pas les restes au réfrigérateur. Tout restait en pagaille, jusqu'à la moindre miette. Comme la vie en général, à cause de ce satané sac à puces. Saara Huuskonen écrasa sa cigarette à côté du jambon et retourna se coucher en pleurant.

Oskar non plus ne trouvait pas le sommeil ; se doutant que sa femme se promenait dans la maison, il se leva et écouta.

Que faisait Sonia à cette heure à Oulu ? Avait-elle un fiancé ? C'était couru, bêtasse comme elle était, à toujours lire des histoires d'amour, avec son côté bizarrement inculte pour une universitaire. Mais il y avait aussi en elle une sorte de bravade, une certaine violence arctique. Elle lui manquait, quoi qu'il en soit, avec leurs nuits partagées dans la tanière de Belzéb. C'était certes un peu osé, les ragots allaient sans doute bon train au village, et peut-être même ailleurs, mais il s'agissait quand même en principe de recherche scientifique. De biologie, très exactement. Leurs conversations à voix basse, pendant des heures et des jours entiers, sur la religion et

127

la création faisaient en un sens partie de son travail de prêtre et de théologien. L'éthologiste était assoiffée de spiritualité, c'était évident. Le pasteur s'était même essayé à prier avec elle. L'ennui, c'est que plus Sonia gagnait en piété, plus Oskar trouvait ses propres discours imbéciles. Il y avait quelque chose d'infantile à lui murmurer à l'oreille toutes sortes d'histoires bibliques, comme s'il s'agissait de cours de catéchisme. Mais le temps s'écoulait ainsi, et le pouvoir de la foi gardait Sonia auprès d'Oskar dans la tanière.

Monseigneur Uolevi Ketterström s'était heureusement remis de sa blessure et l'affaire n'avait pas été montée en épingle, en tout cas par la presse.

L'évêque avait téléphoné, avant Noël, et déclaré qu'il ne voulait plus jamais entendre parler de ce coup de javelot. D'un autre côté, il avait conseillé au pasteur Huuskonen de ne pas compromettre définitivement sa réputation. Aux yeux de Ketterström, il n'était pas bon qu'un ecclésiastique aide une jeune femme dans des travaux scientifiques de nature temporelle. Un théologien qui avait rédigé sa thèse de doctorat sur *L'Apologétique à travers les âges* avait d'après lui tout intérêt à se tenir à l'écart de recherches sur la léthargie carnivore des ursidés. Et l'on ne pouvait voir que d'un mauvais œil qu'un homme d'Église perde la tête à ce point.

« Un pasteur marié n'a rien à faire dans une

tanière où dort une jeune femme célibataire, réfléchis-y, Oskar. »

Le pasteur Huuskonen avait fait remarquer qu'il devait prendre soin de l'ours qui lui avait été offert par ses paroissiens. L'évêque avait répliqué que s'il avait pu imaginer tous les ennuis qui en découleraient à Nummenpää, il aurait tordu de ses mains le cou de cette sale bête.

Au cours de la conversation, il apparut que la pastoresse Saara Huuskonen avait entretenu l'évêque de ses soucis.

« Elle s'inquiète pour ta santé mentale, et je trouve ses craintes justifiées.

— N'essaie pas de prétendre que je suis fou, Ketterström. Tu es plutôt azimuté, toi aussi, si je peux me permettre.

— Pas d'attaques personnelles, Oskar, mes remarques sont purement fraternelles. J'essaie juste de te protéger. »

Le pasteur Huuskonen ouvrit doucement la porte de la chambre de sa femme, s'approcha de son lit et posa la main sur son front. Saara réprima un sanglot.

Oskar se glissa aux côtés de son épouse, qui ne protesta pas. C'était quand même la nuit de Noël, songeaient-ils tous les deux, couchés en silence les yeux grands ouverts dans l'obscurité du presbytère.

12

L'apostasie de la pastoresse

Peu après le Jour de l'An, Sonia Sammalisto revint d'Oulu et reprit ses recherches. Elle imprima les données sur le sommeil de Belzéb enregistrées sur disquettes pendant les fêtes par Saimi Rehkoila, puis s'installa comme à l'accoutumée dans la tanière pour surveiller l'ours. Dès que le pasteur Oskar Huuskonen apprit que Sonia était de retour, sa passion pour la science se réveilla et il se remit à passer le plus clair de son temps dans l'antre. Tout continua comme avant, à chuchoter et se papouiller sous la neige.

Ses vacances dans le Nord avaient été profitables à Sonia sur le plan spirituel. Elle expliqua avoir eu le temps de réfléchir en paix et d'analyser son réveil religieux ; elle avait médité sur les enseignements d'Oskar, à l'occasion de la Nativité, avait été à l'église et avait lu, en plus de ses habituels romans à l'eau de rose, la Bible et l'histoire du christianisme.

Elle voulait maintenant absolument faire le point sur ses sentiments religieux.

Le pasteur était horrifié. Il n'avait pas sérieusement cherché à convertir Sonia, sa propre ardeur apologétique s'était émoussée depuis des lustres, mais que faire, à présent qu'elle semblait avoir eu une révélation. Ce sont des choses qui arrivent, quand on couche pendant des semaines avec un ecclésiastique dans une tanière d'ours.

Fin janvier, le pasteur Oskar Huuskonen fit l'emplette de nouveaux skis de fond. La pastoresse ne pouvait paraît-il se passer de la voiture familiale et il n'avait pas les moyens d'en acheter ou d'en louer une autre, bien qu'il eût lui aussi absolument besoin d'un véhicule pour son travail. Une seule voiture aurait certes suffi au couple si le pasteur avait habité au presbytère, mais il passait le plus clair de son temps et presque toutes ses nuits dans la tanière de Belzéb, à susurrer à l'oreille de Sonia Sammalisto d'excitants mots d'amour bibliques, parmi lesquels il était difficile d'éviter de glisser des déclarations plus terrestres.

La conversion du pasteur à la pratique du ski résolut les problèmes de transport, car en coupant à travers bois, la cour de ferme de Saimi Rehkoila n'était pas très loin de l'église. Huuskonen traça une piste de la tanière de l'ours aux bureaux de la paroisse, et la pastoresse put garder la voiture familiale. Parfois, en semaine, le pasteur chaussait aussi ses skis pour aller dans les hameaux isolés lorsqu'un cercle de prière organisait une fête ou qu'une vieille à l'article de la mort avait besoin de revigorantes paroles de consolation. Pour un quinquagénaire, Oskar était un excellent skieur, sa forme physique s'était améliorée comme par miracle au cours des mois passés dans la tanière de l'ours. Sans oublier qu'il avait pratiqué à la belle saison le lancer de javelot ascensionnel, discipline dont on sait qu'elle exige des forces athlétiques.

Le pasteur Oskar Huuskonen passa naturellement ses vacances d'hiver dans la cour de ferme de Saimi Rehkoila, au fond de la tanière de Belzéb. Il prit en plus un congé sans solde afin de pouvoir se prélasser dans l'antre jusqu'à fin février. Sonia eut ainsi tout le temps de réfléchir à sa foi, aidée bien sûr par la présence constante d'un théologien compétent et féru d'études bibliques. Sonia était une disciple zélée : son réveil religieux prit une telle ampleur qu'elle demanda au pasteur Huuskonen de la confesser. Ce dernier se refusait cependant à devenir le père spirituel de sa maîtresse. Aussi leurs rapports se refroidirent-ils, et leur amour physique dépérit, presque entièrement vaincu par le sentiment du péché de Sonia. Comment est-il possible, songea Huuskonen dépité, qu'elle soit réellement tombée en religion ! Ce n'était pas le but, au départ, pas du tout. Les dévotes, surtout quand elles sont jeunes, sont une calamité, il en savait quelque chose. L'illumination de la foi s'apparente chez certaines à une crise de folie, et beaucoup ne s'en remettent jamais.

On commençait à murmurer dans le bourg que le pasteur Oskar Huuskonen avait été saisi par un démon de midi de la pire espèce. Le vieux bouc courait la gueuse. On rapporta aussi ces ragots à l'intéressé, qui accueillit l'accusation avec sérénité. Il déclara qu'un homme mûr, même vieillissant, n'avait rien d'un pitoyable barbon entiché de jouvencelles au soir de sa vie. Il s'agissait au contraire d'une immuable loi de la nature : tout vieux mâle se constitue un harem, il n'y a qu'à voir les élans ou les rennes aux bois les plus imposants ; l'individu le plus fort chasse ses jeunes rivaux de son territoire et règne seul sur sa troupe de femelles, préservant et améliorant la vigueur de la harde.

La pastoresse Saara Huuskonen tenta par tous les moyens de ramener son mari à la raison, le suppliant de revenir au presbytère, ne serait-ce que par souci des convenances, mais Oskar filait à ski à la tanière de l'ours dès que son travail le lui permettait. Il concéda à son épouse qu'il était peut-être devenu un peu bizarre, mais il ne se jugeait pas fou pour autant. Il avait juste un petit béguin pour l'étho-logiste de l'université d'Oulu et l'aidait dans ses importantes recherches. Il ne fallait pas y voir grand mal, à son sens, à peine un péché véniel. Oskar proposa à Saara de partir tous ensemble en vacances au printemps, avec l'ours, par exemple en Laponie, ou dans les montagnes du sud de l'Europe.

« Je n'irai nulle part avec cette traînée, répliqua la pastoresse, le regard noir. Et crois-moi, je ne risque pas de laisser ce satané Belzéb remettre les pattes ici », ajouta-t-elle d'un ton sans appel.

Cet hiver-là, le bureau du pasteur se trouva provisoirement installé dans la tanière oursine de la ferme de Saimi Rehkoila. Tous les appels téléphoniques administratifs y étaient transférés. Du fond de l'antre, Oskar Huuskonen veillait à l'organisation du travail apostolique, dirigeant sa paroisse et préparant ses prêches, l'âme en paix, dans un silence propice.

Le temps passa, les vacances prirent fin. Oskar Huuskonen sortit de sous la neige et reprit ses skis pour se rendre à une réunion de prière de la société de bienfaisance, prêcher dans son église comme à l'accoutumée et rentrer pour la nuit à la tanière. C'est alors que l'on vit arriver à la ferme la pastoresse Saara Huuskonen, qui demanda à la veuve d'agriculteur Saimi Rehkoila où était son mari.

« Le pasteur est là… dans la tanière. À faire de la science. Mieux vaudrait ne pas le déranger. Belzéb risque de se réveiller. »

Mais la pastoresse Saara Huuskonen avait une annonce officielle à faire et rien ne pouvait l'arrêter. Elle saisit une pelle sur le perron, pataugea dans la neige jusqu'à la tanière et commença à dégager l'entrée.

À l'intérieur de l'antre, Oskar et Sonia observaient avec effroi par la lentille du périscope l'assaut furieux de la pastoresse armée de sa pelle. L'éthologiste demanda au pasteur d'implorer la grâce de Dieu, mais il se contenta de grommeler d'un air ulcéré.

La pastoresse en courroux renversa d'un coup de pelle le tube du périscope qui pointait hors de la neige. Puis elle acheva de déblayer l'ouverture et cria dans la tanière :

« Je suis venue faire acte d'apostasie, Oskar Huuskonen ! »

Il s'ensuivit une scène terrible. Sonia Sammalisto rampa hors de l'antre et courut, pleurant et priant, se réfugier dans la salle de ferme de Saimi Rehkoila. Le pasteur Huuskonen resta tapi dans la tanière, tentant de raisonner son épouse, mais celle-ci débordait d'une rage accumulée pendant tout l'hiver. Elle hurlait et vociférait si fort que Belzéb se réveilla. Il poussa un grognement de mauvais augure avant de foncer vers la sortie. C'était déjà un assez gros ours et, prise de court, la pastoresse s'écarta de son chemin. Il ne resta dans l'antre que le pasteur Huuskonen en sous-vêtements. Dehors, un vent glacé soufflait dans le crépuscule. Oskar n'avait aucune envie de sortir en caleçon par près de - 20°. Mais comme son épouse jetait maintenant de la neige dans la tanière, il dut se résoudre à s'habiller plus chaudement. Contraint et forcé, le pasteur Huuskonen déboula dehors, tête baissée. La pastoresse s'enfuit dans la ferme tandis qu'il se jetait sur ses skis pour partir à la poursuite de l'ours. Au passage, il cria à son épouse que si elle voulait apostasier, il lui suffisait de passer signer le formulaire au secrétariat de la paroisse, aux heures de bureau. Là-dessus, il disparut sur les traces de Belzéb dans la forêt où tombait la nuit.

Dans la salle de ferme de Saimi Rehkoila, les femmes tentaient de reprendre leurs esprits. La veuve fit du café, qu'elle servit avec du gâteau marbré. Sonia Sammalisto, à travers ses sanglots, expliqua qu'elle avait trouvé la foi et demanda pardon de son impudicité à la pastoresse et à Dieu le Père. Elle balbutiait des bribes de psaumes qu'elle avait appris pendant l'hiver avec d'autres passages de la Bible. La fureur de Saara Huuskonen était retombée, et elle informa Sonia qu'elle lui cédait volontiers Oskar, ses skis, son ours et le reste. Elle avait l'intention de rompre d'abord avec l'Église, puis avec son mari.

Mais l'éthologiste ne voulait pas ravir Oskar à

la pastoresse. Elle avait réellement rencontré Dieu, elle avait un fiancé à Oulu et elle ne voulait pas vivre dans le péché avec un vieillard, encore moins avec un pasteur.

Ce n'est que tard dans la nuit que Huuskonen rattrapa Belzéb dans les bois. L'ours était gelé, engourdi et pesant, il grognait et montrait les dents, et le porter jusqu'à la tanière ne fut pas une mince affaire. Le jour se levait quand le pasteur épuisé arriva, l'animal sur le dos, dans la cour de ferme de Saimi Rehkoila. Il poussa Belzéb dans la tanière, claqua la porte derrière lui et se mit au lit.

Vers midi, Saimi Rehkoila lui apporta du pot-au-feu et lui annonça que la pastoresse et Sonia Sammalisto étaient parties ensemble ; la chercheuse aurait aimé récupérer les dernières disquettes concernant le sommeil hivernal de l'ours, si le pasteur était d'accord. Elle avait demandé qu'on les envoie à son nom à l'université d'Oulu.

« Elle a dit que ce n'était pas pressé. »

Le pasteur Oskar Huuskonen songea que jamais une telle catastrophe n'aurait dû se produire. Il fut un instant tenté de demander à Dieu d'annuler tout ce qui venait de se passer, mais préféra au bout du compte se rendormir, fatigué. Tant pis. Sonia n'était finalement qu'une oie sans cervelle : seule une idiote peut tomber en religion alors que le monde a mieux à offrir. Oskar avait le moral si bas qu'il faillit donner un coup de pied au cul à Belzéb, mais ce dernier dormait à nouveau à poings fermés, et les problèmes des hommes n'étaient pas les siens. Il lui rescotcha sur le corps les enregistreurs des appareils de mesure et alluma l'ordinateur.

Le pasteur Oskar Huuskonen dormit d'une traite plus de vingt-quatre heures, se réveilla un moment pour avaler un peu de pot-au-feu et referma les yeux, le cœur noir.

Dans l'après-midi du deuxième jour, la veuve d'agriculteur Saimi Rehkoila se glissa dans la tanière, se coucha sans bruit aux côtés de l'homme éprouvé, lui posa la main sur l'épaule et murmura :

« Ne vous en faites pas, allez. On va tâcher de se consoler. Dormir bien tranquillement. Et puis se serrer les coudes, entre esseulés. »

DEUXIÈME PARTIE

LE PESTOUN DANSEUR

13

Sur les routes de l'exil

Le printemps venu, Belzéb se réveilla. Le pasteur Oskar Huuskonen alla frapper avec lui à la porte de la salle de ferme de Saimi Rehkoila.

«Voilà donc l'hiver fini, se réjouit la veuve en versant du café à son hôte. Et il a vite passé. Ce n'est pas tous les jours qu'une simple agricultrice a l'occasion de faire de la recherche scientifique.» L'ours, sous le fauteuil à bascule, mâchouillait un os en peau de buffle acheté à son intention. Il était encore tout ensommeillé, aucune nourriture plus solide ne le tentait.

Saimi se remettait peu à peu du suicide de Santeri. Elle avait enfin compris qu'on ne pouvait pas ramener les morts à la vie, même en les pleurant de toute son âme. Elle s'était rendue pour la dernière fois au cimetière le vendredi saint, avait écouté le chant des mésanges et observé les signes avant-coureurs du printemps. Puis elle avait pris une pelle et recouvert la tombe de son mari de plus d'un mètre de neige. Elle ne s'expliquait pas elle-même son geste, mais il lui avait fait du bien.

La pastoresse avait téléphoné de Helsinki. Elle y avait trouvé un poste de vacataire et n'avait pas l'intention de revenir au presbytère de Nummenpää.

« Elle m'a dit de vous dire qu'elle avait rompu avec l'Église et emporté les meubles. »

Ensemble, Saimi Rehkoila et Oskar Huuskonen passèrent l'aspirateur dans la tanière d'observation afin d'éliminer tous les vieux poils d'ours et autres saletés accumulées pendant l'hiver.

« Vous pensez revenir dormir ici à la prochaine saison froide ? » demanda Saimi Rehkoila. Le pasteur Huuskonen n'en savait rien, l'avenir semblait plutôt incertain.

« Je vais quand même laisser l'antre tel qu'il est, à tout hasard, au cas où vous vous décideriez à l'automne », déclara l'agricultrice.

Oskar porta dans la salle de ferme l'ours en peluche qui avait servi de mère de substitution à Belzéb et, après l'avoir soigneusement épousseté, le posa debout près de l'horloge de parquet. Saimi remercia pour le cadeau. On remballa l'ordinateur dans son carton et on inscrivit dessus l'adresse de Sonia Sammalisto à l'université d'Oulu. La veuve promit d'expédier le colis par avion, avec les feuilles de résultats.

Le pasteur Oskar Huuskonen demanda s'il

pouvait laisser ses skis et ses vêtements d'hiver à la ferme. Puis il appela un taxi et se fit conduire au presbytère. Il n'y avait plus un meuble dans la maison, toutes les pièces étaient vides. Oskar trouva malgré tout un certain nombre d'affaires à lui dans la salle de bains, et quelques mètres linéaires de livres dans la bibliothèque. Il restait aussi dans le garage la vieille voiture familiale. Saara avait scotché les clefs sur le pare-brise.

Quand un homme abandonne à sa femme le soin de déménager seule, il est rare qu'il lui reste grand-chose. La pastoresse n'avait même pas laissé de lettre. Heureusement, elle n'avait ni coupé l'eau ni éteint les radiateurs. Oskar remplit la baignoire d'eau tiède et y porta l'ours. Il pesait déjà si lourd qu'il avait à peine la force de le soulever.

Belzéb fit d'abord de la résistance, il ne voulait pas prendre de bain, mais le pasteur, sans se laisser impressionner, le plongea dans l'eau et se mit à le laver. Il enduisit de shampoing sa fourrure empuantie et bientôt l'ours entier se trouva couvert d'une mousse onctueuse d'où ne dépassait que le bout de sa truffe. Assis à barboter dans la baignoire, l'animal s'habitua vite à l'eau tiède et commença même à prendre goût aux ablutions. Huuskonen le rinça plusieurs fois, puis le sécha avec sa propre serviette. Belzéb secoua les dernières gouttes d'eau de sa fourrure sur le plancher de la salle de séjour vide du presbytère et lécha les ultimes traces d'humidité de son pelage. Huuskonen lui vaporisa du déodorant sous les aisselles avant d'aller lui aussi prendre un bain. Il revêtit ensuite son costume gris et son imperméable noir. Il empocha les clefs de la sacristie, mit son collier et sa laisse à Belzéb et partit à pied vers l'église. Il était déjà midi passé.

Dans la rue principale du bourg, il croisa la voiture du chef des pompiers Rauno Koverola. Celui-ci s'arrêta pour lui serrer la main.

« C'est fou ce qu'il a grandi, cet ours ! Il a déjà expulsé son bouchon fécal ?

— Non, il n'est réveillé que de ce matin.

— On ne t'a pas beaucoup entendu prêcher, ces temps-ci.

— Ça ne me disait pas grand-chose, et puis on me l'a interdit. »

Le chef des pompiers se plaignit lui aussi de son sort.

« Trop peu d'incendies, je ne suis plus payé qu'à mi-temps. »

Le pasteur Huuskonen ouvrit la porte de la sacristie avec sa clef et entra. Il lâcha Belzéb dans l'église, où il se mit aussitôt à fureter, escalada la chaire et la tribune, mais se rappela qu'il était interdit de toucher à l'autel.

Le pasteur Huuskonen était assis dans la sacristie à feuilleter des papiers quand la vicaire Sari Lankinen entra. Elle eut l'air gênée et un peu effrayée. Huuskonen lui demanda comment s'était portée la paroisse pendant son absence.

« Je fais de mon mieux, mais il y a beaucoup trop de travail, depuis que vous êtes… en vacances. »

La vicaire se frotta l'aile du nez, où pointait un bouton rouge. Embarrassée, elle expliqua que l'évêque du diocèse, monseigneur Uolevi Ketterström, avait écrit au secrétariat du pasteur : ce dernier devait aller le voir afin de faire le point sur sa situation professionnelle.

« Comment va la poitrine de Ketterström ?

— Il n'en a pas parlé. Je suppose qu'elle est guérie.

— J'irai la semaine prochaine à Helsinki, je vais d'abord m'occuper de ma correspondance et des affaires courantes. »

Mais il n'y avait pas de courrier. Dans les bureaux de la paroisse, on semblait vouloir éviter le pasteur, ou n'avoir rien à lui dire. Personne ne fit de commentaires sur l'ours.

Chez le cordonnier, Huuskonen fit fabriquer pour Belzéb une nouvelle muselière plus grande, et l'habitua à la porter. Il acheta aussi du cervelas et lui en donna un bon morceau. L'organisme de l'ours se remettait à fonctionner après son long sommeil hivernal et il était capable d'en avaler jusqu'à trois kilos dans la journée. Le pasteur partageait la même nourriture, mais faisait griller sa part à la poêle, en y ajoutant de l'oignon. Au presbytère, il dormait par terre sur un tapis en lirette qu'il avait trouvé dans le sauna et l'ours venait familièrement se coucher tous les soirs à ses côtés après avoir été autorisé à chahuter un peu. Il avait déjà pas mal de force, et il était espiègle.

Vers la fin de la semaine, Huuskonen se rendit à Helsinki au chapitre du diocèse. Précédé par la secrétaire de monseigneur Ketterström, il entra dans le bureau de ce dernier avec Belzéb en laisse. Les hommes se saluèrent. L'ours se coucha sur le tapis et regarda l'évêque d'un air méfiant.

« Mon cher frère, prendras-tu du café ?

— Finissons-en d'abord avec cette affaire. »

Monseigneur Uolevi Ketterström s'efforça d'adopter un ton paternel pour parler des problèmes du pasteur Huuskonen. Il dressa la liste de ses péchés, à commencer par ses enfants adultérins, évoqua ses prêches incendiaires et ses autres excentricités et lui rappela qu'il s'était engagé lors de leur précédent entretien à ne plus écrire. L'évêque ne dit rien du javelot qui lui avait transpercé le côté, mais parla longuement de la tanière et du comportement de Huuskonen : celui-ci avait passé l'hiver à dormir dans la cour de ferme d'une veuve, avec un ours et une jeune femme. Tout cela paraissait pour le moins irréfléchi, souligna monseigneur Ketterström.

Confesser ses péchés en chaire n'était pas non plus le genre de rhétorique que l'Église évangélique luthérienne de Finlande attendait des ministres du culte qu'elle employait à son service. Et quand, pour couronner le tout, la propre épouse du pasteur, la pastoresse, divorçait avec fracas et faisait publiquement acte d'apostasie, il y avait à tout prendre de quoi s'étonner.

L'évêque en vint enfin au fait :

« Alors voilà… j'en suis arrivé, au fil de l'hiver, à la conclusion qu'il serait peut-être bon que tu assumes d'autres fonctions au sein de notre Église. L'ennui, c'est que je ne vois pas bien lesquelles. Notre époque n'a vraiment pas besoin d'imprécateurs dans ton genre. »

Le pasteur Huuskonen admit qu'il était, sur le plan spirituel, en proie à une difficile lutte intérieure et que sa foi n'était plus très assurée.

« La nation finlandaise, et pourquoi pas l'humanité entière, a besoin d'une nouvelle philosophie, de nouveaux idéaux auxquels croire. J'ai le sentiment que le monde, sinon, va se désintégrer, s'abîmer comme Sodome et Gomorrhe dans la guerre et l'anarchie », déclara-t-il.

Du point de vue de l'évêque, ce n'était pas à Oskar Huuskonen de se faire le porte-parole d'idées nouvelles, et surtout pas au nom de l'Église. Il n'est pas raisonnable pour un prêtre, fit-il valoir, de chercher à améliorer le monde et à inventer de nouvelles théories inutiles. Il suffit qu'il prêche l'Évangile, on y trouve bien assez d'idéaux, et toute la consolation nécessaire pour les chômeurs et les pauvres d'esprit.

« Mon cher Oskar. Si tu parvenais à développer de nouvelles valeurs, voire une philosophie entière, ou une véritable idéologie, qu'en résulterait-il ? Les masses s'extasieraient et tenteraient aussitôt de se convertir les unes les autres… on en viendrait de nouveau à professer et à contraindre, à surveiller la pureté du dogme, à emprisonner les contestataires, à torturer et à tuer les dissidents. »

Le pasteur Huuskonen reprocha à l'évêque de n'être qu'un vieillard cynique, uniquement intéressé par ses peu fatigantes fonctions et par sa tranquillité épiscopale.

« Rien de ce qui a été construit de positif au cours des derniers millénaires ne semble t'agréer. Je ne vois vraiment pas ce qu'on va pouvoir faire de toi, se plaignit monseigneur Ketterström.

— J'imagine que la porte n'est pas loin », ironisa le pasteur.

L'évêque répliqua qu'il avait envisagé d'envoyer Oskar Huuskonen quelque part en Carélie du Nord, près de la frontière russe. Si ses souvenirs étaient bons, il y avait au moins à Naarva, sous la tutelle de la paroisse mère d'Ilomantsi, une petite chapelle perdue dans la forêt. Mais même cette solution semblait maintenant délicate. L'écho du péché se rit des distances, et l'éloignement ne suffit pas à enrayer la propagation de nouvelles idées insensées.

L'évêque suggéra qu'Oskar Huuskonen prenne une année de congé, avec un demi-salaire, et consulte un psychiatre. La pastoresse avait aussi été de cet avis, quand il en avait parlé avec elle.

« Et tu dois te débarrasser de ce sac à puces. Fais-le endormir par un vétérinaire.

— Il n'a pas besoin de dormir, il vient juste de sortir de son sommeil hivernal. »

Pour l'évêque, il était inconvenant qu'un ecclésiastique se promène avec un ours. C'était trop original. Un prêtre doit être quelconque, de préférence un peu plus banal que la moyenne, même, c'est la meilleure façon de diffuser la bonne parole.

« C'est comme ça aussi à la télévision : plus les émissions sont idiotes, plus elles font d'audience. L'Église doit vivre avec son temps et abaisser d'un bon cran le niveau intellectuel de son message.

— Ça ne devrait pas, mon cher évêque, te demander d'efforts insurmontables. »

L'atmosphère était tendue, l'ours le sentait. Quand l'autorisation de congé d'un an du pasteur Huuskonen eut été signée et qu'il fut temps de quitter le bureau de monseigneur Uolevi Ketterström, il planta les dents dans la jambe de pantalon de l'évêque, en arracha un grand lambeau et refusa de le rendre, grognant d'un air mauvais.

« Si je n'étais pas bon chrétien, j'appellerais la police. Pour qu'on te mette sous les verrous, Oskar, et qu'on abatte ce fauve », fulmina le dignitaire ecclésiastique en guise d'adieu.

14

L'éducation de Belzéb

Le mariage du pasteur et de la pastoresse fut dissous et leurs biens partagés. Oskar Huuskonen se trouva privé de son chalet du lac de Nummenpää et de ses meubles, mais put garder son ours et sa berline japonaise, ainsi que ses objets de toilette, ses effets personnels et ses livres. Il fut autorisé à rester habiter dans la cabane de pêche de l'île jusque fin mai, date à laquelle il dut partir, car le nouveau propriétaire voulait prendre possession des lieux.

Il ne restait plus au pasteur en congé qu'à charger ses maigres bagages dans sa voiture et à installer Belzéb sur le siège avant, en prenant soin de lui boucler sa ceinture de sécurité autour du ventre. L'ours tenta d'abord de se débarrasser de la sangle, mais quand son maître éleva la voix et lui donna une tape sur la truffe, il se résigna à se tenir tranquille. En route ! Le pasteur Oskar Huuskonen, désormais défroqué, était à la croisée des chemins. Que j'aille ici ou là, peu importe, songea-t-il.

Tandis qu'il roulait avec son ours dans la direction générale de Pori, quelques versets du chapitre III de l'Ecclésiaste lui vinrent à l'esprit. Il récita :

« J'ai dit en mon cœur, au sujet des fils de l'homme, que Dieu les éprouverait, et qu'eux-mêmes verraient qu'ils ne sont que des bêtes. Car le sort des fils de l'homme et celui de la bête sont pour eux un même sort ; comme meurt l'un, ainsi meurt l'autre, ils ont tous un même souffle, et la supériorité de l'homme sur la bête est nulle ; car tout est vanité. Tout va dans un même lieu ; tout a été fait de la poussière, et tout retourne à la poussière. »

L'ours écoutait en silence, comme le font d'habitude ses semblables. Sans prendre parti, il regardait devant lui à travers le pare-brise, laissant Huuskonen déclamer son passage de l'Ecclésiaste.

Arrivé à Huittinen, le pasteur fit le plein d'essence et vérifia la pression des pneus. À la cafétéria de la station-service, il acheta deux hamburgers, un pour lui et un pour Belzéb. Ce dernier avait besoin qu'on lui apprenne les bonnes manières : plutôt que de le laisser engloutir sa pitance d'un coup, Oskar lui montra comment manger son sandwich comme un homme, une bouchée à la fois. À la fin du repas, il lui essuya le museau avec une serviette en papier. L'ours était intelligent, il comprit vite que l'on devait s'essuyer la gueule dès qu'il n'y avait plus rien à manger.

« J'aurais dû te tuer dès l'automne, murmura Huuskonen en quittant Huittinen. Ça m'aurait épargné toutes les folies de cet hiver. »

L'ours regarda son maître, la tête penchée, les larmes aux yeux. Comprenait-il qu'il parlait de sa mort ? Sans doute pas. C'étaient les fortes épices du hamburger, surtout l'oignon et la moutarde, qui le faisaient pleurer.

Mais où allaient-ils ? Nulle part. Ils n'avaient aucun but, personne qui les attende. Mais un quinquagénaire n'a pas la même mobilité qu'un jeune routard. Le pasteur Oskar Huuskonen traversait une grave crise, tout s'était retourné contre lui. Il était peut-être un peu fou, sans doute en tout cas névrosé. Quoi qu'il en soit, il devait maintenant réagir s'il ne voulait pas se soumettre à la fatalité. La fatalité ? C'était un embrouillamini de malencontreux hasards, un méchant sac de nœuds dont il devait tenter de se dépêtrer. Il avait été jeté sur les routes avec son ours : il devait maintenant d'urgence se creuser la cervelle pour leur trouver à tous deux un but, un lieu où aller, puis s'y rendre et se mettre à faire quelque chose.

« Commençons par passer l'été. Je te tuerai à l'automne, si je ne trouve pas d'autre solution. »

De Huittinen, le pasteur Oskar Huuskonen prit

la direction de Turku, puis décida de faire halte à Vampula. Il se rappelait qu'il y avait là un pensionnat et centre de stage chrétien, où il avait même été invité dans les années soixante pour un séminaire laïc.

Vampula était une petite bourgade du Satakunta dont Huuskonen n'avait que peu de souvenirs. À la station-service, on lui confirma que l'établissement existait toujours et accueillait pendant l'été toutes sortes d'activités. Le pasteur suivit les indications données pour s'y rendre. Le pensionnat était installé dans un bâtiment en bois de deux étages, peint en jaune, niché au bout d'une allée de bouleaux de deux cents mètres de long ; devant la maison s'étendaient une pelouse et un parking asphalté où Huuskonen gara sa voiture. Il laissa Belzéb assis à l'intérieur.

L'après-midi était déjà bien avancé, le buffet du déjeuner avait été desservi et des gens prenaient le café dans la salle à manger. Il y avait deux stages en cours : une vingtaine d'ornithologues amateurs, dont quelques étrangers, étaient réunis pour un symposium, tandis qu'un autre groupe, un peu moins nombreux, s'initiait au drainage lymphatique.

Il restait assez de place pour héberger l'arrivant. Le prix des chambres était modique, et Oskar Huuskonen obtint une ristourne supplémentaire lorsqu'il se présenta comme un pasteur doyen en congé. Il porta sa valise dans sa chambre puis y conduisit l'ours, en prenant garde que personne ne le voie. La pièce était petite, meublée de deux lits, d'un bureau et d'un fauteuil recouvert de tissu. Il n'y avait pas de téléphone. Le pasteur Oskar Huuskonen attribua un des lits à Belzéb, qui s'y coucha volontiers. Puis il descendit à la cuisine voir s'il restait quelque chose à manger. Il revint avec du hachis Parmentier dont ils se régalèrent tous deux avec appétit. Oskar essuya de nouveau la bouche de l'ours et tenta de lui apprendre à le faire lui-même. Le résultat ne fut guère concluant. Belzéb ne savait pas non plus du tout se curer les dents.

Les douches et les W.-C. se trouvaient dans le couloir. Oskar Huuskonen fit asseoir l'ours sur la cuvette des cabinets et surveilla qu'il y fasse ses besoins. Quand ce fut terminé, il déchira un bon morceau de papier toilette et lui essuya le derrière. Il tenta là aussi de lui apprendre à le faire seul, mais Belzéb n'eut pas l'air, au premier essai, de comprendre où il voulait en venir.

«Une sérieuse éducation s'impose, jeune homme, fini de roupiller», marmonna Oskar en ramenant l'ours dans la chambre. Belzéb sauta docilement sur son lit pour faire la sieste.

Huuskonen vida sa valise, rangea ses vêtements dans les placards et disposa ses livres sur les étagères. Il possédait une chasuble sacerdotale, une aube, des étoles de toutes les couleurs liturgiques (vert, blanc, violet, rouge, noir) à porter autour du cou, une chemise noire et blanche avec des chaussettes assorties, ainsi que deux chapes noires, dont l'une plutôt usée, un pardessus noir et bien sûr deux rabats blancs, un en lin et un en plastique, plus ordinaire, qui avait beaucoup servi et dont le bord était cassé. Inutile maintenant de le remplacer, il n'en aurait pas l'usage avant longtemps. À cela s'ajoutaient un banal costume gris et des vêtements de sport. Tout tenait sans peine sur les cintres de la chambre d'élève du pensionnat.

Le pasteur se reposait sur son lit, l'ours sur le sien. Le calme était total dans l'établissement, on n'entendait aucun bruit ni dedans ni dehors. Huuskonen avait l'impression d'être à nouveau plongé en plein sommeil hivernal. Il semblait ne plus avoir rien d'autre à faire dans la vie que la sieste.

Pour passer le temps, Oskar Huuskonen alla téléphoner à la veuve d'agriculteur Saimi Rehkoila. Il lui donna sa nouvelle adresse et bavarda de choses et d'autres. La pêche avait été plutôt bonne dans le lac de Nummenpää. L'agricultrice avait mis quelques hectares en avoine, pour voir ; le blé d'automne avait bien levé. Il ne semblait pas courir dans la paroisse trop de ragots sur le pasteur, mais en même temps, Saimi ne fréquentait guère le bourg, avec ses vieilles jambes.

« Comment va Belzéb ?

— Bien. J'essaie de lui apprendre à être propre.

— Il devrait vite s'y faire », pronostiqua l'agricultrice.

N'ayant rien d'autre à raconter, Huuskonen regagna sa chambre, où l'ours l'accueillit en lui léchant la figure. Il s'était ennuyé, mais n'en avait pas profité pour se sauver.

Au petit-déjeuner, Oskar Huuskonen fit la connaissance des stagiaires. Il expliqua qu'il séjournerait au pensionnat quelques jours, peut-être plus, qui sait. On lui demanda s'il ne voudrait pas diriger des réunions de prière, à un moment ou à un autre, si cela ne le fatiguait pas trop. Le pasteur promit d'y réfléchir. Il emporta pour l'ours quelques tranches de pain grillé et des œufs.

Dans l'après-midi, Sonia Sammalisto téléphona d'Oulu. C'était Saimi Rehkoila qui lui avait donné le numéro. L'éthologiste était en pleine forme, elle traita en riant Oskar de vieil ours idiot qui venait d'émerger de son sommeil hivernal. Puis elle reprit son sérieux et lui demanda pardon pour son comportement passé. Elle annonça avoir rompu ses fiançailles, mais déclara avoir toujours la foi.

Sa bonne humeur irritait Oskar Huuskonen. C'était de sa faute s'il se trouvait dans cette situation calamiteuse, ou plus exactement de la sienne propre, bien sûr, mais quand même. Que voulait-elle encore, leur relation avait bien pris fin cet hiver, non? Il réussit à lui demander comment avançait sa thèse, aurait-elle bientôt fini?

Sonia répondit que c'était justement pour ça qu'elle appelait. Elle aurait aimé venir à Vampula afin d'étudier la vie estivale de Belzéb, sa physiologie en état de veille. Les seules mesures de son sommeil hivernal ne lui suffiraient sans doute pas, et puis ce serait sympathique de se revoir.

«Est-ce qu'il y a de la place, là-bas, et est-ce que je peux venir?»

Il y avait certes des chambres disponibles au pensionnat, mais pour le reste Oskar Huuskonen n'était pas trop sûr de vouloir retrouver Sonia.

«Arrête de grogner, vieux bougon. On a quand même passé de sacrés bons moments ensemble, l'hiver dernier.

— Oui, sans doute.

— Toute une saison dans la même tanière, ce n'est pas rien.

— Réfléchis quand même encore, ma vie est dans une impasse totale.»

Trois jours plus tard, l'éthologiste Sonia Sammalisto descendit d'un taxi à la porte du pensionnat chrétien de Vampula. Elle prit une chambre au même étage qu'Oskar Huuskonen et Belzéb, s'installa juste de l'autre côté du mur et déclara que c'était une occasion en or de poursuivre ses recherches. Le soir même, elle emmena l'ours se promener en laisse dans les jardins de l'internat et raconta à tout le monde qu'il était parfaitement apprivoisé et qu'elle l'avait étudié l'hiver entier. Elle ajouta qu'Oskar Huuskonen était son directeur de conscience. Les stagiaires et le personnel du pensionnat s'étaient d'ailleurs étonnés de l'incroyable appétit du pasteur, mais la présence de l'ours expliquait tout.

Tandis que Sonia Sammalisto repassait ses vêtements, Belzéb l'observa d'un œil attentif. Et quand elle s'assit un instant sur son lit, il s'empara du fer à repasser pour se mettre à imiter ses gestes. Il se brûla d'abord un peu les doigts sur le métal chaud, mais apprit vite à faire attention et poursuivit sa besogne. Le résultat n'était pas extraordinaire, mais louable pour un travail d'ours. Le pasteur Oskar Huuskonen spécula sur tout ce qu'on pourrait lui apprendre, à supposer que ça vaille la peine de dresser la pauvre bête à faire des tours.

« Les ours ont un quotient intellectuel supérieur à celui des chiens, fit remarquer l'éthologiste Sonia Sammalisto. Il faut juste savoir les observer et les encourager. »

15

De l'apprivoisement des animaux

Les sentiments religieux de Sonia Sammalisto s'étaient stabilisés au fil du printemps, elle avait cessé de se prendre pour la fiancée de Jésus et ne marmonnait plus sans cesse des prières comme pendant l'hiver dans la tanière. En femme de bon sens, elle était revenue de son extase mystique, tout en se déclarant profondément croyante, comme elle espérait que l'était aussi son guide spirituel le pasteur Oskar Huuskonen.

« Je ne suis pas ton guide spirituel, et je ne l'ai jamais été.

— Tu as berné une pauvre fille naïve avec tes pieux discours. »

Oskar Huuskonen rétorqua qu'une éthologiste qui préparait une thèse de recherche pouvait difficilement être considérée comme une oie blanche prête à tomber en religion au premier prétexte.

« Tu as profité de moi au nom du Seigneur, fit remarquer Sonia.

« — N'exagère pas. C'est de ton plein gré que tu as écarté les cuisses.

— Par pitié pour un pauvre vieux en rut, et puis on était à l'étroit, dans cette tanière.

— Si tu le dis. »

Sonia Sammalisto prenait chaque jour la température et le pouls de Belzéb et enregistrait son électroencéphalogramme. Elle examinait ses excréments, les faisait sécher et les analysait. Le pasteur Huuskonen lui fit remarquer que la fiabilité de cette étude scientifique n'était pas des meilleures, car l'ours mangeait au pensionnat chrétien la même nourriture que les humains. Il n'entrait dans son régime alimentaire aucune des proies habituelles d'un carnivore sauvage, ni grenouilles, ni lièvres, ni surtout charognes. Sonia répondit qu'elle étudiait la digestion de l'ours et qu'il importait donc peu que ses repas se composent de céréales au petit déjeuner, de viandes en sauce à midi et de pirojki accompagnés de thé le soir.

« C'est une bonne occasion de voir comment son estomac réagit à une alimentation riche en fibres et comment des saucisses de Francfort en sauce, qui ont tout d'une charogne, se transforment en énergie dans ses intestins. »

Sonia accompagnait Belzéb aux W.-C., récupérait soigneusement ses crottes et veillait à ce qu'il s'essuie correctement le derrière. L'ours aimait bien

161

l'éthologiste et lui obéissait volontiers. Le matin, il grognait avec impatience pour aller aux toilettes, puis sous la douche, et Sonia lui céda sa propre serviette. Sécher sa fourrure était un gros travail et il fut vite décidé qu'il lui suffisait de se laver de la tête aux pieds tous les deux jours, avec dans l'intervalle un simple débarbouillage du museau et de sa face velue, suivi d'un léger brossage.

« Il ne faudrait pas que sa peau se desquame », s'inquiéta Sonia Sammalisto.

Oskar Huuskonen se plaisait au pensionnat chrétien de Vampula. Il appréciait la compagnie des ornithologues, des gens cultivés avec qui il était agréable de bavarder le soir dans le coin salon de la salle à manger. Les adeptes du drainage lymphatique partirent à la fin de la première semaine, mais le pasteur ne les regretta guère, d'autant plus qu'ils furent remplacés par un groupe venu pour un stage de danse du ventre. On entendait toute la journée dans la salle de gymnastique le son du tambourin, et le plancher tremblait sous les pieds des fortes Finlandaises qui roulaient des hanches et tortillaient du nombril au rythme de la musique. Parfois, le soir, elles faisaient la démonstration de leur talent aux ornithologues, et du même coup à Oskar Huuskonen. Après l'un de ces spectacles, il alla frapper à la porte de Sonia et l'invita chez lui pour la nuit, après tout ce ne serait pas la première fois qu'ils partageraient le même lit. L'éthologiste alla jusqu'à promettre d'emménager dans la chambre d'Oskar, à condition qu'il dirige matin et soir des réunions de prière.

«Tu sais bien que je n'ai plus la foi.

— Ou tu prêches ou tu dors seul, menaça Sonia.

— Très bien, mais tu ne m'obligeras pas à chanter des cantiques.»

Les danseuses du ventre et les ornithologues purent donc tous les soirs, au coin de la cheminée, écouter Huuskonen commenter la Bible. Il prit l'habitude de parler aussi dans les langues de Shakespeare et de Goethe, car il y avait deux Allemands, un Suisse et quelques Anglais parmi les stagiaires. Ceux-ci avaient observé à Porkkala la migration printanière des oiseaux arctiques et tenaient maintenant un symposium international sur leur intéressant sujet d'études.

Le participant suisse était un officier de l'armée, plus âgé qu'Oskar, qui souffrait de dépression nerveuse. Il demanda au pasteur de l'aider par une cure d'âme, certain d'y trouver un soulagement, bien qu'il fût catholique et Huuskonen luthérien, comme les Nordiques en général.

Si le capitaine Hans Kroell était déprimé, c'était parce qu'il avait été mis à la retraite anticipée par l'armée helvétique, où il avait eu pour mission de dresser des pigeons voyageurs. Ces oiseaux entraînés pour servir dans les transmissions étaient l'arme secrète des Suisses depuis la Première Guerre mondiale. L'armée avait entretenu des dizaines de pigeonniers, un peu partout dans le pays. Leurs hôtes étaient utilisés pour échanger des ordres et des renseignements entre les différentes unités et les états-majors. Oskar Huuskonen trouvait étonnant que les Suisses n'aient pas eu les moyens de se doter d'appareils radio, mais le capitaine Hans Kroell lui expliqua que dans les Alpes la radio n'était pas d'un grand secours : les montagnes faisaient obstacle aux communications. Les perturbations étaient fréquentes et il ne sortait en général des récepteurs que des crachouillis incompréhensibles. Les pigeons militaires, parfaitement dressés, avaient jusque-là assuré les transmissions de manière exemplaire.

« Mais ensuite, un crâne d'œuf de l'armée a décidé de faire des économies. Mes petits pigeons revenaient trop cher, paraît-il. C'est sûr que l'entretien de trente pigeonniers aux quatre coins du pays n'est pas donné, mais la sécurité du pays n'a pas de prix. D'ailleurs, ces derniers temps, l'armée suisse n'avait plus que 270 pigeons voyageurs, on aurait très bien pu les garder. Un seul char d'assaut revient plus cher. »

L'œuvre de toute une vie avait été réduite à néant,

le dresseur de pigeons de guerre avait été mis à la retraite.

« Tous les oiseaux ont été éliminés sans état d'âme, les pauvres ont été tués et sans doute mangés au cercle des officiers, se plaignit le capitaine d'active, inconsolable.

— Vous n'avez pas songé à élever des colombes de la paix ? » se risqua à demander Oskar Huuskonen.

Hans Kroell avait bien envisagé cette possibilité : par l'intermédiaire du Comité international olympique, de nombreuses villes souhaitant accueillir les jeux lui avaient fait des offres alléchantes, en contrepartie de la fourniture de plusieurs milliers de colombes de la paix. On en lâchait en effet dans les airs lors des cérémonies d'ouverture, en hommage à l'esprit olympique. Le Brésil s'était même renseigné sur la possibilité de créer un élevage local — aux yeux des organisateurs de carnavals, rien ne valait une volée de colombes blanches pour donner aux rythmes de la samba un coup d'envoi grandiose.

Le capitaine Hans Kroell était de toute évidence un dresseur de pigeons de renommée internationale. Il s'était cependant refusé à mettre son temps et son expérience au service de l'élevage de colombes de la paix, pour des raisons d'éthique.

« Quand on libère en masse des colombes, au milieu d'un tintamarre épouvantable, elles s'envolent au hasard et tombent victimes d'oiseaux de proie ou de garnements, quand elles ne sont pas dévorées par les chiens errants. Je ne peux pas accepter qu'on martyrise ainsi ces pauvres bêtes, je les aime trop. »

Hans Kroell ajouta qu'il aurait aussi bien pu se lancer dans le dressage de faucons de chasse pour les pays arabes, il y avait beaucoup d'argent à gagner, et le marché serait porteur aussi longtemps qu'il y aurait dans le monde des déserts et des nababs du pétrole.

« Mais même les oiseaux de proie ne devraient pas être contraints de déchiqueter pour les beaux yeux de leurs maîtres un gibier qu'ils ne mangent pas et chassent pour le seul plaisir de tuer. »

Le pasteur Huuskonen se fit songeur. Il avait un ours apprivoisé à qui il apprenait la propreté, pour occuper ses loisirs ; l'animal était déjà capable de repasser une aube et d'aller aux toilettes comme un homme. Avait-il tort de l'éduquer ?

Hans Kroell ne voyait rien de condamnable à apprendre les bonnes manières à un animal aussi intelligent qu'un ours. Permettre à une bête d'accéder à la civilisation des hommes n'était pas un mal, bien au contraire. Ç'aurait évidemment été autre chose si le pasteur s'était mis à enseigner à son ours des pratiques criminelles, s'il avait par exemple voulu en faire un cambrioleur ou un tueur professionnel. Comme homme de main, l'animal aurait pu être redoutable.

« De toute façon, on ne peut pas vraiment comparer les pigeons et les ours, ils sont trop différents. Les pigeons ne dorment pas l'hiver et les ours n'ont pas d'ailes. »

16

Joies d'une journée
de lessive estivale

Belzéb était de plus en plus grand, gros et fort. Il trouvait la cuisine du pensionnat chrétien de Vampula à son goût, surtout complétée par de la pâtée pour chien. Il avait aussi parfois droit à de la mélasse et autres friandises. À l'échelle de la vie des ours, il approchait de l'adolescence, c'était maintenant un jeune mâle, un pestoun : il devrait savoir se débrouiller seul, l'automne venu, ou au plus tard après son deuxième hiver de sommeil. C'est à cet âge que les pestouns quittent leur mère pour mener une existence solitaire. Oskar Huuskonen se voyait pourtant mal laisser Belzéb seul dans la forêt à l'automne, le malheureux ne survivrait pas, car il était incapable de lui enseigner comment chasser dans la nature : il n'était pas une mère ourse mais un ecclésiastique, un pasteur, ou à vrai dire même plus, juste un nomade défroqué.

Une fois les danseuses du ventre et les ornithologues partis, le pensionnat se trouva vide. Le pasteur

Oskar Huuskonen et l'éthologiste Sonia Sammalisto furent cependant autorisés à y rester avec leur ours, mais cuisinières et lingères avaient pris leur congé et ils durent donc s'occuper eux-mêmes de leurs repas et de leur lessive. Oskar se chargea de préparer dans les marmites du pensionnat des pot-au-feu ou de la soupe aux pois pour plusieurs jours à la fois. L'ours en mangeait avec appétit. Début juin, Sonia se lança dans une grande lessive. Il y avait à blanchir des monceaux de draps, de serviettes et de sous-vêtements sales. L'éthologiste se mit au travail dans la buanderie avec l'aide enthousiaste de Belzéb : on remplit la machine à laver et, quand les vêtements furent propres, on les étendit à sécher dehors sur une corde. Sonia montra à l'ours comment faire. Il était étonnamment adroit de ses pattes et les pinces à linge, surtout, l'amusaient beaucoup. Une fois les draps secs, on passa au repassage, tâche à laquelle Belzéb s'appliquait avec de plus en plus d'habileté. Il avait même appris à lisser sans faux plis les chemises d'Oskar Huuskonen. En récompense du travail bien fait, on lui donnait de temps en temps une cuillerée de mélasse.

Le pasteur tenta aussi de lui apprendre à nouer une cravate, mais sans succès. Le pestoun faisait certes de son mieux, mais la réalisation d'un nœud double dépassait ses compétences. Quand il s'aperçut que le résultat n'était pas à la hauteur, vexé, il déchiqueta la cravate en lambeaux, et reçut pour la peine une chiquenaude sur le nez.

Le trio prenait ses repas dans la salle à manger du pensionnat. Belzéb observait la manière de disposer les assiettes, les verres et les couverts et tentait de se rendre utile. Il y eut un peu de vaisselle brisée et de soupe renversée par terre, mais l'ours nettoyait chaque fois le sol d'un coup de langue et se remettait au travail. Sonia lui apprit à garder par précaution une serviette pliée sur l'avant-bras. Il avait ainsi l'air d'un véritable serveur. Après le repas, on l'autorisait à emporter la vaisselle sale dans la cuisine et à balayer les miettes de la table avec son torchon. Il lui arrivait parfois aussi de l'utiliser pour s'essuyer le derrière.

Le soir, on faisait une flambée dans la cheminée du coin salon et l'on parlait de religion. Le pestoun allait chercher du bois dans le bûcher, mais on ne le laissait pas jouer avec le feu — il n'aurait d'ailleurs sans doute pas réussi à gratter une allumette, et encore moins à tailler des bûchettes en hérisson.

Depuis que le pensionnat était désert, le pasteur Huuskonen avait renoncé à tenir des réunions de prière ; il expliqua à Sonia qu'il n'était plus croyant et que même au nom de leur relation, il n'était pas question qu'il se prête pour elle seule à cet exercice.

« J'ai réfléchi, tout au long de l'hiver et surtout du

printemps, et je pense qu'il n'y a finalement aucune preuve de l'existence de Dieu. Tout est si aléatoire, dans ce monde, qu'on a du mal à y voir un dessein un tant soit peu sensé.

— Ne blasphème pas. Un pasteur croit forcément en Dieu.

— Un pasteur défroqué a le droit de penser ce qu'il veut de la religion. Et puis je sais de quoi je parle, je suis un vieil apologiste, j'ai fait ma thèse sur la défense de la foi. Les mêmes arguments peuvent être retournés et utilisés contre le christianisme.

— Je suis choquée d'entendre ça de ta bouche. »

Le pasteur Oskar Huuskonen tenta d'exposer ses théories, selon lesquelles l'homme était prisonnier de ses habitudes intellectuelles ; son cerveau était encore si peu développé et les informations apportées par la science si minces qu'il était naturellement tenté de masquer son manque d'intelligence en se tournant vers la religion. Celle-ci permettait d'expliquer le monde et le reste. Dieu était nécessaire, dans son principe, en tant que créateur et maître de l'univers, parce qu'on n'avait rien d'autre sous la main.

« Mais de quoi d'autre l'homme aurait-il besoin ?

— Imagine qu'il n'y ait aucun dieu. Pas de vie éternelle, rien. Juste ce bas monde et ce que nous y voyons de nos yeux. »

Sonia Sammalisto fit remarquer que le monde

avait bien dû avoir un commencement et qu'il aurait aussi une fin, rien ne surgissait du vide et rien ne pouvait simplement disparaître sans laisser de traces.

« Je me dis, reprit Oskar, qu'il s'est peut-être développé quelque part dans l'espace intersidéral, au fil du temps, une intelligence capable de répondre à ces questions. Que notre pauvre espèce humaine n'est qu'un grain de sable dans le cosmos, qui ne comprend rien à rien.

— Tu crois aux ovnis, maintenant? Tu abandonnes Dieu pour des sornettes.

— Pourquoi l'homme serait-il seul dans l'univers? Il me paraît assez évident que nous faisons partie des plus stupides des créatures pensantes, et qu'il doit y avoir sur une autre planète une vie plus intelligente. Il faudrait écouter l'espace au lieu de chanter les louanges du Seigneur, quand on voit comme tout dans ce bas monde ne fait qu'aller de mal en pis. »

Sonia Sammalisto accueillit ces idées avec étonnement. Oskar avait-il définitivement perdu l'esprit? À quoi bon spéculer sur des intelligences extraterrestres alors que l'humanité disposait déjà d'une bonne et solide religion?

« La science ne parviendra jamais à éclaircir tous les mystères de l'univers, nos instruments ne nous permettent pas de sonder les sphères célestes.

— Ne dis pas ça. Avant l'invention de l'électricité, on aurait traité de fou quiconque aurait prétendu qu'il existait une énergie invisible pouvant circuler dans un fil de cuivre. Et les ondes hertziennes? La radioactivité? La lumière, l'obscurité? Tout cela nous semble parfaitement naturel, mais pour un primitif sans éducation ce sont des phénomènes terrifiants, assimilables au divin. »

Sans interrompre leur discussion, Oskar et Sonia sortirent faire leur promenade du soir. Belzéb, en laisse, flânait devant eux. Les chiens et les ours ont en commun de s'arrêter pour renifler les odeurs qu'ils rencontrent, mais alors que les premiers lèvent régulièrement la patte pour marquer leur parcours, les seconds se contentent de plisser le nez face aux effluves inconnus et, mâles ou pas, pissent d'aplomb sur leurs pieds.

Sonia Sammalisto revint sur le sujet de la religion.

« Tu disais que notre conscience était un signe de l'influence de Dieu, l'écho en nous de la voix du Seigneur. Comment l'expliques-tu maintenant?

— La conscience est une sonnette d'alarme interne, un signal qui nous prévient ou nous empêche de commettre des injustices. Il ne rime à rien d'y voir une intervention divine. Le sens du péché est une conséquence de l'évolution, comme tout le reste de nos pensées, nos sentiments, notre intelligence et même notre tendance au mysticisme. Toi qui es biologiste, tu devrais savoir que bien d'autres particularités étonnantes se sont développées au cours de l'évolution afin de protéger l'espèce, et donc la vie. La conscience est un garde-fou contre l'autodestruction.

— Ma conscience à moi, en tout cas, n'est pas un simple instinct de conservation inhérent à l'espèce humaine.

— Admettons. Les choses sont toujours un peu différentes pour les femmes. On a parfois l'impression que vous avez deux consciences. Celle des mères et celle des putains. C'est pratique, en un sens. »

Sonia demanda à Oskar comment il expliquait la mort, dans ce cas. Pourquoi l'évolution aurait-elle permis le développement d'individus qui ne vivent qu'un instant avant de succomber ? L'homme aurait aussi bien pu devenir immortel, s'il ne s'agissait que de préserver l'espèce.

« En fait, chaque individu qui meurt laisse la place à un autre : l'espèce ne disparaît pas avec lui, elle se perpétue au contraire, et le nouvel individu est plus développé que le précédent. C'est l'essence même de l'évolution. »

Sonia soupira qu'elle n'en croyait pas moins à la vie éternelle ; au dernier jour Dieu ressusciterait tous les hommes qui avaient foi en lui.

Le pasteur Huuskonen lui fit remarquer que la

question n'était pas si simple. Fallait-il comprendre qu'il ne s'agissait que de ceux qui avaient manifesté leur foi avant leur mort, ou de toute l'humanité ? Les hommes de l'âge de pierre n'adoraient pas le Dieu luthérien, car ils ne savaient rien de sa grandeur. Aussi charitables et vertueux qu'ils aient été, ils n'avaient donc pas le moindre espoir de monter au ciel le dernier jour… et où tracer la limite entre l'homme et l'animal ? Un singe croyant peut-il aller au paradis, ou faut-il savoir parler et utiliser un gourdin pour être jugé digne de monter au ciel ?

« Dans un de ses livres, le pasteur Voitto Viro a dit que son chien était allé au paradis, nota Sonia.

— Pour Belzéb, ce pourrait être difficile », estima Oskar en regardant son protégé.

On entendit des aboiements du côté du village. L'ours grogna, inquiet, et tira sur sa laisse. Il devait y avoir des chiens en liberté, car les jappements se rapprochaient, passant de derrière les maisons à la forêt, tout près de l'allée de bouleaux du pensionnat.

« On ne garde plus les chiens attachés l'été, maintenant ? s'étonna Sonia.

— Ils ont senti l'odeur de Belzéb. On devrait peut-être rentrer. »

L'éthologiste revint encore sur les grandes questions de l'existence.

« Mais la création ? Est-ce que ce n'est pas la

preuve du divin ? Rien ne naît du néant, la vie a été créée par Dieu.

— Si on veut. Mais comme créateur, Dieu ne m'a pas l'air très compétent. La nature est relativement belle, mais l'homme est une catastrophe. Si un horloger, par exemple, faisait aussi mal son travail, on le ficherait immédiatement à la porte. Il doit bien se trouver quelque part, dans un autre monde, une espèce intelligente pour qui la réponse à ces questions est évidente et limpide. »

Huuskonen s'apprêtait à poursuivre ses commentaires philosophico-religieux quand trois, quatre chiens arrivèrent au galop à travers champs, avec à leur tête un molosse clatissant, suivi de spitz à la queue recourbée qui se jetèrent sans pitié sur Belzéb. Malmené de toutes parts, le malheureux pestoun opposa une résistance héroïque, mais sa muselière le gênait pour se battre et sa laisse lui entravait les jambes. Il avait encore heureusement les pattes de devant libres et, avec toute la force et l'agilité d'un jeune mâle, il tint tête à ses assaillants.

Dans un terrible concert d'aboiements et de hurlements, le pasteur Huuskonen saisit au bord de l'allée un pieu avec lequel il se mit à frapper les chiens les plus enragés. Quand il parvint à retirer sa muselière à Belzéb et que celui-ci put ouvrir sa gueule aux dents blanches, les roquets du village jugèrent plus sage d'abandonner. Ils s'enfuirent en glapissant vers la forêt voisine. Le pestoun faillit se lancer à la poursuite de ses agresseurs, mais Oskar l'attrapa par sa laisse et l'en empêcha. Haletants, ils reprirent le chemin du pensionnat. Le pasteur félicita son ours :

« Tu te bats vraiment comme une bête, Belzéb. »

17

Le pasteur prend la mer

L'atmosphère du pensionnat chrétien de Vampula se tendit, peu après la Saint-Jean, avec l'arrivée de participants à un séminaire sur les relations de couple organisé par la Commission des affaires familiales de l'Église évangélique luthérienne de Finlande, qui ne pouvaient voir que d'un mauvais œil l'union de toute évidence fort libre du pasteur Oskar Huuskonen et de l'éthologiste Sonia Sammalisto. La présence d'un ours répondant au nom de Belzéb n'était pas de nature à les rasséréner.

Sonia et le pestoun lavèrent et repassèrent encore une fois du linge, puis l'éthologiste mit au net les notes qu'elle avait prises depuis le début de l'été dans le cadre de ses recherches scientifiques et repartit pour Oulu. Chers adieux, songea Oskar Huuskonen en lui donnant l'argent nécessaire à son billet d'avion. Resté seul avec son ours dans les jambes des spécialistes des relations de couple, il décida lui aussi de quitter le pensionnat. Il paya sa note et prit la direction de Köyliö, puis de Rauma, où il passa la nuit dans un hôtel avant de poursuivre sa route, le lendemain, jusqu'à Uusikaupunki.

Les usines automobiles de la ville avaient vu chuter leur production, des chômeurs désœuvrés traînaient dans les rues et les bars, l'atmosphère était sinistre. Les chantiers navals étaient eux aussi touchés par la crise : il n'y avait en réparation, pour l'heure, que deux navires, un cargo roulier allemand, le *Hansa,* et l'*Alla Tarasova,* un paquebot russe construit en son temps en Pologne, à Gdansk, dont la remise à neuf tirait à sa fin. Alors qu'il roulait sans but précis sur la route menant à la cale sèche, le pasteur Huuskonen tomba par hasard sur le capitaine de ce navire, Vassili Leontiev, un vieux loup de mer sympathique venu réceptionner son bateau radoubé. Le marin à la barbe grise se tenait près de la grille des chantiers navals, en train de pisser ; l'ours se mit à couiner, lui aussi voulait se soulager. Oskar stoppa sa voiture et conduisit Belzéb au pied du grillage métallique entourant la zone. Le pestoun jeta un coup d'œil au capitaine, s'appuya d'une patte au grillage et se mit à arroser l'herbe comme un homme, imité par le pasteur Huuskonen. Le capitaine termina le premier, secoua les dernières gouttes et referma sa braguette. Il demanda en anglais :

« C'est bien un ours, votre ami ?

— Tout à fait », confirma le pasteur Oskar Huuskonen.

Quand ils se furent présentés, le capitaine Leontiev invita Huuskonen à venir visiter son bateau. C'était un vrai paquebot blanc à l'ancienne, long d'une centaine de mètres, qui pouvait accueillir près de deux cents passagers, avec un équipage de cent hommes dont la moitié seulement, pour la plupart des mécaniciens venus tester les nouveaux diesels installés sur le navire, étaient arrivés en ville. Le capitaine, dans son carré, offrit à Huuskonen et à son ours un déjeuner léger agrémenté de quelques verres de vodka. C'était un homme seul, qui raconta avoir navigué dans sa jeunesse sur un baleinier dans le Pacifique. Plus tard, il avait sillonné la mer Caspienne aux commandes d'un cargo, et maintenant, avec la perestroïka, il avait été muté à Arkhangelsk, d'où l'on comptait ouvrir une ligne de passagers pour Mourmansk, de l'autre côté de la presqu'île de Kola.

Le pasteur Oskar Huuskonen évoqua sa propre vie : il était prêtre, luthérien, avait exercé son apostolat dans les campagnes finlandaises, était docteur en théologie et avait même dirigé une paroisse. Il se trouvait pour l'instant en congé, ne touchant qu'un demi-salaire, et parcourait le monde avec son ours, sans but précis.

Le repas terminé, Belzéb joignit les pattes et prit

une attitude recueillie. Son museau remua comme s'il marmonnait : il disait les grâces.

« Vous croyez qu'il saurait faire un signe de croix ? » demanda le capitaine. On essaya. Vassili Leontiev montra l'exemple, puis Oskar Huuskonen ordonna à l'ours :

« Vas-y, Belzéb, fais pareil ! »

Au bout de quelques minutes de répétition, le pestoun apprit ce nouveau tour : partant du front, il amenait sa patte droite vers le bas, puis d'un côté à l'autre de sa gueule. Il semblait ainsi d'une grande piété.

« Il est bon élève », reconnut le capitaine.

Après le déjeuner, on fit un tour dans la chambre des machines et sur la passerelle de commandement. Le capitaine était fier de son navire : il avait beau avoir près de vingt ans, il était à nouveau en parfait état, de la coque aux moteurs, qui avaient été révisés et équipés du dernier cri de l'électronique. En revenant de la passerelle, on jeta un coup d'œil à la boîte de nuit, d'où s'échappait un rock syncopé. Une troupe de cinq danseurs répétait au son d'une cassette préenregistrée : deux garçons élancés et trois jolies filles en maillot. Le groupe, se déhanchant en rythme, apprenait une nouvelle chorégraphie chargée de tension érotique. Le pasteur Huuskonen demanda d'où la troupe était originaire.

« Je crois qu'en réalité ce sont des putains de

181

Saint-Pétersbourg, grommela le capitaine. Ces cinq-là ne font pas partie du personnel, ce sont des intermittents payés pour faire leur numéro. Ce paquebot doit effectuer des croisières, alors il faut du spectacle. »

Le pasteur Huuskonen demanda s'il ne pourrait pas par hasard lui aussi embarquer sur le navire comme artiste. Il se contenterait du gîte et du couvert et d'une rémunération modique pour sa prestation. Il pensait à un numéro de music-hall dans lequel Belzéb et lui exhiberaient leurs talents : l'ours jouerait en quelque sorte les valets de chambre, il exécuterait toutes sortes de tours amusants, comme ceux qu'il savait déjà faire : laver du linge, repasser des chemises, servir à table et ainsi de suite. Puis il dirait des prières, avec de vrais signes de croix et le reste.

« Excellente idée », se réjouit le capitaine Vassili Leontiev. Il avoua qu'il avait songé à quelque chose de ce genre mais n'avait pas osé le suggérer au pasteur. On avait réellement besoin, à bord de ce bateau, d'autres divertissements que les trémoussements de jeunes filles à la cuisse légère et les claquements de talons de leurs équivoques souteneurs.

« Faites-vous inscrire sur le registre du Syndicat des gens de mer de Finlande, je vais vous faire un contrat, vous avez un passeport, je suppose ? Et les papiers de cet ours ? »

Le pasteur Oskar Huuskonen expliqua que Belzéb était officiellement homologué comme animal domestique, l'ours lui avait été donné muni d'une autorisation en règle du ministère.

«Ce sont mes paroissiens qui me l'ont offert pour mes cinquante ans.

— Quand j'ai fêté mon cinquantième anniversaire, mon équipage m'a fait cadeau d'un pingouin, nous naviguions alors dans les eaux néo-zélandaises. Avec l'âge, il a pris de détestables goûts de luxe et sur ses vieux jours il puait comme un dépotoir. Je l'ai vendu au zoo de Saint-Pétersbourg, où il a transmis des salmonelles aux autres oiseaux aquatiques, il paraît qu'ils sont tous tombés raides morts.»

Le capitaine annonça que l'on quitterait Uusikaupunki dans une semaine environ.

«Au départ, on devait passer par le golfe de Finlande puis le lac Ladoga, l'Onega et les canaux jusqu'à la mer Blanche, mais le gabarit de certaines écluses n'est sans doute pas suffisant, à moins qu'il y ait d'autres problèmes. Quoi qu'il en soit, nous allons prendre par la Baltique jusqu'aux détroits danois, puis par l'Atlantique, longer la côte norvégienne et continuer vers Petchenga et la presqu'île de Kola. À Mourmansk, nous embarquerons le reste de l'équipage, ainsi que notre première cargaison de touristes, puis nous contournerons la presqu'île de Kola, de la mer de Barents à la mer

Blanche, jusqu'à Arkhangelsk, avant de faire escale à Solovki et de revenir à Mourmansk, pour y charger de nouveaux passagers. Vous aurez tout le temps d'apprendre d'autres tours à votre ours avant notre arrivée là-bas. »

Le capitaine ajouta qu'il était prêt à verser au pasteur l'intégralité du salaire d'un homme de pont, mais que l'ours devrait se contenter d'une paie de matelot léger.

« Le cours du rouble est plutôt bas, bien sûr, mais vous pourriez embarquer votre voiture sur le pont et la vendre à Mourmansk, vous vous retrouveriez richissime, à l'aune russe, au moins jusqu'à ce que l'inflation vous rattrape. »

Huuskonen prit bonne note de ce judicieux conseil. Son contrat rédigé, il partit s'occuper de son adhésion au Syndicat des gens de mer.

Une semaine plus tard, des remorqueurs tirèrent l'*Alla Tarasova* hors des chantiers navals d'Uusikau-punki et un pilote le guida jusqu'en haute mer. Le paquebot mit le cap au sud, vers un nouveau destin. À son bord partaient aussi le pasteur Oskar Huuskonen et son fidèle Belzéb. Un homme et un ours devenus loups de mer.

18

Navigation
dans les eaux arctiques

L'*Alla Tarasova* voguait sur l'Atlantique brumeux.
La voiture du pasteur Oskar Huuskonen était arri-
mée sur le pont avant. Lui-même se tenait à tribord,
accoudé au bastingage, et regardait les abruptes
parois rocheuses qui surgissaient de temps à autre
du brouillard. Il était tard dans la nuit mais il faisait
encore clair car le soleil, dans le Nord, ne se couche
pas en été. Le paquebot avait doublé Hammerfest
et faisait route vers l'océan Arctique.

Le pasteur se sentait l'âme mélancolique. Il avait
quitté sa patrie pour la lointaine mer Blanche. Sa
décision de partir avait-elle été prise trop à la légère,
sans réfléchir aux conséquences ? Se retrouver soudain marin et saltimbanque avait quelque chose
d'étrange.

Belzéb avait appris pas mal de choses pendant
la traversée. Il travaillait sous les ordres du maître
d'hôtel comme garçon de salle dans le carré des officiers. Il servait à table et faisait le ménage, essuyant

en général la poussière avec sa propre fourrure, qui était plus efficace qu'un chiffon et laissait les surfaces parfaitement propres, surtout si on l'humidifiait un peu. Pour laver par terre, on lui enroulait un torchon autour de chaque patte, à la manière de chaussettes russes. Il lui suffisait ensuite de se promener dans le carré pour tout nettoyer en un temps record. Par intervalles, il rinçait ses serpillières dans un seau, en y trempant ses pattes l'une après l'autre.

Dans deux ou trois jours, le bateau blanc jetterait l'ancre à Mourmansk, où deux cents croisiéristes monteraient à bord. Le pasteur avait le trac : réussirait-il à distraire les touristes avec son ours ? Il avait certes répété. Et il avait écrit plusieurs scénarios de prières maritimes. Tout était prêt, en principe. Le regard perdu dans la brume, Huuskonen méditait sur son sort. Il ne possédait rien d'autre qu'une vieille voiture et un jeune ours ; il vendrait la première dès son arrivée à Mourmansk et devrait sans doute tuer le second à l'automne, quand il aurait tant grandi qu'il n'aurait plus les moyens de le nourrir. Belzéb avait déjà atteint une belle taille : près d'un mètre au garrot et plus d'une centaine de kilos. Il ferait une superbe descente de lit.

Le pestoun se promenait de son côté sur le pont du navire, son maître ne pouvait pas lui tenir compagnie tout le temps. Son regard errait sur les chaloupes et les radeaux de secours quand il se rappela le grand branle-bas de l'exercice de sauvetage organisé quelques jours plus tôt alors que le bateau s'avitaillait à Kiel. Belzéb avait suivi les opérations sur le pont, en compagnie de Huuskonen, et il eut soudain l'idée de répéter tout seul la manœuvre. Les ours ont une bonne mémoire, et la sienne était particulièrement développée. Il planta les dents dans la ligne de déclenchement d'une chaloupe et tira dessus pour la déverrouiller, comme il l'avait vu faire par les matelots russes. Elle se défit en un clin d'œil, et la saisine retenant l'embarcation se mit à glisser à toute allure dans sa poulie. Même chose de l'autre côté, et la lourde chaloupe se libéra de son bossoir pour descendre rapidement vers les flots. L'ours semblait avoir bien compris la manœuvre. Il jeta un coup d'œil par-dessus le bastingage et vit l'embarcation frapper l'eau dans une gerbe d'écume. Ravi, Belzéb s'attaqua des pattes et des dents aux sangles des radeaux de sauvetage. Dans son enthousiasme, il en largua trois à la mer et s'en prenait déjà au quatrième quand l'équipage se rendit compte de ce qui se passait. La sirène d'alarme se mit à hurler et une troupe de matelots se rua sur le pont.

Le pasteur Oskar Huuskonen eut fort à faire pour attraper l'ours et le conduire dans sa cabine, où il lui administra une bonne raclée. Belzéb ne comprenait pas ce qu'il avait fait de mal et, ulcéré, il montra les dents à son maître, mais fut bien obligé de se soumettre sous les coups de ceinturon dont le pasteur lui caressa le dos.

L'*Alla Tarasova* stoppa et fit machine arrière dans un grondement de diesels. On mit à la mer un canot de plus, où prirent place quatre rameurs. Dans la houle grise, on rattrapa la chaloupe échappée, on la remonta à bord et l'on repartit chercher les trois radeaux de sauvetage, dont deux s'étaient automatiquement déployés. Il fallut une paire d'heures pour que tout rentre dans l'ordre et que le paquebot puisse poursuivre sa route.

Le capitaine Vassili Leontiev vint trouver Oskar dans sa cabine. Il était un peu énervé, mais pas vraiment furieux. L'ours boudait sous la table.

« Je suis désolé que Belzéb ait semé la pagaille, je vous présente toutes mes excuses.

— Il est malin, le bougre, il a réussi à mettre à l'eau une chaloupe et trois radeaux. Tout seul… en cas d'urgence, il aurait sauvé des dizaines de vies », constata le capitaine.

Le pasteur Huuskonen demanda si le dommage dû à l'exercice de sauvetage supplémentaire organisé par l'ours était très grand, avec le temps perdu et le reste.

« Deux heures de plus ou de moins n'ont guère d'importance, en mer… mais il va falloir le tenir un peu plus à l'œil. Qu'il n'aille pas, par exemple, tripoter les commandes sur la passerelle. Il serait capable de nous mener droit sur une falaise, avec un peu de malchance. »

Le paquebot doubla le cap Nord, puis Petchenga, et entra dans le fjord de Kola, où un profond chenal long de plusieurs dizaines de kilomètres conduisait à Mourmansk, dans un paysage de collines rocailleuses, arrondies et dénudées. La déliquescence de l'immense État russe était partout visible : des épaves rouillées de navires transocéaniques gisaient sur les rives rocheuses du fjord sans qu'on eût pris la peine de les mettre à la casse. L'eau disparaissait sous une pellicule huileuse, la côte était couverte de tout un bric-à-brac d'objets abandonnés. L'activité du plus grand port du monde était en veilleuse, seules quelques grues cliquetaient sur les quais de pêche décrépis ; de l'autre côté du fjord, un énorme navire de transport de troupes gris entrait dans le port militaire tandis qu'un amiral, sur son pont, passait en revue les rangs de matafs au son d'une puissante fanfare. Un sous-marin au dos noir flottait au milieu du chenal, pris dans les câbles de deux remorqueurs, sans qu'on puisse deviner s'il revenait de l'océan Arctique ou si on l'y conduisait.

On amarra l'*Alla Tarasova* à quai, les remorqueurs s'écartèrent de ses flancs. Un groupe de dockers fit son apparition et l'on passa promptement les élingues d'une grue sous la voiture d'Oskar Huuskonen. L'équipage du navire mettait à peine pied à terre que le véhicule était déjà déchargé et entouré d'un large mur mouvant d'acheteurs potentiels, occupés à en évaluer l'état. Les offres se mirent à pleuvoir : un plein sac de roubles, 10 litres de vodka et 500 dollars cash. Quelqu'un d'autre offrit encore plus, un troisième renchérit. L'affaire fut vite conclue. Oskar Huuskonen vendit sa voiture pour 30 bouteilles de vodka, 1 000 dollars et une somme en roubles correspondant en gros à deux ans de salaire moyen d'un ouvrier.

Le soir même, quelques autocars finlandais vinrent se ranger le long du navire et déverser sur le quai leur lot de touristes, principalement des retraitées plus que sexagénaires, originaires du nord de la Finlande. Elles étaient venues visiter ces régions arctiques auparavant totalement fermées, rendues accessibles par l'effondrement et l'ouverture au monde de l'Union soviétique. Leur croisière les conduirait d'abord le long des côtes de la presqu'île de Kola, puis à Arkhangelsk, et retour à Mourmansk après un détour par l'île-monastère de Solovki. Le voyage durerait une semaine entière. Les retraitées montèrent à bord, où l'équipage leur souhaita la bienvenue. Le groupe comptait aussi quelques hommes âgés que la mort n'avait pas encore fauchés et deux guides parlant russe. Au total, plus d'une centaine d'irréductibles mémés emplies de curiosité traînèrent leurs valises en plastique sur le bateau et en investirent les cabines.

Le pasteur Oskar Huuskonen mit sa muselière à Belzéb et partit se promener en ville avec lui. Tout était désespérément délabré. Les pelouses des parcs étaient en friche, les balcons en béton des immeubles s'effritaient et semblaient sur le point de tomber, les rues étaient pleines de nids de poule. Les passants avaient la mine sévère et résignée. Sur le perron d'un petit hôtel miroitait une grande flaque rouge. Du sang humain, expliquèrent à Oskar Huuskonen quelques chasseurs finlandais occupés à retirer pour la nuit les phares de leurs quatre-quatre. Ils se trouvaient là avec leurs chiens, qu'ils avaient l'intention d'entraîner à traquer de véritables ours sauvages dans les forêts de la presqu'île de Kola. Ils étaient venus d'Ivalo par la route. Quand les vautres sentirent l'odeur de Belzéb, ils se mirent à aboyer si fort qu'il fallut les enfermer dans les voitures.

« Ce matin, quand on est sorti de l'hôtel, il y avait un Russe mort sur les marches, raconta un des chasseurs, originaire de Sodankylä.

— Il avait la gorge tranchée d'une oreille à l'autre, renchérit l'un de ses camarades. Personne n'a encore lavé le sang, mais on a au moins emporté le corps.

— On n'ose pas dormir sans un fusil à gros gibier, la nuit », constatèrent-ils en chœur. Puis ils proposèrent à Huuskonen de lui acheter Belzéb.

«Vends-nous ton pestoun ! On le ramènera en Finlande pour servir d'adversaire à nos chiens, plus besoin de venir jusqu'ici pour les dresser.»

Le pasteur Oskar Huuskonen réfléchit un moment, mais décida de garder son ours. Il aurait dû avoir un cœur de pierre, pour vendre son compagnon, surtout en sachant qu'il aurait à affronter à longueur de journée des vautres déchaînés.

«Tant pis. De toute façon, il a l'air trop apprivoisé pour nos besoins», conclurent les chasseurs tandis qu'Oskar Huuskonen s'éloignait de l'hôtel avec son ours. Dans un grand magasin, il acheta deux gros bonnets de fourrure et, pour Belzéb, une gamelle en aluminium. Il n'y avait d'ailleurs pas grand-chose d'autre en rayon. Avant de retourner au bateau, le pasteur visita aussi le Musée militaire de Mourmansk, où étaient présentées de manière saisissante les épreuves traversées pendant la Seconde Guerre mondiale par ce port toujours libre de glaces. Les dockers qui travaillaient à décharger les livraisons de matériel militaire des Alliés avaient vécu un cauchemar sans fin sous la menace constante des effroyables bombardements des avions allemands.

Tard dans la soirée, l'*Alla Tarasova* largua les amarres, fut remorqué dans le chenal et partit, dans la lumière blafarde de la nuit d'été, pour sa première croisière. Une cinquantaine de kilomètres plus loin, à la sortie du fjord, le paquebot mit cap à l'est dans l'océan Arctique. Au petit déjeuner, les retraitées finlandaises réclamèrent du vrai café, mais durent se contenter de thé russe. Elles le burent en grommelant que la qualité du service était décidément loin d'égaler celle des ferries entre la Finlande et la Suède.

Dans la journée, le pasteur Oskar Huuskonen annonça sur les ondes de la radio du bord que les passagers qui le souhaitaient pouvaient participer à une réunion religieuse luthérienne qui se tiendrait dans la salle à manger. Il se présenta une cinquantaine de personnes, devant qui Huuskonen prononça une homélie et récita des prières ; pendant celles-ci, Belzéb se tint à côté de lui, debout sur ses pattes de derrière, les mains jointes. Toute la séance se déroula dans une ambiance fervente et chaleureuse.

Dans la soirée, Oskar Huuskonen fit son premier véritable numéro de cirque dans la boîte de nuit. On était déjà à l'est de la presqu'île de Kola et certains avaient vu une baleine blanche s'ébattre dans le sillage de l'*Alla Tarasova*. Le pasteur parla au public des merveilles de la nature de l'océan Arctique, puis raconta tout ce qu'il savait sur les ours. Belzéb exécutait en même temps les tours qu'on lui avait enseignés : obéissant aux injonctions de son maître, il fit des galipettes, joua les ours sauvages, grogna au moment voulu, montra les dents et se coucha sur l'estrade comme s'il était plongé dans son sommeil hivernal. Après cet exposé, Huuskonen expliqua comment l'ours, une fois apprivoisé, avait appris toutes sortes de talents humains : s'essuyer le derrière, se brosser les dents, laver le linge, repasser les pantalons et les chemises, servir le thé et faire le ménage. Belzéb dansa aussi sur scène la polka et la scottish, avec succès. Pour finir, il fit des signes de croix tandis que le pasteur récitait de longs extraits de la vigile orthodoxe. Les larmes aux yeux, les spectateurs applaudirent : la représentation s'était bien passée, et les commentaires furent unanimes :

« Quel acteur ! Vous pensez qu'il a vraiment la foi ? »

19

L'ours prend le maquis

Parvenu à l'extrémité de la presqu'île de Kola, l'*Alla Tarasova* vira en direction du sud, passa de la mer de Barents à la mer Blanche et poursuivit sa croisière vers Arkhangelsk. Oskar Huuskonen prononçait tous les jours des homélies, et se produisait le soir avec Belzéb dans la boîte de nuit. L'ours s'habitua vite au public ; il apprenait de nouveaux tours et se plaisait de toute évidence sur scène. Oskar Huuskonen lui avait aussi enseigné à faire la quête après son numéro, et il rapportait ainsi à son maître des sommes plus que rondelettes.

Au bout de quatre jours de navigation, le paquebot mouilla à Arkhangelsk et Oskar Huuskonen put visiter la ville sous la conduite du capitaine Vassili Leontiev. C'était une grande cité construite sur la rive plate d'un fleuve, d'une froideur lumineuse, où tout partait à vau-l'eau. Le centre, entièrement en béton, évoquait la splendeur de l'époque soviétique, mais autour s'étendaient des quartiers résidentiels aux maisons de bois tout de guingois, disloquées par le gel de cette terre arctique. Les vents d'hiver avaient sculpté sur le visage des habitants des mines farouches, uniquement adoucies par l'incessante consommation de vodka des jeunes gens et le rire clair des filles qui allaient danser au casino de la marine. Le capitaine Leontiev montra à Oskar et Belzéb le musée en plein air, l'usine de pâte à papier et le chantier de flottage de la Dvina septentrionale, puis les emmena, dans la soirée, visiter à l'extérieur de la ville une vieille chapelle orthodoxe en bois gris. Ils ouvrirent une bouteille de vodka et restèrent couchés dans les hautes herbes à observer le petit village qui s'étendait à leurs pieds : une demi-douzaine de vieux faisaient les foins, tous si ivres que le capitaine et le pasteur craignaient à chaque instant qu'ils ne s'effondrent dans le pré sur leurs faux.

L'ours était ravi de ce moment de détente dans la nature, il huma, la truffe frémissante, les odeurs d'herbe fraîchement coupée, essaya de happer un bourdon vrombissant et se laissa rouler sur le dos, pattes en l'air, comme le capitaine et le pasteur. On lui donna aussi une gorgée de vodka, mais il la recracha dégoûté, d'un air furieux.

Dans la nuit, ils regagnèrent le bateau, qui appareilla tôt le matin pour se diriger sur une mer brumeuse vers l'archipel de Solovki, où l'on jeta l'ancre dans une rade, à l'ouest de l'île principale.

Le brouillard était si épais que les canots à moteur et les remorqueurs venus chercher les retraitées finlandaises pour les conduire à terre se perdirent et restèrent à siréner sur la houle paresseuse de la mer Blanche sans pouvoir ni regagner leur point de départ ni trouver le navire de croisière. L'*Alla Tarasova* resta immobilisé dix-huit heures dans les eaux occidentales de Solovki, jusqu'à ce qu'enfin la brume se lève et que les embarcations auxiliaires viennent se ranger contre son flanc. On descendit les échelles de coupée et la cohorte de mémés put enfin débarquer sur la fameuse île-monastère.

Les guides finlandais emmenèrent les touristes visiter le kremlin. Le capitaine Vassili Leontiev, de son côté, se proposa pour tenir compagnie au pasteur Huuskonen et à Belzéb. On leur donna pour cicérone une jeune femme en uniforme du bureau des transmissions du port qui parlait anglais et se trouvait avoir un peu de temps pour leur présenter cette île tristement célèbre et sa sinistre histoire. Tania Mikhaïlova devait avoir la trentaine, elle était mince et élégante, avec le teint clair, plutôt grande pour une Russe. Elle leur raconta que l'archipel, Solovetskié ostrova, s'étendait sur un peu plus de 300 kilomètres carrés ; trois ermites, Germain, Zosime et Sabbatios, y étaient venus au XVe siècle pour fonder un monastère. À partir de cette place forte, on avait converti à la foi orthodoxe de vastes régions bordant la mer Blanche, aussi bien au nord qu'à l'ouest : les voyages d'exploration et les pillages s'étaient étendus jusqu'en Finlande. Les moines menaient une stricte vie d'ascèse et l'on venait de loin pour s'en émerveiller. Le monastère était riche et renommé, jusqu'à ce que la révolution d'Octobre mette fin à son rayonnement, au début du XXe siècle. C'est alors qu'avait commencé la terrible période où l'île avait servi de prison : Tania expliqua qu'à chaque pas, on marchait sur des ossements humains, des restes de détenus enfouis dans le sol.

On avait, à Solovki, exécuté ou laissé mourir de faim des dizaines de milliers de personnes ; pendant des centaines d'années, les moines avaient aussi parcouru les chemins glacés de cette basse terre, dans la crainte de Dieu, multipliant les signes de croix et psalmodiant de monotones liturgies orthodoxes. Et pendant la dernière guerre mondiale, dans les marécages bordant les routes militaires, les jeunes recrues de l'infanterie de marine de la flotte rouge, raides de froid et affaiblies par la faim, avaient creusé de leurs mains gourdes, lors de leur entraînement, de sommaires abris individuels. On leur avait appris, et bien appris, à se battre et à mourir au combat.

« Je viens d'Arkhangelsk, je suis d'origine norvégienne par ma mère, mais je ne parle pas la langue. Mon grand-père est tombé en 1940 pendant la guerre d'Hiver contre la Finlande, mon père est décédé quand j'avais cinq ans. Ma mère est enseignante à Arkhangelsk, elle doit bientôt prendre sa retraite, si elle ne meurt pas avant, malade comme elle est. Elle a un cancer. »

Tania emmena le pasteur, le capitaine et l'ours visiter les ruines du monastère de Solovki et leur montra les cellules humides où l'on enfermait les prisonniers. Les bâtiments étaient en mauvais état, on n'avait commencé à les restaurer, petit à petit, que depuis quelques années. Des bénévoles finlandais étaient même venus donner un coup de main, mais on n'avait guère réussi jusqu'à présent qu'à planter des échafaudages en tubes d'acier qui rouillaient doucement sur place.

« Je dois encore travailler dans les transmissions tout l'été et l'hiver prochain, ensuite je pourrai peut-être m'en aller d'ici. Il n'y a aucune distraction dans cette île, on est si loin de tout. »

La jeune femme demanda la permission de tenir Belzéb en laisse. Le pestoun trouvait Tania très sympathique, il se frottait contre elle, lui léchait la main et cherchait à grimper sur ses genoux, sans se rendre compte qu'il était maintenant bien trop grand pour ça. Du kremlin, ils partirent se promener sur la route défoncée qui traversait le village en direction du nord-nord-est, longèrent deux étangs forestiers aux berges moussues et s'arrêtèrent pour manger les provisions prises sur le bateau. Le capitaine avait dans son sac une bouteille de vin rouge doux géorgien qu'ils burent avec leurs sandwiches. Le soleil tapait, il n'y avait pas un souffle de vent. Des nuages de moustiques zonzonnaient autour des pique-niqueurs, l'ours et Tania semblaient s'en moquer, mais le capitaine et le pasteur souffraient le martyre.

On entendit du côté du village des aboiements sonores, et bientôt trois laïkas au pelage roux accoururent dans un nuage de poussière. Belzéb fut pris d'un accès de fureur, comme dans l'allée de bouleaux du pensionnat chrétien de Vampula : il échappa à Tania, cassant sa laisse, et se rua hors de lui sur les chiens du village. Il était maintenant assez gros pour que la meute se sauve aussitôt en glapissant, la queue entre les jambes. L'ours se précipita au grand galop à leur poursuite, arrachant sous ses griffes les sphaignes de la tourbière. Il disparut dans une épaisse sapinière. Bientôt, on n'entendit plus dans la forêt ni les aboiements des roquets ni les grognements du pestoun.

Le pasteur Oskar Huuskonen, le capitaine Vassili Leontiev et l'employée des transmissions Tania Mikhaïlova, inquiets, se mirent à appeler Belzéb, mais celui-ci ne réapparut pas. Huuskonen ôta ses chaussures et partit dans les bois. Il fit le tour de l'étang sur les traces de l'ours, mais perdit sa piste quand le sol se fit plus dur et dut revenir sur la route. Là, on appela encore Belzéb pendant une bonne demi-heure, sans résultat. Il s'était perdu dans la forêt. Le capitaine Leontiev devait regagner son navire. Huuskonen ne pouvait pas laisser l'ours dans la nature, jamais il ne saurait s'y débrouiller seul. Et de toute façon, il ne pouvait pas donner sans Belzéb son spectacle de music-hall dans la boîte de nuit de l'*Alla Tarasova*.

« Je lève l'ancre ce soir à neuf heures. Essayez de le retrouver d'ici là, il y aura bien un canot à moteur pour vous conduire au bateau. Si vous ne remettez pas la main dessus, demandez à Tania de me téléphoner », ordonna le capitaine. Puis il partit avec la jeune femme en direction du village. Oskar Huuskonen s'enfonça pieds nus dans la forêt. À intervalles réguliers, il criait à la cantonade :

« Belzéb, reviens ! Belzéb, reviens ! »

20

Les nouveaux prisonniers
de Solovki

Le pasteur Oskar Huuskonen erra dans la forêt à la poursuite de son ours jusque tard dans la soirée, mais sans le trouver. Fourbu et les pieds en sang, il retourna en boitillant au village, descendit au port et apprit que le capitaine de l'*Alla Tarasova* lui avait fait envoyer ses bagages, qui avaient été portés au bureau des transmissions. Huuskonen s'y rendit. Tania Mikhaïlova était encore à son travail, elle avait réceptionné les valises, la réserve de vodka et la caisse de livres du pasteur, ainsi que la planche à repasser de Belzéb. Ces biens étaient entassés dans la salle de repos du personnel de la station. C'était un réduit exigu où tenaient à peine un lit, une petite armoire et une table. Tania s'inquiéta du sort de Belzéb :

« Comment est-ce que ce pauvre petit va s'en sortir, tout seul la nuit dans les bois ? »

Le pasteur Huuskonen fit remarquer que l'ours était déjà assez grand, qu'il avait une épaisse fourrure et que, au bout du compte, c'était un animal sauvage. Il n'avait aucune raison de ne pas savoir se débrouiller dans la forêt, c'était là qu'il était né, après tout. Tania promit de partir le lendemain matin avec Huuskonen à la recherche de l'ours, elle était de permanence cette nuit, mais aurait ensuite une journée entière de liberté. Elle prépara pour le pasteur le lit de la salle de repos. Seules trois personnes travaillaient au bureau à cette heure : en plus de la jeune femme, un gros sergent et un opérateur radio maigrichon éclusaient des godets en échangeant en russe des propos auxquels Huuskonen ne comprenait rien. Il tendit aux deux hommes une bouteille de vodka en paiement de la couchette et en avala lui-même une rasade avant de s'endormir. Les Russes ne lui accordèrent pas grande attention, trop occupés à boire d'un air lugubre. Par moments, on entendait dans la salle radio le crachotement des émetteurs-récepteurs, des flots de paroles en russe, ou la voix de Tania transmettant des rapports sur les ondes.

Au matin, la jeune femme apporta au pasteur Huuskonen du thé et des sandwiches, ainsi que des chaussettes et des bottes en cuir de l'armée. Trois nouveaux militaires rejoignirent la station, un jeune lieutenant et deux soldats ; les deux nuiteux imbibés de vodka avaient disparu avant même l'arrivée de la relève. Le lieutenant Ivan Krossnikov passa un long moment à examiner avec attention le passeport de marin d'Oskar Huuskonen avant d'y flanquer un coup de tampon et d'autoriser le pasteur à résider provisoirement dans le baraquement des transmissions, en attendant de pouvoir réintégrer l'*Alla Tarasova*. Après le petit déjeuner, Tania Mikhaïlova et Oskar Huuskonen partirent à la recherche de Belzéb.

Ils ne trouvèrent pas ce jour-là le pestoun égaré, ni dans la semaine qui suivit. Oskar commençait à perdre espoir : l'ours avait pris le maquis, et l'*Alla Tarasova* devait revenir le lendemain de Mourmansk, chargé de nouveaux touristes. En silence, il fit ses valises, empaqueta ses livres et rassembla ses objets de toilette. Me voilà débarrassé de mon cadeau, songea-t-il. Les choses s'étaient faites de manière spontanée : Belzéb, sur un coup de tête, avait foncé dans la forêt aux trousses d'une meute de chiens et y était resté. Peut-être était-ce aussi bien, la place des ours est dans la nature. Il n'y avait plus qu'à espérer qu'il apprendrait à chasser, mais en attendant, il savait déjà se nourrir de baies et de champignons, et l'on trouvait sûrement aussi des charognes dans l'île de Solovki. L'automne venu, il aurait sans doute la présence d'esprit de creuser un terrier au pied d'un sapin ou au flanc d'une fourmilière et de s'y endormir pour l'hiver.

L'avenir de l'ours semblait donc assuré, et de la

manière la plus naturelle qui soit, mais le pasteur Oskar Huuskonen n'en éprouvait aucune joie. Il regrettait son petit Belzéb et songeait à tout ce qu'ils avaient vécu ensemble depuis plus d'un an. Il avait eu le temps de s'attacher à son pestoun. L'idée de l'abandonner à son sort dans une île russe de la mer Blanche, sans les conseils paternels de son maître, le déprimait.

« J'essaierai de chercher Belzéb chaque fois que j'aurai un peu de temps libre et si je le trouve, je te télégraphierai, où que tu sois », promit Tania Mikhaïlova à Oskar Huuskonen. Elle s'était prise de sympathie pour l'ours au cours du bref après-midi où elle avait pu le promener en laisse dans les ruelles du kremlin et sur les routes de terre défoncées de l'île.

Mais l'*Alla Tarasova* n'était pas au rendez-vous. Après l'avoir attendu deux jours en vain, Huuskonen demanda à Tania de télégraphier à Mourmansk afin de connaître les raisons de son retard.

Il s'avéra que peu de temps après son arrivée au port, et une fois les passagers repartis en autocar vers la Finlande, par la route de Raja-Jooseppi, le paquebot avait été pris d'assaut par une bande de pirates sanguinaires, pour la plupart de jeunes vétérans de la guerre d'Afghanistan devenus incontrôlables, avec parmi eux quelques officiers de l'Armée rouge rapatriés d'Allemagne, connus pour leur ivrognerie. Ils s'étaient rendus maîtres du bateau, avaient tué le capitaine Vassili Leontiev et entassé sur le pont d'impressionnantes quantités d'armes d'infanterie en tout genre. Une partie des membres de l'équipage avaient réussi à s'enfuir, mais pas tous. L'*Alla Tarasova* et son chargement avaient pris dans la nuit la route de la mer de Kara. On n'en avait plus entendu parler depuis. Sans doute la marine de guerre l'avait-elle coulé, mais aucune information sur la question ne filtra jusqu'à Solovki.

Le pasteur Oskar Huuskonen se retrouvait donc prisonnier dans l'île. Il rédigea quelques brefs télégrammes et chargea Tania de les envoyer en Finlande. Il n'avait pas grand-chose à dire : il était coincé à Solovki. Son ours s'était sauvé, il n'avait aucun projet.

Quelques jours plus tard, Tania remit deux télégrammes à Oskar, dont l'un de Saimi Rehkoila. Rien de bien neuf à Nummenpää, la récolte de seigle s'annonçait excellente et la pêche avait été bonne. Le message se terminait par une annonce laconique :

« La pastoresse et le général Roikonen se sont fiancés, paraît-il. »

Les filles du pasteur lui envoyaient aussi leur bonjour, mais il n'y eut aucune réponse de Sonia Sammalisto. À vol d'oiseau, pourtant, quelques centaines de kilomètres à peine séparaient Solovki d'Oulu, où elle se trouvait, mais il y avait entre les deux une mer, une frontière et de la taïga à n'en plus finir. Plus de Sonia, donc, et toujours pas d'ours.

Oskar Huuskonen sillonnait à longueur de journée les forêts de l'île-monastère en appelant Belzéb, mais la nature restait muette et l'ours ne se montrait pas. Le soir, le pasteur s'asseyait, mélancolique, sur les froids rochers de la côte, au pied des murailles du vieux kremlin, à regarder les bulbes des clochers décatis, boire tristement de la vodka et méditer sur son existence. Il n'y avait vraiment pas de quoi pavoiser : il était là, loin de tout, seul et délaissé sur un rivage inhospitalier, sans un ami, même le capitaine Vassili Leontiev avait été assassiné... trahi par sa femme, oublié par sa maîtresse, abandonné par son ours. Sans but, sans travail, sans paroisse, sans foi dans l'avenir. Avec pour unique compagnie sa bouteille de vodka et la vaste mer d'où montait un brouillard glacé.

« Dieu est un juste juge, Dieu s'irrite en tout temps. »

Ce dur avertissement des Psaumes semblait justifié, mais fallait-il pour autant y croire ? Oskar Huuskonen n'avait même plus cela — l'heureuse confiance du chrétien en Dieu et en sa parole.

Tard dans la soirée, il se leva de son rocher, oubliant sa bouteille vide au bord de l'eau. Titubant, il remonta lentement vers le bureau des transmissions, espérant trouver enfin le sommeil.

Dans la claire nuit d'été, Tania Mikhaïlova courut à sa rencontre, il devait y avoir urgence. Haletante, elle se jeta à son cou et annonça :

« On a retrouvé Belzéb, il est sorti tout seul de la forêt et a été capturé dans le kremlin ! C'est merveilleux, Oskar ! »

21

Gopak dans la taïga

On avait surpris Belzéb dans les dépendances du monastère de Solovki : il s'était introduit à la faveur de la nuit dans l'ancienne fabrique de kvas des frères, remise en service après l'effondrement de l'Union soviétique. Là, il s'était gavé de pain, de malt et de moût fermenté. Soûl comme un cochon, il n'avait offert aucune résistance quand on l'avait attrapé et enfermé dans une des cellules de moine en travaux. Oskar et Tania coururent le sortir de sa prison. Belzéb avait suffisamment dessoûlé pour reconnaître son maître et sa nouvelle compagne. Quelle joie de se retrouver ! L'ours et le pasteur, tous deux ivres, se serrèrent longuement dans les bras l'un de l'autre. Oskar avait les yeux humides, tandis que le pestoun, tout heureux, lui léchait la figure.

Huuskonen emmena Belzéb au bureau des transmissions pour la nuit. Content, l'ours se coucha par terre et s'endormit. Tout allait de nouveau pour le mieux.

Fin juillet, un paquebot blanc vint mouiller dans la rade de Solovki. C'était le *Tatiana Samoïlova*, le navire jumeau de l'infortuné *Alla Tarasova*, qui avait été réquisitionné afin de poursuivre les croisières arctiques inaugurées par ce dernier. Cette fois encore, il y avait à bord une centaine de retraitées finlandaises curieuses de visiter l'île-monastère, que l'on alla chercher avec des canots à moteur et des barges. Le pasteur Oskar Huuskonen se frotta les mains : il allait enfin pouvoir quitter Solovki. Il demanda aussitôt à parler au capitaine. Ce dernier était un homme plutôt jeune, à l'air revêche, qui, ayant appris ce qui amenait Huuskonen, réagit sèchement :

« Que je vous embauche pour faire des sermons luthériens sur mon navire ? Vous avez perdu l'esprit ? »

Huuskonen lui montra son livret de marin et lui expliqua que le capitaine de l'*Alla Tarasova* lui avait déjà confié l'organisation de réunions de prière de ce genre à l'intention des touristes finlandais. Elles avaient connu un grand succès.

« Écoutez-moi bien. Je ne laisserai pas transformer mon paquebot en église pour hérétiques. Pourquoi est-ce que vous n'embarquez pas sur l'*Alla Tarasova*, puisque vous vous entendez si bien avec son capitaine ? »

Huuskonen répondit que le bateau avait été

détourné et avait disparu en mer de Barents. Vassili Leontiev avait été tué.

« Ça ne m'étonne pas », déclara le capitaine.

Huuskonen ne renonça pas. Il abattit sa dernière carte :

« Si mes homélies ne vous intéressent pas, j'ai aussi un ours qui sait danser et repasser les chemises. C'est un artiste de music-hall extrêmement apprécié. »

Le capitaine trouva la proposition encore plus délirante. Il déclara d'un ton sans appel que la toute dernière chose qu'il autoriserait serait qu'une bête sauvage monte à bord pour effrayer les passagers.

« Je m'y connais assez en ours pour savoir que ces démons sont capables de dévorer des voyageurs. Il est hors de question que j'envisage la moindre collaboration avec un individu de votre espèce. »

Le capitaine raccompagna le pasteur au bateau à moteur qui l'avait amené et ordonna aux hommes de pont de ne plus le laisser monter à bord. Huuskonen fut reconduit à Solovki. Son dernier espoir de quitter l'île avant l'hiver avec son ours semblait s'être envolé.

Tania Mikhaïlova était plutôt contente qu'Oskar et Belzéb n'aient pas pu partir. Les forêts de Solovki lui paraissaient idéales pour le sommeil de l'ours, et le pasteur pourrait venir habiter chez elle, à proximité du kremlin. L'opératrice radio ne disposait que d'une petite chambre dans une résidence collective, mais il y a toujours moyen de caser pour l'hiver un homme d'Église bien élevé. Il ne pouvait de toute façon pas loger plus longtemps dans le baraquement des transmissions, le local appartenait à l'État russe et était destiné au repos de ses fonctionnaires.

Le pasteur Huuskonen transporta ses maigres possessions chez Tania. C'était agréable de vivre à nouveau avec une femme. Belzéb était cependant si grand et avait un appétit si féroce que son maître prit l'habitude de passer ses journées en forêt avec lui. Ils ne rentraient que tard le soir, en faisant attention de ne pas déranger les autres habitants de la résidence.

L'ours trouvait Solovki à son goût. Le matin, Huuskonen sortait avec lui, casse-croûte en poche. Ils flânaient sur la route conduisant à Sekirnaïa gora, dans l'intérieur de l'île, vagabondaient dans la taïga constellée de mares et de petits lacs et menaient la vie de libres créatures sauvages, se nourrissant de myrtilles et de champignons. Le pasteur construisit au bord d'un étang aux eaux noires un abri tapissé d'épais branchages. L'île était couverte de profondes sapinières, avec, de-ci, de-là, des arbres morts qu'il coupait pour faire du feu, et il lui arrivait souvent de rester plusieurs jours d'affilée dans les bois avec son ours, ne passant chez Tania que pour laver son linge et compléter ses réserves de vivres.

Ses jours de congé, la jeune femme accompagnait Oskar et Belzéb dans la forêt. Elle apprit aussi à l'ours à danser le gopak. D'abord sceptique, il finit par comprendre où elle voulait en venir et devint vite plus habile qu'elle à ce jeu. Huuskonen interprétait des chansons de cosaques tandis que Belzéb et Tania sautaient et pirouettaient. Sa voix de baryton, travaillée au service de l'Église, offrait un accompagnement musical parfait à ces cours de danse buissonniers.

Oskar Huuskonen complimenta Tania pour ses talents de ballerine. Radieuse, elle expliqua que les Russes avaient toujours été d'excellentes danseuses, et de remarquables actrices.

« Mais je dois bien être la seule à avoir été récompensée par un Oskar. »

Les lumineuses journées de cette fin d'été éveillaient en Oskar Huuskonen un étrange sentiment de félicité ; c'en était même un peu effrayant : la vie avait-elle encore à offrir à un homme vieillissant quelques miettes de joie et de bonheur ? Devrait-il un jour payer le prix de ces semaines dans les forêts de Solovki ? Ou avait-il déjà réglé l'addition de ce fragile bien-être ? Qui sait s'il n'avait pas assez souffert en ce monde pour que le destin — et non Dieu — se décide à lui entrouvrir la porte d'une vie un peu plus gaie.

Le destin ! La belle affaire. Oskar Huuskonen n'y croyait pas trop non plus. Il se disait depuis déjà longtemps que l'humanité ne cheminait pas seule dans l'univers. Il avait attentivement lu la documentation de la conférence organisée l'automne précédent au centre scientifique Heureka par les astronomes du projet SETI. Il avait assisté aux débats par curiosité, comme dans l'espoir de trouver un remplaçant à son Dieu, une nouvelle divinité, n'importe quoi pouvant remplir cet énorme vide que le doute avait creusé dans son âme.

Oskar Huuskonen était bien sûr conscient que l'univers était plus immense, plus profond et plus vaste que l'esprit humain ne pouvait le concevoir. Dans cette mer infinie de mondes devaient selon toute logique voguer, en dehors de notre peccamineuse espèce, d'autres créatures vivantes et intelligentes. Il résidait sûrement quelque part sur une distante planète, à des centaines ou des milliers d'années-lumière, une communauté pensante inconnue qui observait dans la plus grande discrétion la vie sur la terre, en faisant la moue, et disposait peut-être de connaissances rationnelles et d'une solution au plus grand mystère de l'univers : l'origine de la vie, son cours, son but, tout.

À la conférence du centre Heureka, l'on avait expliqué que l'humanité écoutait l'espace à l'aide de gigantesques radiotélescopes qui, depuis des années, ratissaient jour et nuit les ondes à la recherche de messages radio envoyés à la terre, et se préparait à les interpréter. L'idée était américaine et l'université de Californie, par exemple, avait son propre programme Serendip, lancé dès les années soixante-dix, qui en était déjà à sa troisième phase. Ailleurs sur la planète, on s'intéressait bien sûr aussi, avec passion, aux signes d'intelligence extraterrestre et, sur tous les continents — en Europe, en Asie, en Amérique du Sud et bien sûr en Union soviétique, autrement dit aujourd'hui en Russie —, les radiotélescopes étaient configurés pour recevoir les éventuelles communications de civilisations étrangères.

Mais l'humanité avait beau dresser l'oreille, aucun message radio intelligible n'était parvenu jusqu'à la terre. Le noir cosmos restait muet. S'il y avait quelque part, au fin fond de la Voie lactée, une intelligence suprême, elle ne semblait pas pour l'instant s'intéresser aux hommes, qu'ils soient Américains, Russes, ou autres.

Tania, Belzéb et Oskar étaient étendus sous leur abri de branchages de sapin. Un feu de camp leur réchauffait les pieds, du thé infusait dans une bouilloire noircie de suie. La fraîcheur de l'air avait eu raison des épais nuages de moustiques de Solovki, qui ne les dérangeaient plus. Le pasteur parlait à Tania de Dieu, de son ancienne religion et de ses nouvelles idées à propos d'une intelligence extraterrestre supérieure qui devait exister dans les lointains espaces intersidéraux, c'était obligé, mathématiquement, et de ce fait naturel.

Pour Tania, les prêtres étaient des gens bizarres, surtout quand leur foi commençait à se lézarder.

Oskar aborda une question qui le préoccupait depuis longtemps.

« Je me suis demandé tout l'été s'il ne serait pas possible… non, je ne peux pas te demander ça. »

Tania l'encouragea à parler.

« Toi qui travailles au bureau des transmissions… est-ce que tu crois que je pourrais y venir de temps en temps pour écouter les bruits de l'espace ? Je veux dire, si jamais j'arrivais à capter un signal venu du cosmos, d'une autre planète… ne va pas me croire complètement fou. »

Tania ne put s'empêcher de rire : voilà ce que c'est, quand un prêtre défroqué se cherche un nouveau dieu. Pourquoi pas, en effet, entrer en contact avec une intelligence surnaturelle par l'intermédiaire du bureau des transmissions de Solovki.

Le pasteur Huuskonen prit la mouche. D'un air vexé, il tisonna le feu de camp devant l'abri, puis se tourna pour parler à Belzéb. Ce dernier fourra son museau dans le creux de l'épaule d'Oskar et s'ébroua comiquement. C'était sa façon de plaisanter. Tania se mit de la partie, plongea le nez sous l'autre aisselle du pasteur et s'ébroua elle aussi. Et quand Belzéb lécha le visage de son maître, elle fit de même. Puis elle reprit son sérieux et demanda sur quelles fréquences on écoutait en général les messages venus de l'espace. Rien n'empêchait d'essayer.

Le pasteur Oskar Huuskonen laissa éclater sa joie. Magnifique! Il pourrait peut-être ainsi entendre de ses propres oreilles les bruits du cosmos! La puissance de réception de la station de Solovki n'avait certes rien d'extraordinaire, comparée à la capacité des radiotélescopes américains ou des bases spatiales russes, mais d'un autre côté, la situation de l'île, loin dans l'hémisphère Nord, dans un lieu isolé perdu en pleine mer, pouvait être un atout décisif. Peut-être était-ce précisément là que l'on avait les meilleures chances de capter les messages adressés à la terre depuis une planète lointaine. Personne, à coup sûr, n'avait jamais auparavant écouté les bruits de l'espace dans cette partie du monde en y cherchant le signe d'une intelligence supérieure nichée dans les profondeurs infinies de l'univers.

Étendu là dans la chaleur du feu de camp, le bras passé d'un côté autour d'un ours et de l'autre autour d'une jeune Russe, le pasteur Huuskonen se prit à rêver:

«C'est peut-être le début de quelque chose de démentiellement transcendant.»

22

Classe buissonnière

Pendant tout le reste de l'été et de l'automne, le pasteur Oskar Huuskonen perfectionna l'éducation de Belzéb dans les forêts de Solovki. L'île — la principale de l'archipel du même nom — leur devint familière. Plutôt plate, avec un rivage rocheux, couverte d'une épaisse taïga trouée d'innombrables lacs et étangs, elle avait une superficie de 285 kilomètres carrés. Pendant les cruelles années où elle avait servi de camp de prisonniers, ses forêts avaient été presque entièrement rasées, mais on ne voyait quasiment plus aucune trace de cette destruction : la nature nordique avait repris ses droits et la taïga avait repoussé, empêchant le vent glacé de la mer Blanche d'atteindre l'intérieur des terres.

L'île principale de Solovki était reliée à celle de la Grande Mouksalma par une route construite sur une digue de pierre, qui conduisait aussi à la Petite Mouksalma ; plus loin, il y avait encore Anzer, autrement dit l'île aux Oies, où se trouvaient un ermitage et la colline du Golgotha, haute de plus d'une centaine de mètres. Mais Huuskonen ne pouvait s'y rendre avec son ours, car il n'avait pas de barque.

Solovki avait pour point culminant Sekirnaïa gora, une colline qui se dressait à près de 150 mètres d'altitude dans le nord-ouest de l'île. Oskar Huuskonen se promenait souvent avec son ours sur la route défoncée qui y menait depuis le kremlin et montait même parfois au sommet de la butte pour admirer la petite église édifiée là et bavarder avec les touristes. Mais le plus agréable était quand même de vagabonder dans les profondeurs de la forêt, de camper sur le sol instable des rives moussues d'étangs aux eaux noires, de pêcher des gardons et de faire la classe à l'ours.

Dans le temps, à la faculté de théologie, Oskar Huuskonen avait aussi étudié la pédagogie, et l'occasion s'offrait maintenant à lui de mettre son savoir en pratique avec Belzéb. Ce n'était certes pas un humain, mais les bons vieux principes éducatifs — récompenses, enseignement par l'exemple et encouragements constants — lui convenaient étonnamment bien.

Le pasteur divisa le programme scolaire du pestoun en trois parties, ou, si l'on veut, trois matières principales. Primo les cours de danse, secundo l'instruction religieuse et tertio l'enseignement ménager : tâches domestiques, service et autres.

En pratique, Tania enseignait la danse à Belzéb quand elle en avait le loisir, lui apprenant, en plus du gopak, de vieilles danses de salon telles que valse, mazurka et polonaise. Une radiocassette, facile à emporter dans la forêt, fournissait la musique.

Le pasteur Huuskonen s'occupait des cours de catéchisme. L'ours savait déjà faire avec dextérité des signes de croix et joindre les pattes, s'agenouiller, lever le museau vers les cieux, prendre une mine pieuse et avoir l'air de prier. Il fallait maintenant peaufiner ces gestes et en apprendre d'autres. Oskar enseigna à Belzéb la liturgie des principales cérémonies : baptême, mariage et enterrement. L'ours ne pouvait bien sûr pas chanter de cantiques, mais il se balançait avec ferveur au rythme des psalmodies de son maître.

En plus de ces rites chrétiens, Oskar Huuskonen apprit à Belzéb à se prosterner en direction de La Mecque à la manière des musulmans et lui montra quelques pratiques médiumniques shintoïstes dont il se trouvait se souvenir. L'ours assimilait le plus souvent avec zèle le langage gestuel des croyants. Quand Huuskonen lui ordonnait de prier, il frémissait de la truffe et mâchillait des babines. Il tenait avec aisance une Bible entre ses pattes et la feuilletait comme s'il avait su lire l'Évangile.

Entre les leçons, le maître et l'élève prenaient de solides collations, souvent composées de gros pain noir, de viande de phoque de la mer Blanche et de paniers entiers de fruits des bois. Quand venait le moment de faire ses besoins, Belzéb cherchait les W.-C., comme il y avait été habitué, mais voyant Oskar et Tania se soulager sans complexe dans les broussailles, il finit lui aussi par s'accroupir dans la nature pour y déposer ses crottes grumeleuses. En ours propre et bien élevé, il s'essuyait ensuite le derrière avec de la mousse.

Mais la partie la plus importante de l'éducation de Belzéb était consacrée à l'apprentissage du métier de valet de chambre et, plus généralement, aux travaux ménagers. L'enseignement était varié et comprenait de nombreuses tâches domestiques : repasser les chemises, porter les valises, préparer les cocktails et faire les lits. Oskar montra aussi au pestoun comment répondre au téléphone, écouter la radio et regarder la télévision. Comme matériel pédagogique, le pasteur traîna dans la forêt de vieux appareils mis au rancart par le bureau des transmissions. Il sculpta en outre dans un broussin de bouleau un téléphone sur lequel il peignit en noir des touches avec des chiffres, ce qui en faisait donc un poste numérique.

Belzéb apprit également à se brosser les dents, à se raser et à se regarder dans une glace. Mais on ne le laissait pas se couper réellement les poils, un ours se doit d'être hirsute.

Le pasteur Huuskonen inculqua à Belzéb l'art de préparer des plats simples tels que salades ou sandwiches. Il arrivait que l'élève s'en cale les joues avant d'avoir fini, mais il en laissait malgré tout la plupart du temps une certaine quantité à son maître, surtout s'il s'agissait de salades, qui, il faut bien l'avouer, ressemblaient plutôt à de la bouillie.

En plus de porter les bagages, Belzéb s'entraînait à faire les valises et devint vite un expert en la matière, rapide et efficace. On lui donna pour s'exercer un vieux sac de voyage russe qu'il remplit des dizaines de fois de tout un fourbi de vieux caleçons d'Oskar et autres. À la fin, le sac était bouclé en deux minutes, ce que l'on peut considérer comme un exploit.

Afin de le récompenser de ses efforts, Oskar Huuskonen acheta au responsable des stocks de la cantine du chantier de réfection du monastère plusieurs litres de miel et de kvas, dont Belzéb faisait ses délices. Il restait au pasteur une grande partie des roubles qu'il avait tirés de la vente de sa voiture, à Mourmansk, et il n'avait pas encore eu besoin de changer un seul dollar. Il avait par contre bu depuis longtemps toute la vodka incluse dans le prix.

Ce dimanche de septembre, le texte du jour, tiré de l'Ancien Testament (1 Rois 18, 36-39), disait :

«Au moment de la présentation de l'offrande, Élie, le prophète, s'avança et dit : "Éternel, Dieu d'Abraham, d'Isaac et d'Israël ! que l'on sache aujourd'hui que tu es Dieu en Israël, que je suis ton serviteur, et que j'ai fait toutes ces choses par ta parole ! Réponds-moi, Éternel, réponds-moi, afin que ce peuple reconnaisse que c'est toi, Éternel, qui es Dieu, et que c'est toi qui ramènes leur cœur !" Et le feu de l'Éternel tomba, et il consuma l'holocauste, le bois, les pierres et la terre, et il absorba l'eau qui était dans le fossé. Quand tout le peuple vit cela, ils tombèrent sur leur visage et dirent : "C'est l'Éternel qui est Dieu ! C'est l'Éternel qui est Dieu !"»

Alors qu'il se reposait dans son abri avec son ours après leur délicieux repas, le pasteur Huuskonen, en regardant le ciel, repensa à cette invocation d'Élie et à la spectaculaire réponse du Seigneur. Il se formait en effet une nuée d'orage au-dessus de Sekirnaïa gora ; montant de la mer, au nord, elle emplit bientôt le ciel, noire et menaçante. Puis la foudre tomba sur la colline, la terre trembla comme si Dieu lui-même l'avait frappée. Mais Belzéb, au lieu de se jeter face contre terre pour prier l'Éternel, resta vautré, le ventre plein, sur sa couche de branchages. Les bêtes sauvages n'ont pas besoin de preuves de l'existence de Dieu, et n'ont pas peur de l'orage.

23

Le pestoun creuse un terrier

Sonia Sammalisto, l'hiver précédent, avait fourni au pasteur Huuskonen de nombreuses explications sur le métabolisme et les fonctions organiques des ours. Leur cycle saisonnier est particulier, avec, entre autres singularités, leur entrée en léthargie à l'approche des grands froids. L'année de l'ours se divise en une période de dormance, l'hiver, et une période d'activité, l'été. Dans cette dernière, on peut distinguer différentes phases : au sommeil hiémal succède d'abord, au printemps, une reprise progressive de l'alimentation. Après le légendaire « pet de l'ours », autrement dit l'expulsion du bouchon fécal qui obstrue ses intestins, l'animal prend le temps d'attendre quelques jours, à demi endormi, que l'appétit et l'envie de chasser lui viennent. Il commence ensuite volontiers par se nourrir de viande et, s'il vit à l'état sauvage, tue un élan ou un renne, se remplit la panse puis se repose en montant la garde auprès de la proie qu'il a lui-même transformée en charogne.

Cette phase de prédation carnivore dure jusqu'aux environs de la Saint-Jean, qui marque le passage de l'ours à un régime végétarien : baies, champignons et autres produits de la nature. Il se goberge ainsi jusqu'à la mi-août, avant de devoir se contenter de ce qu'il peut encore trouver : charognes et autres restes. Belzéb en était justement à ce stade. Par chance, une baleine blanche blessée s'était échouée sur le rivage de l'île aux Oies, sans doute victime de braconniers. Le bélouga avait été achevé sur la grève et dépecé en morceaux qui avaient été mis en vente. Huuskonen put en acheter une bonne quantité. Belzéb prit vite goût à la viande de baleine, il grossissait à vue d'œil, prenant des forces pour l'hiver. D'après la balance à grue du chantier du monastère, il pesait 142 kilos. Belle bête !

Dans son cycle annuel, quand l'ours a accumulé un maximum de réserves de graisse, à la mi-septembre, il entre dans une phase de somnolence qui le prépare à dormir tout l'hiver. Le pasteur Oskar Huuskonen avait repéré quelques endroits pouvant servir de tanière, ce n'était pas ce qui manquait dans les forêts de Solovki : l'ours a besoin d'un lieu tranquille, avec un sol sec, afin d'éviter tout ruissellement d'eaux de surface. Le mieux est un terrain boisé en pente douce, orienté au nord, où il y aura une épaisse couche de neige jusque tard au printemps et où la forêt est suffisamment touffue pour offrir une bonne protection contre les regards indiscrets. L'idéal est un sol sablonneux, facile à creuser, naturellement perméable, et donc sain et sec. Il convient aussi d'avoir à proximité des branchages de conifères, de la mousse et d'autres végétaux pour garnir le terrier.

Fin septembre, on suspendit les cours de danse et autres activités éducatives : Belzéb ne faisait plus que bâiller et avait perdu toute envie de danser le gopak ou de jouer les maîtres d'hôtel pour d'imaginaires réceptions. Il faisait encore des signes de croix, par la force de l'habitude, mais sa foi ne semblait plus très sincère, à l'instar de celle de son maître. Le pasteur Huuskonen lisait certes de temps à autre les Saintes Écritures et se rappelait même les textes du jour, mais ceux-ci le laissaient froid. Il gardait aussi sur lui un petit vade-mecum aux pages usées, imprimé sur papier bible et relié en cuir, dont de nombreux passages étaient soulignés ou annotés sur des feuilles volantes. Pour l'heure, ses préoccupations tournaient autour de l'astronomie, de l'idée d'une intelligence supérieure extraterrestre, encore inconnue, qui aurait la réponse à tous les mystères de l'univers, palpables et impalpables.

Un jour, alors qu'Oskar se promenait avec Belzéb à la recherche d'un lieu où creuser une tanière, à la pointe nord de Solovki, sur une grève où s'étendaient jusque loin dans la mer des récifs à fleur d'eau, une étrange flottille surgit à l'horizon. Deux remorqueurs de haute mer s'efforçaient de tracter un énorme sous-marin noir, un terrifiant bâtiment de guerre d'au moins deux cents mètres de long. Derrière le convoi patrouillait une canonnière grise qui avait sans doute pour mission de le protéger. Le sous-marin s'était apparemment échoué sur un haut-fond et les remorqueurs tentaient de toute la puissance de leurs moteurs de l'arracher aux écueils. Un vent frais soufflait du nord, la mer moutonnait. Oskar Huuskonen songea que par un temps pareil, blanche d'écume, elle méritait bien son nom.

Sur la canonnière, on mit à l'eau deux gros canots pneumatiques, chargés chacun de cinq soldats armés jusqu'aux dents. Les embarcations gagnèrent le rivage et la troupe se déploya pour ratisser les alentours. Oskar Huuskonen disparut à temps avec Belzéb sous le couvert de la forêt. Toute la scène avait quelque chose d'irréel et d'effrayant. Le lendemain, Tania expliqua au pasteur qu'il s'agissait d'un sous-marin nucléaire bon pour la casse qui avait été remorqué hors du chantier naval de Severodvinsk pour être coulé dans la mer de Kara. Quiconque en parlait le faisait au péril de sa vie.

Oskar avait trouvé pour Belzéb une demi-douzaine de lieux convenant à merveille, d'après lui, à l'installation d'une tanière. On partit les inspecter. Le pasteur tenta d'inciter l'ours ensommeillé à se mettre au travail, à se construire un gîte pour l'hiver. À cet effet, il arracha quelques touffes de mousse et le prit par la patte pour lui montrer comment les disposer. Le pestoun regarda son maître d'un air étonné, se demandant quel nouveau tour il essayait de lui apprendre là. Huuskonen crut que l'endroit ne lui convenait pas et l'emmena visiter le coin suivant. Celui-ci ne semblant pas non plus faire l'affaire, l'homme et l'ours poursuivirent leur tournée. Cette fois, le pasteur proposa à Belzéb un gîte semi-fini : c'était un ancien trou d'homme datant de la Seconde Guerre mondiale, l'une de ces tranchées utilisées par les recrues de la marine soviétique envoyées faire leurs classes à Solovki. Les malheureux avaient dû creuser des abris en bordure de la route de Sekirnaïa gora et y vivre tant bien que mal, à la dure. La plupart étaient morts de froid, de faim ou de maladie.

Belzéb sembla enfin comprendre où son maître voulait en venir avec sa mousse et ses brindilles. Il s'agissait de construire une tanière. Bien sûr ! L'ours n'était quand même pas domestiqué au point d'avoir perdu au contact de l'homme tout instinct naturel et ne pas savoir, une fois qu'il avait saisi l'idée, creuser un terrier. L'aide du pasteur ne fut cependant pas de trop, l'ouvrage se fit à deux. Le pestoun utilisa ses pattes de devant pour agrandir la tranchée à demi comblée de terre qui avait abrité, des décennies plus tôt, un soldat de l'infanterie de marine. Oskar ramassa de la mousse et des brindilles pour la tapisser. Quand le terrier fut assez profond à son goût, Belzéb arracha non loin de là une souche résineuse qu'il vint flanquer sur le trou en guise de toit. Avec un ours, même les travaux de force sont faciles, se félicita le pasteur en aidant son protégé à consolider la charpente grâce à quelques gros pins morts que celui-ci avait déracinés aux alentours.

Tania apporta sur le chantier du thé et des sandwiches, ainsi que de la viande de baleine pour Belzéb, mais son organisme se préparait déjà pour l'hiver et il n'avait plus d'appétit.

En deux heures, la tanière fut prête. Belzéb l'aménagea selon son instinct et l'essaya, cherchant la meilleure position pour s'y coucher. Ses mouvements étaient déjà raides et ralentis, septembre tirait à sa fin, l'hiver approchait. Une semaine plus tôt, il avait commencé à geler la nuit et les bouleaux de la côte arboraient leurs couleurs d'automne, les premières neiges tomberaient d'un jour à l'autre et la mer serait bientôt prise dans les glaces. Belzéb fit plusieurs fois le tour de son terrier, vérifiant qu'aucun intrus ne rôdait à proximité. C'était une prudence naturelle, héritée de millénaires d'expérience. L'ours ne considérait bien sûr pas Oskar Huuskonen comme un danger, mais comme un compagnon, et il avait raison. Quand vint le moment d'aller dormir pour de bon, il réclama d'ailleurs que le pasteur en fasse autant. Il alla plusieurs fois le chercher, tentant de l'entraîner dans son antre, le tirant par la manche et se fâchant même un peu en voyant qu'il n'obéissait pas. Huuskonen trouvait que Belzéb était maintenant assez grand pour se débrouiller seul, il n'avait pas l'intention de passer tout l'hiver aux côtés d'un ours adulte — d'autant plus qu'il était hors de question que Tania lui tienne compagnie, elle ne pouvait pas quitter son emploi au bureau des transmissions. La situation avait été différente avec Sonia, qui travaillait à l'intérieur de la tanière.

En ce onzième dimanche après la Trinité, le texte du jour était un extrait de la première épître de Jean, chapitre II, versets 1 et 2 :

« Mes petits enfants, je vous écris ces choses, afin que vous ne péchiez point. Et si quelqu'un a péché, nous avons un avocat auprès du Père, Jésus-Christ le juste. Il est lui-même une victime expiatoire pour nos péchés, non seulement pour les nôtres, mais aussi pour ceux du monde entier. »

Le pasteur Oskar Huuskonen médita ces paroles. Alors que l'ours dormait déjà et que des flocons blancs tombaient doucement du ciel gris de Solovki, elles ne semblaient finalement pas si ineptes. Le message était réconfortant et optimiste, propre à donner confiance dans l'avenir, mais bien sûr uniquement à ceux qui croyaient en Dieu et en Jésus-Christ.

C'était le soir, le vent hurlait au dehors. On entendit des grattements à la porte du couloir de la résidence, comme si un animal s'était trouvé derrière. Tania alla ouvrir : c'était Belzéb, tout ensommeillé. Il s'approcha du pasteur et posa la tête sur ses genoux, mendiant des caresses. Puis il se coucha par terre et ferma les yeux. Il s'était réveillé, seul dans son terrier près de la route de Sekirnaïa gora, et, le vague à l'âme, était revenu parmi les hommes.

Le lendemain matin, Tania et Oskar ramenèrent Belzéb à sa tanière. Un peu honteux, il rampa dans son abri, s'y tourna et retourna un moment, puis trouva une position confortable. Après que Tania lui eut donné une dernière caresse, il poussa un profond soupir et s'endormit. Huuskonen boucha l'ouverture de l'antre avec de la mousse. Il se mit à neiger, c'était de bon augure, bientôt la tanière serait un refuge chaud et douillet protégé par un épais manteau blanc.

24

Un interminable hiver insulaire

Depuis que Belzéb s'était endormi pour l'hiver, le laissant seul par la force des choses, le pasteur Huuskonen broyait du noir. Tania travaillait toute la journée, et parfois même la nuit, selon le roulement établi et le degré d'ébriété de ses collègues. Si ces derniers avaient un motif sérieux de boire plus que de coutume, Tania, en tant que benjamine, était parfois obligée d'assurer la permanence jusqu'au matin au bureau des transmissions, abandonnant Oskar à son sort. Il se réfugiait alors auprès de l'unique ami qui lui restait, sa bouteille de vodka, et buvait comme un Russe. C'était un soulagement sur le moment, et la journée du lendemain se trouvait occupée par une lancinante gueule de bois.

Un mois environ après que Belzéb s'était endormi, Tania annonça une bonne nouvelle à Oskar. Elle avait trouvé dans les placards du baraquement un micro-ordinateur occidental, cadeau de la Norvège, qui était arrivé un jour à Arkhangelsk et avait été envoyé aux opérateurs radio de Solovki. On ne l'avait jamais mis en service car il était équipé d'un système occidental, et donc bien sûr d'un clavier à caractères latins, alors qu'en Russie on ne comprenait et utilisait que l'alphabet cyrillique.

« J'ai parlé au lieutenant Andreï Makarov et il veut bien te laisser emprunter cet ordinateur ! Tu vas pouvoir te mettre à écouter tes planètes intelligentes, tu as tout l'hiver devant toi. »

Aussitôt dit, aussitôt fait ! Le pasteur Oskar Huuskonen courut avec l'opératrice radio Tania Mikhaïlova au bureau des transmissions où se trouvait effectivement un micro-ordinateur, d'un modèle ancien, certes, avec une imprimante à picots, mais relativement puissant et équipé d'un excellent écran noir et blanc. On pouvait y connecter différents périphériques, comme par exemple, dans le cas présent, un récepteur d'ondes radio. Il ne restait plus qu'à choisir la fréquence sur laquelle écouter le grésillement de l'espace. Les antennes de la station étaient hautes d'une vingtaine de mètres et Huuskonen espérait grâce à elles balayer le cosmos.

« C'est ce qu'on appelle le programme SETI, Search for Extraterrestrial Intelligence, autrement dit recherche d'intelligence extraterrestre », expliqua Oskar à Tania en époussetant avec enthousiasme l'ordinateur offert par les Norvégiens. Il ajouta que l'on utilisait, à travers le monde, des appareils d'une puissance incroyable, comme par exemple aux États-Unis le radiotélescope d'Arecibo, qui mesurait 300 mètres de diamètre et permettait de capter, en plus de bien d'autres choses, les éventuels messages en provenance de l'espace. Il y avait même à l'étude un système destiné à écouter 160 millions de canaux radioélectriques en bande étroite par intervalles de 2 secondes.

« C'est vertigineux, non, 160 millions de canaux ! Avec un chalut pareil, on devrait faire bonne pêche, pour peu qu'il y ait quelque chose à prendre, s'exclama le pasteur.

— Mais à supposer, fit remarquer l'opératrice radio, que les Américains écoutent 160 millions de canaux toutes les 2 secondes…

— Ce n'est pas tout, Tania chérie ! Il y a à l'heure actuelle dans le monde plus d'une cinquantaine de grands projets d'écoute, dont plusieurs en Russie, je te l'ai déjà raconté.

— C'est bien ce que je voulais dire, est-ce qu'il n'y a pas déjà assez de monde qui s'en occupe ? Est-ce vraiment utile que tu perdes ton temps avec notre petit mât radio et un ordinateur de bureau ? Je me pose juste la question. »

Le pasteur Huuskonen ne se laissa pas démonter par le scepticisme de Tania. Il était lancé : ce n'était pas parce que certains espéraient capter avec des télescopes de centaines de mètres de diamètre un message cohérent venu de l'espace que ce même message, ou un autre signal radio, ne pouvait pas aussi parvenir par le biais de l'antenne radio de Solovki jusqu'à son ordinateur et ses écouteurs.

« Heureusement, il y a une caisse entière de rouleaux de papier listing, ça devrait suffire pour l'hiver, constata-t-il.

— Sur quelle fréquence as-tu l'intention de commencer à écouter l'espace ? demanda l'opératrice radio.

— Ah oui… la fréquence… »

Oskar Huuskonen dut avouer qu'il ne s'y connaissait guère en radioélectricité, et encore moins en astronomie : ne pourrait-elle pas l'aider, elle qui était du métier ?

« Il faut de toute façon commencer par choisir une fréquence, ça ne sert à rien de balayer en tous sens toutes les bandes, ça n'a aucun sens : même si on captait un signal, il disparaîtrait aussitôt. Enfin je ne sais pas, je n'ai aucune compétence dans ce domaine », conclut Tania.

On vérifia d'abord si l'ordinateur et l'imprimante à picots fonctionnaient. Oui, ils étaient en état de marche. L'encre paraissait un peu pâle, mais Huuskonen jugea le résultat suffisant. Le lendemain, il apporta au bureau des transmissions quelques-uns de ses documents sur le projet SETI qu'il avait relus dans la soirée et déclara que l'on commencerait par se caler sur une longueur d'onde de 21 centimètres.

«Aux États-Unis, ils ont opté pour une bande de fréquences de 423-435 mégahertz, mais 21 centimètres devraient nous suffire, il ne faut pas être trop gourmand au début», ajouta le pasteur. En réalité, il n'avait pas la moindre idée de ce que signifiaient ces différents chiffres, mais il fallait bien commencer quelque part. Sachant que notre galaxie, la Voie lactée, avait à elle seule un diamètre de 100 000 années-lumière et qu'il y avait 1 000 milliards d'étoiles, quelques centimètres de plus ou de moins n'avaient pas grande importance. On connecta l'ordinateur aux récepteurs radio, Huuskonen posa les écouteurs sur ses oreilles et prit un air inspiré.

Le projet avait suffisamment éveillé la curiosité du personnel de la station pour que tous veuillent écouter tour à tour ce que l'espace avait à dire à l'humanité par l'intermédiaire de l'antenne radio de Solovki.

Rien que de la friture. Absolument rien d'autre. Une fois l'imprimante branchée, il n'apparut sur le papier bordé de bandes perforées qu'une suite infinie de points gris, tous identiques.

«Ça n'a pas le moindre sens», déclara Tania Mikhaïlova en rendant les écouteurs à Oskar Huuskonen. Celui-ci fit remarquer qu'on ne devait pas s'attendre à obtenir des résultats dès la première tentative, on écoutait systématiquement les bruits de l'espace depuis déjà les années soixante-dix et, à ce jour, on n'avait réussi à établir aucun contact avec des civilisations extraterrestres.

Tania Mikhaïlova regarda le pasteur Oskar Huuskonen, assis sur son tabouret dans un coin du baraquement, des écouteurs sur les oreilles, attentif au moindre crachotement du cosmos. L'écran de l'ordinateur était d'un gris uniforme, on n'y distinguait aucun signe de vie. L'opératrice radio songea qu'elle s'était vraiment trouvé là un drôle d'amant, un homme comme on en fait peu : un prêtre finlandais défroqué, arrivé dans l'île avec un ours qui dansait et faisait des signes de croix dans la boîte de nuit d'un paquebot — et voilà qu'en plus il avait trouvé moyen de s'installer chez elle et tentait de prendre contact avec des extraterrestres. Une femme ne se méfie jamais assez de ce que le destin lui réserve.

« En ce qui me concerne, je rentre à la maison préparer le dîner », soupira-t-elle. Huuskonen était si enchanté de ses nouveaux appareils qu'il décida de passer la nuit à son poste. Les opérateurs russes observèrent pendant un bon moment les activités du pasteur finlandais, mais comme rien de notable ne semblait venir de l'espace, ils retournèrent l'un après l'autre à leur travail. Deux hommes qui étaient de repos ouvrirent une bouteille de vodka et mirent de l'eau à bouillir pour le thé.

Oskar Huuskonen demanda à l'officier des transmissions qui dirigeait le bureau, le lieutenant Andreï Makarov, un grand échalas qui devait avoir dans les trente-cinq ans, s'il pouvait utiliser l'antenne radio de Solovki pour ses recherches. Cela ne gênerait en aucune façon l'activité de la station, l'ordinateur ne nécessitait qu'un câble supplémentaire. Le pasteur était prêt à payer une redevance pour la connexion, il possédait encore un bon paquet de roubles sur la somme que lui avait rapportée la vente de sa voiture. Le lieutenant déclara qu'il était en principe interdit de louer des lignes appartenant à l'État à des tiers, et encore plus à des étrangers ; mais comme on savait qui était le pasteur, et qu'il était quand même titulaire d'un livret de marin, il n'y avait pas de raison qu'il ne vienne pas officieusement écouter les bruits de l'espace aussi souvent et aussi longtemps que ça lui chantait. Impossible de lui facturer une redevance mais, en contrepartie de l'utilisation du matériel, il pourrait, surtout la nuit, donner un coup de main au personnel du bureau et — comme il parlait bien anglais — surveiller le trafic maritime international dans la mer Blanche et, au-delà de la presqu'île de Kola, dans la mer de Barents, que les récepteurs de la station de Solovki couvraient sans peine.

« S'il se passe quoi que ce soit de particulier, tu n'as qu'à rédiger un rapport que Tania traduira

238

ensuite en russe », ordonna le lieutenant Makarov.

On remit à Oskar Huuskonen les écouteurs et la clef du bureau des transmissions, mais à la condition expresse de n'en parler à personne.

« Même si je voulais, je ne pourrais pas, je ne parle pas russe. »

Ce fut le début d'une phase d'activité intense, sans précédent dans la vie du pasteur Oskar Huuskonen. Toutes sortes de tâches l'occupaient : il fallait passer voir dans la forêt bordant la route de Sekirnaïa gora si le sommeil hivernal de Belzéb se poursuivait en paix, sans que personne le dérange. Huuskonen prit l'habitude d'aller y patrouiller trois fois par semaine, décrivant un large cercle autour de la tanière et vérifiant qu'il n'y avait pas de traces d'intrus dans la neige.

Oskar s'était aussi mis à l'apprentissage du russe, sous la supervision de Tania. Il se plongea également dans l'étude de l'histoire de Solovki et, constatant à quel point elle était intéressante, décida d'écrire un livre sur la question. On avait ouvert sur le site du monastère un musée flanqué d'une sorte de salle d'archives et, avec l'aide de Tania, le pasteur put examiner des documents et interroger les gens.

La majeure partie de son temps était cependant consacrée à l'écoute de l'espace. Il pouvait rester sans bouger sur son siège dans un coin du bureau des transmissions pendant des heures, la mine concentrée. Il jetait par moments un coup d'œil à son ordinateur, sans jamais trouver le temps long, même si rien de particulier ne se faisait entendre dans ses écouteurs, sans parler de voir apparaître sur l'écran un message, ni même le moindre signe susceptible de briser la monotonie de la neige grise. C'était une tentative de communication magique, une sorte de prière à laquelle Huuskonen espérait une réponse. En vain. L'espace semblait inhabité, mais le pasteur ne se décourageait pas. L'univers était plus immensément grand qu'un homme, dans sa petitesse et sa stupidité, ne pouvait l'imaginer, et ce silence était donc tout à fait naturel. Il existait pourtant une possibilité de contact, peut-être minuscule et théorique, mais une possibilité quand même, et elle avait de quoi faire chavirer l'esprit. Les guerres mondiales, la naissance des religions, la grandeur et la décadence des civilisations, tout cela semblait peu de chose à côté.

Fin novembre, il y avait déjà à Solovki de la neige jusqu'à mi-mollet et la température tournait souvent autour de - 10°. Huuskonen s'acheta des skis, fabriqués à Petrozavodsk, et les utilisa pour sa tournée de surveillance de la tanière, trois fois par semaine, souvent en compagnie de Tania Mikhaïlova. Ils s'amusaient à slalomer sur les pentes de Sekirnaïa gora, dont le versant sud était vertigineusement escarpé. C'était de cette colline surmontée d'une église que l'on avait précipité dans les escaliers gelés hauts de centaines de marches, vers une mort certaine et cruelle, des détenus politiques attachés vivants à des troncs d'arbre. De 1920 à 1937, Solovki avait été transformé en un gigantesque camp de prisonniers, précurseur et modèle de tous les camps de l'archipel du goulag : des dizaines de milliers de personnes y avaient été éliminées — sous d'abominables tortures, abandonnées aux ravages de la faim et de la maladie, ou contraintes de travailler jusqu'à en mourir d'épuisement. Les lois ordinaires n'avaient pas cours à Solovki, et on avait laissé les condamnés politiques aux mains de criminels.

Le pasteur Oskar Huuskonen écrivit sur ces terribles événements un grand article qu'il traduisit en anglais et envoya à la presse internationale à Londres, Berlin et Paris. Le papier y recueillit une attention méritée et fut publié pendant l'hiver, sous une forme abrégée, dans de nombreux pays.

Huuskonen débordait d'énergie, il rédigeait des essais sur l'histoire de l'île-monastère, écoutait les crachotements du cosmos, surveillait la tanière de l'ours et, il faut bien l'avouer, hélas, buvait de la vodka à la russe. Il s'était assigné une mission de la plus haute importance : ses préoccupations tournaient autour du passé et de l'avenir de la terre et de l'humanité entière, de l'origine et de la fin du monde et de la vie.

25

La fuite sur la mer Blanche

Peu après Noël, le pasteur Oskar Huuskonen eut l'idée d'organiser dans l'île une réunion œcuménique finno-russe à laquelle il comptait participer lui-même au nom de l'Église finlandaise, tandis que les orthodoxes seraient représentés par les quelques moines revenus à Solovki depuis l'effondrement de l'Union soviétique.

Cette suggestion, pourtant innocente en soi, n'éveilla aucun écho positif et tendit au contraire les rapports entre Oskar Huuskonen et la population locale. Les moines étaient peu instruits et animés d'une foi inébranlable, et la seule perspective de collaborer avec un pasteur luthérien ou de débattre de questions religieuses les épouvantait. Les intentions de Huuskonen furent jugées suspectes et l'on se mit du coup à regarder d'un œil plus critique ses activités astronomiques et son intérêt pour le passé de l'île-monastère. Beaucoup le considéraient comme un espion.

Le pasteur Huuskonen n'en continua pas moins d'étudier l'histoire de Solovki. Il écrivit des articles sur différentes époques de la vie du monastère : les ermites Zosime, Sabbatios et Germain, lassés du monde, s'étaient installés dans l'archipel vers 1420. Ils y fondèrent un premier couvent et souffrirent durement du froid et de la faim, mais leurs épreuves étaient agréables à Dieu et tout allait donc pour le mieux. Novgorod, qui était encore à l'époque au faîte de sa puissance, accorda aux saints hommes une charte les rendant maîtres des lieux. Fort bien. Un monastère fut ainsi fondé dans cet archipel de la mer Blanche, avant de prendre véritablement son essor au XVIe siècle, grâce à un certain Fédor Kolytchev, Philippe en religion. Ce dernier, un boyard de Novgorod, avait grandi aux côtés d'Ivan le Terrible à la cour de Russie. C'était un homme d'action qui réussit à édifier dans le Grand Nord une florissante forteresse religieuse. Outre des églises, on construisit dans l'île des canaux, des conduites d'eau et des routes, une briqueterie et des saloirs. Nommé métropolite, Philippe finit pourtant mal : son camarade d'enfance Ivan le Terrible, devenu fou, le fit étrangler en 1570.

Solovki s'enrichit, les tsars lui firent don les uns après les autres de domaines immenses, tout autour de la mer Blanche. Le monastère, devenu grand propriétaire terrien, constitua finalement presque un État dans l'État, voire plus. Il possédait tout le nord-ouest de la Russie, son pouvoir s'étendait à l'occident jusqu'en Carélie et au septentrion jusqu'à la presqu'île de Kola, tandis qu'au sud il pouvait même se permettre de défier l'autorité de Moscou. Le monastère était à la fois une banque, un centre industriel, une forteresse militaire.

Mais comme toujours quand tout va bien et que les choses paraissent parfaitement en ordre, le déclin était proche. On vit se développer au sein du couvent des inégalités, des querelles intestines, des luttes d'influence. Les Romanov alors au pouvoir décidèrent de donner une leçon à cet établissement devenu trop indépendant qui avait osé s'opposer ouvertement à leur politique, allant même jusqu'à s'insurger contre l'autorité religieuse du tsar. Vers le milieu du XVIIe siècle, les moines de Solovki se rangèrent du côté des vieux-croyants : refusant d'utiliser les nouveaux livres liturgiques corrigés, ils les emballèrent dans des caisses et les y oublièrent. Le monastère récalcitrant se retrouva finalement en guerre : en 1668, le tsar le fit encercler par une petite troupe de soldats. Le siège dura des années, car la solide forteresse se défendit. Ce n'est qu'en 1676 que les streltsy réussirent à pénétrer à l'intérieur par une fenêtre de la muraille et exterminèrent presque jusqu'au dernier les 400 défenseurs de la place. Parmi la trentaine de rescapés, seuls quatorze survécurent aux interrogatoires qu'on leur fit subir sous la torture selon la coutume de l'époque. Ce fut la fin de la première période de splendeur du monastère de Solovki.

En tant que Finlandais, le pasteur Oskar Huuskonen éprouvait un intérêt particulièrement vif pour le rôle du monastère dans la fondation de Saint-Pétersbourg. En 1694, Solovki reçut la visite du tsar Pierre le Grand, qui rêvait de doter la Russie de débouchés maritimes. Jusque-là, en effet, le pays ne possédait pas de flotte ni de port digne de ce nom, et les exportations se faisaient tant bien que mal à partir d'Arkhangelsk. Après son expédition en mer Blanche, le tsar traversa avec ses troupes la Carélie orientale jusqu'au Ladoga et à la Neva, au fond du golfe de Finlande. Là, il mena bataille contre les Suédois, puis décida de fonder une cité en ce lieu et mit son projet à exécution. Les Russes avaient ensuite défendu bec et ongles cette ville au cours de nombreuses guerres, surtout contre les Finlandais. La protection de Saint-Pétersbourg, devenue plus tard Leningrad, s'était en général traduite par des attaques de la Russie contre son voisin.

Le monastère de Solovki, de son côté, avait peu à peu retrouvé une prospérité peut-être encore plus florissante qu'auparavant. Au XIXᵉ siècle, c'était un centre économique important, une ville dorée dressée au milieu de la mer Blanche où se pressaient des foules de pèlerins ; dans ces confins éloignés du monde, l'Athos du Nord, bien plus splendide encore que le mont sacré de l'ancienne Grèce, semblait avoir enfin trouvé la stabilité.

Mais la révolution russe avait éclaté sous le poids de la misère et l'on avait transformé Solovki en un terrible bagne. Ce n'était que maintenant, sous les yeux mêmes d'Oskar Huuskonen, que l'île commençait à se remettre de ses épreuves.

En quête de renseignements sur le passé, le pasteur se promenait souvent dans les ruines du monastère. Il observait les travaux de restauration qui se poursuivaient paresseusement, souvent interrompus, dans le froid mordant, pour boire du thé ou de la vodka. Sous la voûte effondrée de la porte du mur nord, il lui vint soudain à l'esprit que l'endroit se prêtait à merveille à la pratique de la nouvelle discipline sportive développée en Finlande, le javelot ascensionnel. Il parla de son idée le soir même, dans le baraquement des transmissions, et réussit à convaincre un petit groupe d'opérateurs radio d'essayer cette méthode originale de lancer. On se procura cinq javelots, on fabriqua une armure adaptée en soudant quelques tôles dans l'atelier du chantier de rénovation du kremlin, et l'on trouva pour finir, afin de protéger la tête du lanceur, un casque de soldat de l'infanterie de marine russe datant de la Seconde Guerre mondiale.

Les Russes furent tout de suite conquis par ce sport inédit. Le chef du bureau des transmissions, le lieutenant Andreï Makarov, lança son premier javelot à 14,40 mètres. L'exploit fut mesuré à partir d'une ligne de visée allant du chéneau du mur du monastère à la voûte effondrée. Huuskonen lui-même améliora son record finlandais de plus de 60 centimètres. Les lanceurs furent bientôt rejoints par quelques moines dubitatifs, dont les résultats restèrent en deçà de 10 mètres; les performances des maçons du chantier, par contre, dépassèrent toutes cette barre symbolique et le meilleur d'entre eux, un certain Cyrille Semenov, battit le record de l'hiver grâce à un impressionnant lancer de 15,25 mètres!

Des tournois de lancer ascensionnel furent régulièrement organisés trois fois par semaine, chaque lundi, mercredi et vendredi. Les autres jours, le pasteur Huuskonen chaussait ses skis pour faire le tour de la tanière de l'ours. Celui-ci dormait tranquillement sous l'épais manteau de neige.

Dans le sombre et interminable hiver de cette île isolée, le pasteur avait tendance à déboucher régulièrement des bouteilles de vodka et à boire plus que de raison. Il se mettait alors souvent à exposer à Tania toutes sortes de pensées philosophiques: il lui était par exemple venu l'idée d'un nouveau modèle social universel, fondé sur la nomination d'un dictateur planétaire choisi par tirage au sort parmi 10 000 candidats considérés comme suffisamment éclairés. Ce chef de l'humanité serait flanqué d'un tuteur possédant un droit de veto sur ses décisions, mais aucun autre pouvoir véritable.

Dans le cadre de ses recherches historiques, Huuskonen découvrit que l'on avait, pendant les guerres du XVIe siècle entre la Suède et Novgorod, volé et rapporté à Solovki la cloche de l'église finlandaise de Manamansalo. Il suggéra que cette précieuse relique soit rendue à son pays d'origine, sachant que l'Église luthérienne pourrait même être prête à payer quelque chose en échange.

Il n'aurait pas dû se laisser aller à formuler cette suggestion. Cette fois, ses relations avec les Russes se refroidirent définitivement, les moines cessèrent de pratiquer le lancer de javelot ascensionnel et l'on alla jusqu'à parler de chasser de l'île le pasteur dément et son ours. Quelques lascars du cru furent même d'avis que ce n'était pas suffisant. Mieux valait le tuer, et en profiter pour écorcher l'ours. On pourrait vendre sa peau à Mourmansk, à des Norvégiens ou des Finlandais. On supposait aussi que Huuskonen avait pas mal d'argent, il avait paraît-il vendu sa voiture avant de venir à Solovki. À mort, donc!

On était en mars. Le contrat d'un an de Tania Mikhaïlova comme opératrice radio du bureau des transmissions touchait à son terme et elle hésitait à le renouveler car on commençait à la regarder elle aussi de travers, du fait de sa liaison avec le Finlandais fou.

La mer Blanche était encore gelée. Tania suggéra que l'on réveille Belzéb, il avait sans doute bien assez dormi pour cet hiver. On pourrait fuir sans tambour ni trompette jusqu'au continent, en marchant sur la glace. Si l'on restait à attendre que l'ours émerge naturellement de son sommeil, la mer aurait dégelé, et nul ne savait quand arriverait le premier bateau qui accepterait d'embarquer Oskar et Belzéb.

«Je crois qu'il serait très dangereux de rester ici», déclara Tania.

À vrai dire, le pasteur Huuskonen en avait par-dessus la tête de Solovki et de toute la Russie. Il n'y avait plus de temps à perdre : Tania rassembla ses maigres bagages, Oskar les siens, et on chargea le tout sur un traîneau, une sorte de grande luge du genre de celles utilisées en Finlande pour transporter les tonneaux d'eau. L'opératrice radio rangea dans une chemise en carton les accordéons de papier sortis de l'imprimante tout au long de l'hiver. Puis, un soir, quand tout fut prêt, ils prirent la route de Sekirnaïa gora pour aller réveiller Belzéb. Il était encore dans sa tanière, plongé dans un profond sommeil, et n'avait aucune envie de sortir voir si le printemps s'annonçait. Huuskonen dégagea la neige de l'entrée du terrier et se glissa à l'intérieur, mais dut aussitôt reculer car l'ours, ne reconnaissant plus son maître, l'accueillit d'un grognement caverneux. Le pasteur tenta de fourgonner dans l'ouverture avec son bâton de ski. Belzéb continua de grogner, mais ne bougea pas de son antre. Tania et Oskar eurent beau l'appeler par son nom, rien n'y fit.

«Tu vas sortir, oui!» s'énerva Huuskonen, et il rampa à nouveau dans la tanière, furieux. Il n'y resta pas longtemps: l'ours l'éjecta d'un coup de patte, se rua dehors derrière lui et l'attaqua pour de bon, montrant les dents et rugissant d'un air mauvais. Tania intervint. Elle se jeta entre l'homme et l'ours, saisit celui-ci par les oreilles et le traita en hurlant de tous les noms — de ce jour, on ne l'appela d'ailleurs plus que Belzébuth. L'animal sembla enfin reprendre ses esprits et sortir vraiment de son sommeil; il reconnut Oskar et Tania et se fit sur le champ plus aimable. Tout honteux de son attitude, il leur lécha tour à tour le visage, tentant même de remuer sa courte queue, mais celle-ci, comme chez tous les ours, ne dépassait pas un empan et disparaissait presque entièrement sous son épaisse fourrure.

«Il n'a pas tout de suite compris que c'était moi», expliqua le pasteur Huuskonen tandis que Tania l'aidait à épousseter la neige de ses vêtements.

On mit son collier et sa laisse à l'ours et l'on partit rejoindre le traîneau qui attendait au bord de la mer gelée, chargé de quelques valises et autres objets, dont la machine à coudre de Tania et la planche à repasser de Belzébuth. Le crépuscule venu, Huuskonen poussa le traîneau sur la glace. Tania tenait l'ours en laisse. Boussole en main, on mit le cap à l'ouest. La ville de Kem, sur la côte carélienne, était à un peu plus de 50 kilomètres. Dans la nuit déjà noire, à l'insu de tous, la caravane quitta l'île-monastère et ex-prison de Solovki. Pas un chien n'aboya, aucune mitrailleuse ne crépita.

Le pasteur Oskar Huuskonen récita d'un ton pénétré le poignant début du psaume VII :

« Éternel, mon Dieu ! je cherche en toi mon refuge ;
Sauve-moi de tous mes persécuteurs, et délivre-
    moi,
Afin qu'ils ne me déchirent pas, comme un lion
Qui dévore sans que personne vienne au secours. »

La mer était encore gelée en profondeur et couverte d'une neige compactée par les tempêtes. La glisse était excellente, Huuskonen n'avait aucun mal à tirer sa charge. Tania marchait devant, tenant d'une main une longue perche avec laquelle elle vérifiait de temps à autre la solidité de la glace. Derrière elle venait Belzébuth, encore tout ensommeillé et un peu ronchon. Tard dans la nuit, ils se heurtèrent à des hummocks qui entravaient le passage. Les tempêtes du début de l'hiver avaient brisé la couche de glace épaisse d'un demi-mètre en plaques qui s'étaient amoncelées, formant des blocs que les grands froids de janvier avaient consolidés en murailles gelées dures comme la pierre. Huuskonen avait beau tirer le traîneau de toutes ses forces, sa progression était désespérément lente. Ils n'étaient plus qu'à une dizaine de kilomètres du continent, mais, dans l'obscurité, les hummocks semblaient infranchissables. Ils décidèrent de s'arrêter pour se reposer et attendre le jour à l'abri des amas de glace.

Le pasteur Huuskonen ordonna à Belzébuth de se coucher par terre, ce qu'il fit volontiers. Puis il plaça le traîneau de biais contre son flanc. Tania sortit quelques couvertures du paquetage et les étala entre l'ours et la luge, deux dessous, deux dessus. Puis Oskar et elle se blottirent auprès de Belzébuth, protégés par le traîneau. Ils s'octroyèrent une bonne rasade de vodka, mais n'en proposèrent pas au courte-queue. Ils étaient au chaud et en sécurité. Avoir un ours est toujours utile, surtout quand on a une mer gelée à franchir.

Avant de s'endormir, le pasteur demanda à l'opératrice radio si elle avait bien pensé à prendre les listings d'ordinateur où figurait la trace des bruits de l'espace enregistrés pendant l'hiver.

Tania répondit qu'il y en avait une liasse d'au moins un kilo. Ces deux dernières semaines, il était même apparu sur l'écran et sur le papier quelques signes bizarres, mais ils ne semblaient pas vouloir dire grand-chose.

Le pasteur tressaillit. Quels signes ?

Tania lui raconta que le lundi précédent, alors qu'il était occupé à lancer le javelot ascensionnel dans le kremlin avec le reste du personnel du bureau des transmissions, une série de traits avaient animé l'écran de l'ordinateur, un peu comme des codes barres d'emballages de vente occidentaux, mais nettement plus grands. Ils avaient ensuite été imprimés.

Oskar Huuskonen prit aussitôt une lampe de poche dans le traîneau et se mit à feuilleter fiévreusement les listings. Le blizzard soufflait. Il s'en fallut de peu qu'il n'arrache les messages de l'espace des mains tremblantes du pasteur pour les disperser sur l'immensité glacée de la mer Blanche.

« Mais c'est vrai ! C'est vrai ! » hurla Huuskonen, si fort que Belzébuth se réveilla et se mit à gronder.

« C'est le premier signe de l'existence d'une vie intelligente ailleurs que sur la terre », conclut-il. Il avala d'un trait une grande goulée de vodka, et cette fois l'ours aussi eut droit à une gorgée.

« C'est peut-être l'événement le plus marquant de toute l'histoire de l'humanité, en des millions d'années », proclama solennellement le pasteur Oskar Huuskonen.

TROISIÈME PARTIE

L'OURS DÉVOT

26

De la mer Blanche
à la mer Noire

Le pasteur Oskar Huuskonen, l'opératrice radio Tania Mikhaïlova et l'ours Belzébuth arrivèrent à Kem à l'aube. Tania tenait le courte-queue en laisse, Oskar tirait le traîneau et son chargement. La cité portuaire et ferroviaire dormait encore et comme il n'y avait pas de taxi aux abords de la centrale électrique près de laquelle ils avaient pris pied, Huuskonen remorqua encore son fardeau à travers la ville jusqu'à la gare. Rien de plus simple, car les rues étaient gelées et n'avaient pas été sablées.

Tania alla prendre des billets de train. Le pasteur attendit avec Belzébuth tout au bout du quai, là où ils ne risquaient pas de croiser trop d'employés des chemins de fer ou d'autres voyageurs, ni d'ailleurs d'autres ours. L'express de Mourmansk n'aurait normalement pas dû tarder à arriver, annonça Tania en revenant avec les billets, mais il avait plus d'une heure de retard.

Belzébuth expulsa sur le quai de la gare de Kem

ses premiers excréments depuis l'automne précédent. Il les renifla d'un air intéressé, jusqu'à ce que le pasteur les envoie rouler d'un coup de pied sur les rails et lui ordonne de se tenir correctement.

Huuskonen et ses compagnons n'osaient pas s'installer dans le hall et ils attendirent donc l'arrivée du train dans l'air froid du matin. Le pasteur s'occupa à décharger le traîneau que Tania, quand la gare commença à se remplir de voyageurs et d'employés des chemins de fer, vendit à un garde-ligne barbu. Ce dernier expliqua qu'il comptait s'en servir pour aller pêcher sur la mer gelée. Il paya pour son achat l'honnête somme de 2 000 roubles, plus une pleine bouteille de vodka. Huuskonen l'ouvrit aussitôt et en goûta une gorgée. Tania n'en voulait pas, mais le garde-ligne accepta volontiers une lampée.

Quand l'express de Mourmansk entra enfin en gare, tout enveloppé de givre, le trio monta rapidement dans un wagon. Huuskonen et Belzébuth installèrent les bagages dans un compartiment de deuxième classe ; le courte-queue était d'une aide précieuse, il maniait les valises avec l'art d'un valet de chambre consommé et se souvenait encore des leçons de l'automne précédent. Un ours a la force de neuf hommes et l'intelligence de deux femmes.

Huuskonen et ses compagnons s'approprièrent le compartiment entier pour caser leur attirail, qui comprenait en plus de valises la machine à coudre de Tania et la planche à repasser de Belzébuth. Le train s'ébranla. Le pasteur tira de sa poche un petit livre, *Le Souffle de la Parole,* dans lequel il lut le texte du jour. On était le lundi 14 mars, et l'extrait indiqué du psaume CXXII se trouvait être, fort à propos :

« Je suis dans la joie quand on me dit : "Allons à la maison de l'Éternel !" »

La porte du compartiment s'ouvrit et le contrôleur jeta un coup d'œil à l'intérieur. Son regard stupéfait s'arrêta sur Belzébuth, que l'on avait fait asseoir sur la banquette près de la fenêtre. Tania lui tendit les billets qui les autorisaient à voyager jusqu'à Saint-Pétersbourg. Il y en avait trois, l'ours avait le sien.

« Il est contraire aux usages, et sans doute même au règlement, de transporter des animaux sauvages dans les wagons de voyageurs. Il n'est pas dangereux ? »

Tania caressa la fourrure de Belzébuth et déclara qu'il n'était pas sauvage, mais apprivoisé et très gentil.

« N'empêche… il vaudrait mieux le mettre dans le wagon à bestiaux. »

Tania demanda en vertu de quel article de quel règlement il était interdit de transporter des animaux de compagnie dans les trains russes.

« Il n'est pas un peu gros, votre animal de compagnie ? »

Le pasteur Oskar Huuskonen toussota d'un air entendu et donna un coup de coude à Belzébuth, qui se mit à grogner sourdement. Le contrôleur poinçonna en hâte les billets et leur souhaita bon voyage.

Quelques personnes en quête de places libres se présentèrent dans le compartiment, mais, en apercevant l'ours assis près de la fenêtre, refermèrent vite la porte du couloir pour aller voir ailleurs.

Une heure plus tard, le train arriva à Biélomorsk, anciennement Sorokka. Le pasteur Huuskonen raconta à Tania que pendant la dernière guerre, les Finlandais avaient eu le projet de s'emparer de l'endroit.

« Et pourquoi donc ? s'étonna-t-elle. Il n'y a rien d'intéressant, ici. Aujourd'hui encore, ce n'est qu'un triste trou perdu. »

Huuskonen expliqua que Sorokka était un important nœud ferroviaire : c'était par là que passaient les trains qui empruntaient la voie ferrée de Mourmansk, grâce à laquelle les Alliés avaient approvisionné l'Union soviétique pendant toute la guerre. Si cette voie avait été coupée, l'Armée rouge n'aurait plus été livrée en matériel militaire — tanks, avions, canons, munitions, carburant, vivres.

« Ah bon.

« — Les Allemands ont tenté de faire pression sur la Finlande pour qu'elle lance une offensive contre Sorokka et la voie de Mourmansk. L'issue de la guerre aurait sans doute été différente si cette ligne de chemin de fer avait été mise hors jeu. Les combats auraient en tout cas duré au moins un an de plus, sur le front de l'est, si les Finlandais avaient pris cette bourgade.

— Heureusement que vous ne l'avez pas fait », se félicita Tania.

Huuskonen avala une rasade de vodka.

« Oui… Mannerheim a refusé de donner l'ordre d'attaquer, contre l'avis de nombreux généraux. Il avait compris assez tôt que l'Allemagne perdrait la guerre, et qu'il était donc inutile de s'emparer de Sorokka. Il espérait que Staline se rappellerait au moment des négociations de paix que les Finlandais n'avaient pas coupé la voie de Mourmansk, alors qu'ils en auraient eu la possibilité. »

Tania demanda si Staline leur avait exprimé sa reconnaissance, par la suite, pour avoir épargné Sorokka.

« Tu parles ! La Finlande a dû payer de lourdes réparations de guerre, sans parler de la perte de la Carélie, de Salla et de Petchenga. »

Le pasteur Huuskonen reprit une gorgée de vodka avant de poursuivre :

« En abrégeant la guerre mondiale d'une année

entière, on a quand même sauvé la vie de millions de soldats. Je dirais, au bas mot, deux millions d'Allemands, trois millions des vôtres, un million d'Anglais, Américains et autres Alliés, et qui sait peut-être aussi un million de Japonais. »

Tania fit le compte :

« Ça fait huit millions en tout.

— Dans ces eaux-là, concéda modestement Oskar.

— Si tu pouvais arrêter de temps en temps de lamper de la vodka », maugréa Tania Mikhaïlova, coupant court aux spéculations sur les colossales conséquences qu'aurait pu avoir la prise de Sorokka.

Le contrôleur revint plusieurs fois demander qu'on mette l'ours dans le wagon à bestiaux du convoi. Huuskonen refusa.

Toute cette journée de mars, le train brinquebala de la région de Kem à celle d'Olonets. Après avoir fini sa vodka et bu le thé servi à bord, Huuskonen s'endormit. Belzébuth aussi somnolait. Tania acheta du pain et des conserves de poisson estoniennes dont elle fit des sandwiches. L'ours n'avait pas encore faim, mais le pasteur et elle mangèrent de bon appétit.

Tard le soir, on franchit le Svir, peu avant d'atteindre Lodeïnoïe Polié, en finnois Lotinapelto. Huuskonen se réveilla :

« Nos troupes sont arrivées jusqu'ici, dans leur conquête de la Russie », se vanta-t-il.

Les Finlandais étaient restés enlisés pendant des années à Lotinapelto, au bord du Svir. Leur offensive ne les avait pas tout à fait menés jusqu'à l'Oural, il fallait bien maintenant le reconnaître.

« Ce n'est pourtant pas l'envie qui nous en manquait », marmonna Huuskonen avant de sombrer à nouveau dans le sommeil.

Aux premières heures de la nuit, le contrôleur rassembla son courage et, alors que le pasteur et Belzébuth dormaient à poings fermés, il vint exiger le transfert de l'ours dans le wagon à bestiaux. Il menaça, sinon, de le jeter hors du train dans les profondes forêts des bords du Ladoga, qu'il n'aurait d'ailleurs jamais dû quitter.

« Il ne faut pas réveiller l'ours qui dort », prévint Tania.

Cet échange de mots réussit cependant à tirer de leur sommeil Oskar et Belzébuth. Ce dernier, irrité, envoya valser le contrôleur dans le couloir, avec la porte du compartiment. Le malheureux s'enfuit à l'autre bout du wagon, l'ours à ses trousses. Tania s'en mêla, ordonnant à Belzébuth de revenir, et exigea de Huuskonen qu'il le rappelle lui aussi.

« Il ne mord pas, il est juste un peu joueur », assura le pasteur.

Quelques instants plus tard, Belzébuth regagna

le compartiment, avec la manche de l'uniforme du contrôleur à la gueule. Tania la rapporta à son propriétaire et lui présenta toutes ses excuses pour l'incident.

« Les Finlandais sont vraiment intenables », soupira-t-elle en remettant la porte du compartiment dans ses gonds.

Tard dans la nuit, le train de Mourmansk arriva à Saint-Pétersbourg, à la gare de Moscou. Le pasteur Oskar Huuskonen se présenta le premier à la station de taxis, chargé de bagages. Il demanda le prix pour se faire conduire au plus proche hôtel convenable.

« Cent dollars », répondit le chauffeur avec aplomb.

Tania les rejoignit et protesta aussitôt à hauts cris contre ce tarif exorbitant. Le chauffeur réduisit son offre de moitié. Et quand enfin il vit venir Belzébuth, une lourde valise sous un bras et une planche à repasser sous l'autre, il annonça qu'il se ferait un plaisir de convoyer gratuitement ses clients jusqu'à un grand hôtel près du centre.

« Nous n'avons pas une seule chambre de libre », déclara d'un ton blasé le réceptionniste fatigué. Mais quand Huuskonen poussa Belzébuth du coude et que celui-ci se mit à grogner d'un air menaçant, l'homme trouva aussitôt une grande chambre, et même un lit supplémentaire pour l'ours. Il monta avec empressement les valises à l'étage, ne laissant à porter au courte-queue que la planche à repasser. De retour derrière son comptoir, il réfléchit longuement, puis composa le numéro du plus proche poste de la milice et annonça au téléphone :

« Je viens de voir arriver un ours à l'hôtel… il est avec un pasteur finlandais éméché et une radiotélégraphiste de chez nous. Vous devriez peut-être venir chercher cette bête et la flanquer en cellule.

— Alors comme ça, mon petit père, on a vu un ours. Tu as de nouveau bu de la vodka toute la nuit ? »

Le réceptionniste jura être parfaitement à jeun, ce qui n'était pas tout à fait vrai, mais presque.

« Cet ours marche sur deux pattes et porte lui-même sa valise.

— Bien sûr. Qui a jamais vu un ours marcher à quatre pattes !

— Il y a quelque chose de louche là-dessous, je ne veux pas être tenu responsable de la présence de cette bête sauvage.

— Laisse tomber, vieux frère, essaie de dessoûler et oublie toute cette histoire. On a déjà deux meurtres sur les bras et dans le couloir on patauge jusqu'à mi-mollet dans le sang et le vomi d'ivrogne, alors on a bien assez à faire sans tes appels. »

Belzébuth fit le tour de la chambre d'hôtel, reniflant tous les coins, puis trouva la salle de bains, ouvrit le robinet d'eau chaude et, constatant qu'il en coulait un liquide tiède, prit une bonne douche. Tania lui donna du savon et du shampoing. L'ours investit la baignoire, enduisit tout son poil de mousse et se lava pendant près d'une heure. Son premier bain depuis six mois! Quand il eut fini, il se secoua, éclaboussant tout autour de lui. Pendant que Tania et Oskar se plongeaient à leur tour dans la baignoire, il sécha sa fourrure avec les grandes serviettes de l'hôtel; puis il défit les valises d'une patte experte et rangea les affaires dans les placards. Il disposa les vêtements sur des cintres et posa les chaussures à côté de la porte. Une fois tout en ordre, il se jeta sur le dos sur le grand lit, qu'il supposait lui être réservé. Il se trompait: quand le pasteur et l'opératrice radio sortirent de la salle de bains, il reçut l'ordre de s'installer sur la couchette d'appoint.

Le lendemain matin, Tania alla acheter des billets de train pour Odessa. Elle en était venue à la conclusion qu'elle ne pouvait pas laisser Oskar et Belzébuth traverser seuls la Russie et l'Ukraine en pleine ébullition.

«Tu as l'intention de nous accompagner à Odessa?» lui demanda Huuskonen. Elle répondit que c'était évident, elle n'avait rien à faire dans le froid et la grisaille de Saint-Pétersbourg.

En fin d'après-midi, ils réglèrent leur note d'hôtel et prirent un taxi pour la gare. Là, Oskar fit monter

Belzébuth dans un compartiment de wagon-lit et lui ordonna de grimper sur la couchette du haut, dans un espace aussi exigu, et donc accueillant, qu'une tanière d'ours. À 18 heures précises, le train se mit en mouvement. En route pour Odessa, le célèbre port de la mer Noire ! Le voyage durerait un jour et demi, via Vitebsk, Gomel et Kiev. Le pasteur Huuskonen avait maintenant tout le temps d'étudier les listings obtenus à partir des bruits du cosmos. Il resta pendant des heures à les observer sans ciller, tentant de percer le mystère de leur contenu, mais les codes barres noirs gardèrent leur secret. Oskar expliqua à Tania, dubitative, qu'ils avaient de toute évidence sous les yeux un message de l'espace, d'une planète inconnue, mais qu'il ne savait pas l'interpréter, du moins pour l'instant.

« L'intelligence de tout un chacun a hélas ses limites, soupira Huuskonen. Je devrais peut-être prendre contact avec les astronomes du projet américain Serendip, au cas où ils trouveraient une explication. »

Pour Tania, les vagues traits enregistrés à Solovki ne pouvaient être dus qu'à une perturbation sans conséquence des radiocommunications, et non à un extraordinaire contact entre mondes. Huuskonen ne voulait pas entendre parler d'une interprétation aussi terre à terre.

« Les femmes n'ont aucune imagination,

grommela-t-il. L'espace ne parle bien sûr ni russe, ni finnois, ni anglais, mais je suis sûr que c'est un message d'une lointaine planète : il nous vient peut-être d'au-delà de milliers d'années-lumière, mais il est maintenant là, dans ma main, et il restera sur la terre, aux siècles des siècles, amen. »

Tania demanda des précisions sur le projet Serendip. Le pasteur lui expliqua que ce nom avait été emprunté à un vieux conte persan : jadis, il y a très longtemps, vivaient en Perse trois princes de Serendip, tous jeunes, fringants et pressés de se marier. Ils entendirent parler d'une demoiselle merveilleusement belle qui habitait en un lointain pays. Aussitôt, ils partirent en quête de cette femme idéale, voyagèrent d'un royaume à un autre et rencontrèrent en chemin toutes sortes d'aventures extraordinaires. Ils faillirent plusieurs fois en oublier leur but initial, tant ils accueillaient avec enthousiasme les nouveaux défis.

« Aujourd'hui, en astronomie, on entend par "sérendipité" l'art de faire par hasard des découvertes intéressantes. Aux États-Unis, plusieurs programmes de recherche Serendip ont été lancés afin d'écouter les ondes radio de l'espace, comme je l'ai fait tout l'hiver à Solovki. Je crois simplement que j'ai réussi, comme le montre clairement ce listing d'ordinateur.

— C'est une belle histoire », concéda Tania.

27

Apostolat dans les rues d'Odessa

L'express de Saint-Pétersbourg arriva à Odessa le 16 mars au matin. Le pasteur Oskar Huuskonen avait en tête un vieil air de fox-trot finlandais qui qualifiait la ville de perle de la mer Noire. Elle n'avait pourtant rien d'un romantique paradis balnéaire, c'était un grand centre portuaire et industriel à l'atmosphère polluée. Tania Mikhaïlova s'occupa de trouver une chambre pour trois dans un hôtel bon marché fréquenté par des marins, près des docks. C'était un bouge malodorant, mais Huuskonen tenait à économiser son argent.

Tania était prête à suivre Oskar à l'étranger, aussi se procura-t-elle un livret de marin. Ce fut facile, car elle était opératrice radio, spécialité toujours très demandée à bord des bateaux.

La jeune femme emmena Belzébuth chez le vétérinaire afin de lui faire établir un certificat de quarantaine. Le praticien, cheveux noirs et mains moites, fut tout heureux de pouvoir examiner un ours.

« Je ne soigne en général que des chiens et des chats, et aussi les étalons et les juments de quelques haras, à l'extérieur de la ville, mais c'est la première fois qu'un ours en chair et en os passe la porte de mon cabinet. »

Il ausculta les poumons de Belzébuth et prit son pouls, puis examina ses urines et lui fit une prise de sang. Il put en conclure que l'ours n'était pas infesté de trichines. Le vétérinaire rédigea en anglais un certificat attestant que l'animal était parfaitement sain et en bonne santé. On pesa Belzébuth sur une bascule à chevaux, qui indiqua 127 kilos : il en avait donc perdu 15 au cours de l'hiver. Huuskonen atteignait l'honorable chiffre de 102.

Depuis la désagrégation de l'Union soviétique, l'Ukraine aussi connaissait des troubles. L'activité du port d'Odessa s'était ralentie, les cargos étrangers se faisaient rares et aucun paquebot n'était attendu. Huuskonen et ses compagnons avaient donc du temps devant eux, en attendant de pouvoir embarquer, et ils le consacrèrent à parfaire l'éducation de Belzébuth. Les cours de l'automne précédent, à Solovki, furent révisés en détail et l'on remit au programme toutes les tâches dévolues à un valet de chambre. Belzébuth était un ours domestique docile et un élève zélé. On lui fit aussi répéter ses pas de danse, et quelques nouveautés vinrent s'ajouter à son répertoire. Mais c'était dans le domaine religieux qu'il donnait toute sa mesure. Il savait exécuter avec aisance et conviction les gestes de dévotion de nombreux cultes, se prosternait le museau tourné vers La Mecque et geignait comme un parfait muezzin. Il faisait de fervents signes de croix orthodoxes et connaissait par cœur les liturgies catholiques et luthériennes. Il avait l'air plus pieux que ne l'avait jamais été le pasteur Oskar Huuskonen, qui était pourtant un homme, et prêtre de surcroît.

Ils étaient venus à Odessa dans l'espoir de trouver du travail sur un paquebot de croisière, mais le port était en sommeil et n'hébergeait que des navires de guerre, des cargos polyvalents et quelques pétroliers. Ils risquaient d'avoir à attendre longtemps avant de pouvoir embarquer.

À Solovki, Oskar Huuskonen avait pris l'habitude de s'imbiber de vodka et, malgré les remontrances de Tania, il ne se montrait pas non plus d'une grande sobriété à Odessa. Le couple se disputait souvent à ce propos, ce qui n'avait rien d'étonnant, car le pasteur buvait quotidiennement. Le soir, il était souvent si ivre qu'il s'effondrait sur le lit de la chambre d'hôtel, jambes écartées, ronflant et puant comme un cochon. Même l'ours en était incommodé. Tania craignait qu'Oskar ne se tue, à ce train, et elle ne tenait pas à assister à cette triste fin.

« Tu pourrais t'occuper plus intelligemment, tu n'es d'aucune utilité à personne, dans cet état. »

Exact. Oskar Huuskonen se sentit suffisamment piqué au vif pour se demander s'il ne pourrait pas, en attendant de trouver du travail, se lancer dans quelque chose de plus constructif que se soûler. Mais à quoi un pauvre prêtre pouvait-il passer son temps dans cette triste ville portuaire ?

« Tu n'as qu'à dire la messe avec Belzébuth, puisque vous aimez tellement ça », persifla Tania.

Sans le vouloir, elle venait de trouver au pasteur et à son ours une activité des plus adéquates.

« Mais bien sûr ! Nous allons prêcher l'Évangile dans les rues du port d'Odessa. Il y a ici des milliers de malheureux désespérés qui ne savent rien de la grâce et de la consolation du Seigneur tout-puissant. »

Le pasteur Huuskonen entreprit aussitôt de dresser des plans pour le salut de l'âme des déshérités de la ville. Il demanda à Tania de l'accompagner comme interprète dans les bas-fonds où il entendait aller porter la bonne parole. L'opératrice radio protesta : les marins, les soldats en goguette, les filles de joie et tout le reste de la lie d'Odessa pouvaient aller au diable, puisque c'était la voie qu'ils avaient choisie. Oskar ne céda pas. Et c'est ainsi que le soir même ils partirent en mission. Le pasteur mit au cou de Belzébuth une chaîne à laquelle il suspendit une croix, revêtit sa chape noire, et en route.

Il n'était pas difficile de trouver des lieux de perdition. Les mendiants, prostituées, criminels et autres marginaux sortaient de leur antre à la tombée de la nuit. Huuskonen et ses compagnons commencèrent par les tavernes du port, où le public ne manquait pas.

Au début, tout se passa à merveille. Tania présenta en russe le pasteur et son ours, puis ceux-ci annoncèrent le salut : Huuskonen prêcha et chanta des psaumes, Belzébuth fit des signes de croix et pria.

L'assistance se montra étonnée de la présence des missionnaires, plusieurs personnes écoutèrent même leur message et applaudirent l'ours avec enthousiasme. Les apôtres de la foi passèrent au bar suivant. La rumeur les précédait : il était arrivé à Odessa un Finlandais fou venu sauver les malheureux égarés sur le chemin du péché. Après son intervention, on offrit généreusement de la vodka au pasteur. À ce stade, Tania annonça qu'elle rentrait à l'hôtel. La mission prenait une tournure trop séculière à son goût. On était venu là pour lutter contre l'alcoolisme et autres vices, pas pour se soûler, déclara-t-elle, et elle laissa Oskar et Belzébuth dans la taverne enfumée.

Après un aussi bon début, le pasteur Huuskonen ne pouvait songer à interrompre son apostolat. Avec Belzébuth, il poursuivit sa tournée des bars et reçut partout un accueil chaleureux. Jusqu'à ce qu'enfin, tard dans la nuit, il finisse par avoir trop bu. Belzébuth, fatigué, dormait sous la table d'une taverne. Des voyous mal embouchés se firent insolents, poussant l'ours de la pointe de leurs bottes et lui tirant les poils. Huuskonen prêcha d'une voix enrouée l'amitié entre les peuples et la grâce de Dieu, en avalant force vodka pour donner plus de poids à ses mots. Il offrit une tournée générale, qu'on lui fit payer au prix fort, et, pour finir, un malappris lui mit son poing dans la figure. Sale affaire. Le pasteur s'effondra sur la table. Toute la taverne s'esclaffa à en faire trembler les murs. On fourra un mégot de makhorka dans le cul de Belzébuth et les hennissements de rire redoublèrent. Jamais Huuskonen et son protégé n'avaient été si pitoyablement avilis. Mais la patience d'un ours finlandais a ses limites.

Belzébuth éteignit d'un coup de langue son arrière-train fumant. Puis il prit la situation en patte. Dans un déferlement de violence, il vida la taverne, éjecta les impudents vauriens dans la rue, réduisit quelques tables en miettes et réveilla son maître. Il fallut un peu de temps à Oskar Huuskonen pour comprendre qu'il avait été frappé au menton et que l'ours avait été poussé à bout par ses tourmenteurs. Il se leva et chancela hors du bar. Les voyous s'étaient rassemblés pour lécher leurs plaies et préparer une contre-offensive vengeresse. Il y avait même parmi eux quelques miliciens.

Le vieux pasteur ivre aurait certes été facile à rosser, mais il en allait autrement du jeune ours sobre et robuste. Son maître ordonna à Belzébuth d'attaquer.

L'horreur de ce qui suivit, dans la nuit d'Odessa, est difficile à décrire, mais le pasteur Oskar Huuskonen, en tout cas, n'en garda heureusement aucun souvenir, et les ours ne parlent pas. Ce que l'on peut dire, malgré tout, c'est que l'on entendit résonner dans les ruelles obscures du port des bruits de verre cassé, des cris, des pleurs et des coups de sifflets stridents de la milice.

Au petit matin, Belzébuth rentra à l'hôtel avec Huuskonen. Grâce à son flair infaillible, il avait sans problème retrouvé son chemin. Le pasteur, assis à califourchon sur le dos gris brun de l'ours, braillait le psaume VII :

« Si le méchant ne se convertit pas,
Il aiguise son glaive,
Il bande son arc, et il vise ;
Il dirige sur lui des traits meurtriers,
Il rend ses flèches brûlantes.
Voici, le méchant prépare le mal,
Il conçoit l'iniquité, et il enfante le néant. »

On fit descendre Tania dans le hall. En toute hâte, elle conduisit Oskar et Belzébuth à leur chambre. Là, le pasteur brama encore la dernière strophe du psaume :

« Il ouvre une fosse, il la creuse,
Et il tombe dans la fosse qu'il a faite.
Son iniquité retombe sur sa tête,
Et sa violence redescend sur son front. »

Oskar Huuskonen se réveilla avec une gueule de bois d'enfer. Il implora la grâce de Tania et de Dieu et resta jusqu'au soir incapable de se lever, vomissant et gémissant sur son triste sort.

Le lendemain, l'édition locale de la *Pravda* consacrait un entrefilet aux troubles qui avaient éclaté dans le quartier du port d'Odessa, à l'instigation, d'après la milice, de provocateurs étrangers. Il y avait eu plusieurs blessés, ainsi que des dégâts matériels. Les autorités avaient ordonné une enquête.

Tania déclara qu'elle ne laisserait plus jamais le pasteur et son ours prêcher la bonne parole, surtout dans les ruelles les plus noires de péché d'Odessa.

Oskar et Belzébuth s'étaient de toute évidence égarés dans des bouges infâmes — comme il se doit lorsque l'on tente d'aider les miséreux —, car quelques jours plus tard, l'ours commença à donner des signes de nervosité, se grattant, se frottant et ne trouvant plus le sommeil. Le pasteur le conduisit chez le vétérinaire qui lui avait délivré son certificat de quarantaine.

« Est-ce qu'il aurait la gale ? » demanda Huuskonen inquiet.

Les symptômes y ressemblaient certes, mais le coupable n'était pas un acarien : Belzébuth avait des morpions, et pas qu'un peu. Le pasteur Oskar Huuskonen manqua s'évanouir. Avait-il, complètement soûl, entraîné son ours dans Dieu sait quel repaire où le pauvre aurait pu attraper ces satanées bestioles ?

Le vétérinaire ordonna au pasteur de baisser son pantalon et examina sa toison pubienne.

« Vous en avez aussi », diagnostiqua-t-il sans appel.

Débarrasser l'épaisse fourrure de l'ours de ses parasites ne fut pas une mince affaire. Un seau entier de pommade y passa. Oskar Huuskonen en préleva discrètement une petite quantité pour ses propres besoins. Belzébuth n'apprécia guère le traitement, mais qu'y faire : les morpions devaient être éliminés.

À partir de ce jour, le pasteur et son ours restèrent cloîtrés dans leur chambre d'hôtel. Une visite de la milice était à craindre, mais, aussi curieux que cela puisse paraître, les autorités ne découvrirent pas où ils se cachaient. Seule Tania sortait encore faire en ville les courses les plus indispensables.

28

L'armateur demande des prières
d'intercession

Début avril, un premier paquebot étranger louvoya jusqu'au port d'Odessa. C'était l'*Oihonna,* un vieux rafiot rouillé qui battait pavillon panaméen mais appartenait en réalité à une petite compagnie de navigation irlandaise. Construit au début des années soixante, il ne mesurait que 100 mètres de long et pouvait accueillir 300 passagers, pour une centaine de membres d'équipage. Il arrivait de Méditerranée, d'où il avait convoyé en mer Rouge des pèlerins embarqués en Algérie, en Tunisie et au Maroc. L'*Oihonna* était venu en mer Noire pour s'y assurer à moindres frais les services d'un chantier naval. Il avait besoin d'être radoubé et les devises occidentales étaient hautement appréciées dans les pays de la CEI. Le capitaine et principal propriétaire du navire, Ernie O'Connor, un Irlandais râblé au teint de brique, de l'âge du pasteur Huuskonen, était un vrai loup de mer. Dans son carré, il régala

Oskar et Tania de quelques godets de whisky et de sandwiches froids.

« Alors comme ça, vous voudriez travailler à mon bord ? Ça me va, j'ai besoin d'un radio, le nôtre est mort. Il s'est étranglé avec une arête de requin peu après notre départ, dans l'Adriatique, le malheureux. »

L'armateur était aussi prêt à embaucher le pasteur Huuskonen et son ours. Dans le secteur de la croisière, les distractions inédites sont un atout face à la concurrence, fit-il remarquer à juste titre.

Avec Tania pour interprète, le capitaine Ernie O'Connor s'occupa de régler les affaires de son bateau et de sa compagnie de navigation. L'on fit le plein de vivres et l'on chargea à bord plusieurs tonnes de viande de porc, du poisson, quelques centaines de litres d'huiles alimentaires et une bonne quantité de vins des rives de la mer Noire. Le classificateur ukrainien qui inspecta l'*Oihonna* recommanda de repeindre la coque et de procéder à une vérification complète des moteurs principaux. Le chef mécanicien, lui aussi un grand Irlandais rougeaud, laissa monter à bord une équipe de diésélistes de marine odessiens, qui démontèrent les moteurs et les révisèrent de fond en comble. Des pièces de rechange furent expédiées par avion d'Allemagne, où le navire avait été construit. Le capitaine dressa des plans pour ses prochaines croisières. Le paquebot fut ripoliné en blanc. Au-dessus du bar du pont arrière, on accrocha une pancarte :

BEAR BAR

Belze Pub

Le 11 mai, une centaine de Juifs russes lourdement chargés de bagages embarquèrent sur l'*Oihonna*. C'étaient des émigrants en route pour Israël. Puis un pilote monta à bord et le navire largua les amarres.

Arrivé en Roumanie, l'*Oihonna* jeta l'ancre dans la rade de la petite ville de Sulina, à l'embouchure du Danube. Une grosse gabare vint s'amarrer à son flanc. Cent solides femmes de ménage en sortirent, armées de seaux en zinc, de serpillières et de pains de savon. Elles remirent tout en ordre, récurèrent et firent briller le moindre coin du vieux rafiot, des cabines aux salons et jusqu'à la chambre des machines. À la tombée du soir, il ne restait plus la moindre odeur de moisi, tout était frais et propre.

Les femmes de ménage reparties, l'*Oihonna* poursuivit sa croisière sur la mer Noire. Celle-ci, malgré son nom, était d'un bleu profond, mais après tout, la mer Blanche est bien grise, le plus souvent. Peut-être la mer Noire n'est-elle noire que les jours de tempête, comme la mer Blanche n'est blanche que quand elle écume.

Belzébuth tenait le bar en vrai professionnel, servant de la bière à la pression à sa clientèle juive. Le Belze Pub faisait des affaires en or et l'armateur, ravi, accorda à l'ours un salaire conforme au tarif syndical, dans la catégorie des élèves commissaires de bord. Près de la moitié de sa paie mensuelle passait en frais de bouche, car il engloutissait d'énormes quantités de nourriture et grossissait à vue d'œil.

Le pasteur Huuskonen donnait des cours d'hébreu aux émigrants, car peu d'entre eux le parlaient alors que lui l'avait appris à la faculté de théologie. Il organisa aussi des offices religieux juifs où l'ours servait d'assistant.

Le soir, Belzébuth se produisait en spectacle dans le salon et dans la boîte de nuit. Le programme était le même que sur l'*Alla Tarasova*. Il prenait son travail au sérieux, aimait la scène et comprenait que les applaudissements étaient destinés à saluer sa performance. Après son numéro, il faisait la quête. Le public se montrait généreux en pourboires — ce qui prouve qu'un ours peut rapporter de l'argent sans qu'on ait à vendre sa peau.

Avant son show quotidien, Belzébuth était toujours très nerveux, comme tout bon comédien. Mais une fois sur les planches, il oubliait son trac et se coulait dans son rôle avec un talent inné.

Tania lui enseigna aussi à préparer le petit déjeuner. Il apprit facilement, y compris à faire cuire des œufs sur le plat. Lui-même ne les aimait pas beaucoup et ne buvait ni thé ni café, mais les petits pains tartinés de miel étaient bien sûr l'une de ses friandises matinales préférées.

Au bout de quelques jours de navigation, l'*Oihonna* atteignit le Bosphore. Le détroit, long d'une trentaine de kilomètres, grouillait d'un trafic intense. Sous la conduite d'un pilote, le navire gagna Istanbul. L'après-midi était chaud, le soleil brillait presque exactement à l'ouest. Juste au moment où l'*Oihonna* passait sous l'impressionnant pont Atatürk, dont la portée atteignait bien un kilomètre, trois énormes balles de paille lui tombèrent brusquement dessus. Elles touchèrent le navire sur toute sa longueur, la première à la proue, la deuxième près des cheminées et la troisième sur le seuil du Bear Bar, causant une terrible frayeur à Belzébuth qui était justement en train de servir une bière à une passagère juive entichée de lui. Dans la panique, l'ours abandonna son poste pour se mettre à galoper en tous sens sur le pont arrière en poussant des grognements. Il ne se calma qu'en voyant accourir le pasteur Huuskonen.

Sur la passerelle, on entendit d'abord la sirène hurler, puis O'Connor crier en direction du pont Atatürk :

«Ici l'*Oihonna,* nous accostons au port de passagers dans une heure!»

Le capitaine brailla l'information en différentes langues, y compris le gaélique irlandais.

La circulation, sur le pont, avait été interrompue par un accident impliquant une charrette chargée de paille tirée par une mule. Le tintamarre était infernal. Des gens, penchés au-dessus du parapet, criaient et faisaient des gestes, mais d'en bas, il était impossible d'y rien comprendre, et le bateau fut vite loin.

Le port de passagers d'Istanbul est un des plus grands de la région : il y régnait une activité fébrile, et près d'une centaine de voyageurs supplémentaires embarquèrent sur l'*Oihonna.* Il s'agissait principalement de commerçants se rendant en Méditerranée, d'abord à Chypre et, de là, qui sait, ailleurs. Il y avait aussi un petit groupe de réfugiés de guerre venus de Bosnie, qui ignoraient encore eux-mêmes leur destination finale. Le capitaine les prit à bord sans leur demander leurs papiers. Il était d'avis qu'un paquebot est fait pour transporter les gens, quels que soient les motifs qui les poussent à parcourir le monde.

À la tombée du soir, un vieux charretier arriva au port avec sa mule et sa carriole. Il vint se ranger sur le quai le long de l'*Oihonna* comme n'importe quel transitaire ayant pignon sur rue. Il s'agissait en fait de l'homme qui avait été partie, quelques heures plus tôt, à l'accident de la circulation du pont Atatürk. Il attacha sa mule à un bollard et vint discuter avec le capitaine de la récupération des balles de paille tombées sur le bateau.

O'Connor lui offrit du thé et l'interrogea sur l'accident. Ce n'était heureusement pas bien grave, un imbécile l'avait juste heurté, réussissant à éparpiller son chargement de paille en plein milieu du pont, et dans la pagaille quelques balles avaient basculé par-dessus le garde-fou pour tomber à l'eau, ou plutôt, grâce au ciel, sur l'*Oihonna* qui passait dessous au même moment.

«Vous auriez pu mieux arrimer votre cargaison», grommela le capitaine. Puis il ordonna aux hommes de pont de charger les balles de paille sur la carriole.

Une fois le charretier reparti, quelques journalistes se présentèrent sans crier gare. Ils avaient entendu parler de l'ours dévot qui naviguait sur l'*Oihonna*, y travaillait comme barman, donnait des spectacles de music-hall et servait la messe. À Istanbul, les rumeurs se propageaient apparemment à la vitesse de l'éclair.

Le pasteur accepta de donner aux Turcs un bref aperçu de ses réunions de prière avec Belzébuth, qui éveilla leur émerveillement. Les flashs crépitèrent, on interviewa Huuskonen. Il avait bu tout au long de la journée de la bière et du vin, ce qui lui avait délié la langue et donné de l'audace, et il formula sans mâcher ses mots quelques commentaires bien sentis sur la religion.

Il aurait été plaisant de séjourner plus longtemps à Istanbul, mais un bateau de croisière ne peut se permettre de s'attarder à quai. Les journées se faisaient de plus en plus chaudes, même en mer l'air était parfois étouffant. Huuskonen avait souvent du mal à trouver le sommeil, la nuit, et se promenait seul sur le pont, le regard perdu dans les remous argentés du sillage de l'*Oihonna*. Un soir, alors qu'une demi-lune inclinée sur le flanc brillait dans le ciel de la mer de Marmara, le capitaine armateur O'Connor sortit lui aussi sur le pont. Il se sentait seul et voulait bavarder un peu avec le pasteur.

L'Irlandais évoqua par petites touches son pays, l'histoire de son peuple, la terrible famine provoquée au XIXe siècle par la maladie de la pomme de terre.

«Voilà ce que c'est, quand on ne mange que des patates, quand une nation entière ne jure par rien d'autre», grogna le capitaine armateur. Il se vanta d'avoir eu un arrière-grand-père clairvoyant qui avait dès cette époque fondé une compagnie maritime. Le dernier navire qu'il possédait encore était ce vieux rafiot rouillé, l'*Oihonna*.

«Le bonhomme a embarqué sur ses bateaux toute

la population irlandaise, ou ce qu'il en restait, et a mis le cap sur l'Amérique.

— Quand même pas toute la population, se risqua à objecter le pasteur.

— Au moins la moitié, en tout cas, plusieurs millions de personnes. Je descends d'une vieille famille d'armateurs, même si le métier ne permet hélas plus de gagner sa vie. Les Grecs et les Italiens cassent les prix, et ils ont des flottes plus modernes. »

Le pasteur Oskar Huuskonen parla à son tour des grandes années de disette qu'avait connues la Finlande après 1860 : on aurait bien eu besoin, à l'époque, d'armateurs capables d'emmener auprès des marmites de viande d'outre-Atlantique les malheureux qui en étaient réduits à manger des galettes de liber de pin.

« Les récoltes ont été mauvaises plusieurs années de suite, en Finlande, et les mendiants tombaient morts dans la neige par cohortes entières », souligna-t-il, songeant aux terribles épreuves de ses compatriotes.

Le pasteur et l'armateur en vinrent à évoquer le bellicisme des grandes puissances : les Irlandais avaient eu des démêlés avec leur voisin de l'est, l'Angleterre, de vrais diables, ces rosbifs. La Finlande avait souffert à sa frontière orientale d'un influent et redoutable pays, la Russie, qui d'après Huuskonen était au moins aussi impitoyable qu'Albion, ce que le capitaine O'Connor reconnut volontiers.

«Mais vous n'avez pas eu de guerres de religion comme chez nous.»

Le pasteur Huuskonen concéda que pendant la guerre d'Hiver, par exemple, les Finlandais ne s'étaient pas battus pour leur foi, même si on avait à l'époque chanté plus de cantiques que jamais.

À propos de religion, Ernie O'Connor exprima le vœu qu'Oskar Huuskonen, puisqu'il était pasteur, prie de temps à autre pour l'*Oihonna*, ses passagers et son équipage. Le navire était déjà vieux, et les mers parfois traîtresses.

Huuskonen fit remarquer que de telles prières d'intercession ne seraient sans doute pas d'une grande utilité, car il avait perdu la foi et ne s'en remettait plus qu'au bon sens, pour ce qu'il en restait dans le monde d'aujourd'hui.

«Et puis je ne vois pas ce qu'on peut reprocher à l'*Oihonna*. C'est un excellent navire.»

Le capitaine avoua que la coque ne tenait plus que grâce à sa nouvelle couche de peinture. L'*Oihonna* était une vieille épave rouillée, inutile de se voiler la face. Il n'avait fait escale à Odessa que parce qu'on pouvait y acheter à des classificateurs de navires corrompus les certificats nécessaires pour continuer à naviguer encore un certain temps.

«Ta foi est peut-être défaillante, mais ce sabot est en bien plus mauvais état encore. Crois-moi, des prières s'imposent.»

O'Connor ajouta que si Huuskonen savait à quel point le bateau était près de rendre l'âme, il se retournerait aussi sec vers Dieu.

Le pasteur prit peur. Ne fallait-il pas plutôt mettre l'*Oihonna* à la casse, s'il n'était plus en état de naviguer? Des vies seraient en danger, s'il faisait naufrage.

Le capitaine reconnut ne plus guère songer qu'à cela, depuis quelque temps. Mais il avait vendu des croisières en Méditerranée pour tout l'été, qui serait de toute façon le dernier de l'*Oihonna*. À l'automne, il le céderait à un ferrailleur et son histoire s'arrêterait là.

«Après, j'ai l'intention de rentrer chez moi en Irlande et de me consacrer à boire de la bière tout le restant de ma vie, tous les jours, sans plus jamais jeter un regard à la mer. Mais en attendant, il faut encore naviguer tout l'été, de préférence avec la bénédiction de Dieu. Le mieux serait sûrement que tu demandes à ton ours de prier pour ce bon vieil *Oihonna*. Je crois que ça aiderait», déclara gravement O'Connor à Huuskonen.

29

L'ours dévot

Début juin, l'*Oihonna* franchit les Dardanelles pour entrer dans la mer Égée. Tout allait bien, le capitaine armateur O'Connor était serein. Le pasteur Oskar Huuskonen supposait que c'était grâce à ses prières d'intercession. Il prenait en effet sa mission au sérieux : matin et soir, il se tournait vers le Seigneur tout-puissant afin de Lui suggérer de permettre au bateau de naviguer encore cette saison, bercé par des vents favorables.

Belzébuth tenait le Bear Bar, des offices religieux étaient célébrés tous les jours, le soir l'ours faisait son numéro dans la boîte de nuit… et le reste du temps, Oskar Huuskonen restait vissé sur son siège dans la cabine radio de Tania à écouter les bruits de l'espace. Il avait fait des copies de bonne qualité de l'enregistrement des signaux captés à Solovki et les scrutait d'un air pénétré : il était convaincu qu'il se cachait dans ces listings un message d'un monde inconnu. Et il avait décidé d'en percer le mystère, dût-il y passer le restant de ses jours.

À Chypre, la presse attendait l'*Oihonna* : on organisa au stade de football de Limassol un show religieux auquel assistèrent des centaines de spectateurs. La collecte faite par Belzébuth rapporta une jolie somme.

Oskar Huuskonen demanda à Tania de télégraphier à la veuve d'agriculteur Saimi Rehkoila, en Finlande, afin de lui raconter qu'il avait, avec Belzébuth en personne, trouvé du travail sur un bateau de croisière baptisé l'*Oihonna*. Ils naviguaient pour l'heure en Méditerranée. « Ce serait magnifique, Saimi, si les travaux des champs vous laissaient le temps de prendre de vraies vacances et de nous rejoindre à bord. L'ours aussi serait content de vous voir. On ne l'appelle plus que Belzébuth, maintenant qu'il est adulte. » À la fin du télégramme, le pasteur ajouta, avec les dates des escales, la liste des ports où l'*Oihonna* ferait relâche au cours de l'été : Chypre, la Crète, Haïfa, le Pirée, Salerne, Syracuse, Malte…

En Crète, deux équipes de télévision venues par avion, dont l'une d'Italie, attendaient au port d'Héraklion avec d'autres journalistes. Oskar et Belzébuth se laissèrent filmer avec décontraction. Un show fut organisé à terre, car les curieux rassemblés sur le quai étaient trop nombreux pour prendre place à bord de l'*Oihonna*. Un millier de personnes voulaient absolument voir cette extraordinaire merveille du monde : un ours dévot capable de faire les tours les plus incroyables. L'argent se mit à couler à flot. Chaque fois que Belzébuth, après un numéro réussi, revenait auprès de son maître, sa bourse de quête était pleine. On y trouvait toutes sortes de monnaies : drachmes, lires, pesetas, dinars et même dollars.

À Haïfa, en Israël, on donna une représentation publique sur l'immense plage. Il y vint plus d'un millier de personnes, et la quête rapporta 5 000 dollars ! En ce mardi 20 juin, le texte du jour, extrait de la première épître de Paul à Timothée, chapitre VI, verset 9, disait :

« Mais ceux qui veulent s'enrichir tombent dans la tentation, dans le piège, et dans beaucoup de désirs insensés et pernicieux qui plongent les hommes dans la ruine et la perdition. »

Il se trouva aussi à Haïfa un excité pour accuser le pasteur Huuskonen de blasphème et exiger son expulsion de l'État d'Israël. À ses yeux, il était inadmissible de manifester des sentiments religieux sous une forme animale, par l'intermédiaire d'une bête sauvage. Qu'un pasteur luthérien prêche à travers le monde en ridiculisant les cultes des uns et des autres était aussi un grave sacrilège, une hérésie de la pire espèce. À l'appui de ses attaques, l'homme lut des extraits de déclarations de Huuskonen à la presse, qui étaient à vrai dire du genre fracassant. Le pasteur s'était apparemment vanté devant un journaliste de ce que son ours domestique était la réincarnation de Jésus.

Oskar Huuskonen ne se rappelait pas avoir jamais rien dit de tel, mais Tania lui chuchota qu'il avait effectivement déliré sur ce thème dans la cabine radio, alors qu'ils franchissaient les Dardanelles. Il était alors soûl comme un cochon.

« Pourquoi est-ce que tu ne m'as pas obligé à la boucler, nom de nom !

— Même Dieu ne peut pas faire taire un prêtre pris de boisson, dit un vieux proverbe russe. »

Le public commençait à se montrer hostile et quelques enragés tentèrent d'empoigner le pasteur Oskar Huuskonen dans l'intention de lui infliger une sévère correction. Ils n'eurent cependant pas le temps de mettre leur projet à exécution, car Belzébuth se précipita au secours de son maître. Il se jeta dans la foule tel un boulet de canon velu, mettant en fuite les agresseurs. Il ne resta sur la plage qu'un tas de sandales abandonnées dans la précipitation. Le pasteur Huuskonen et ses compagnons eurent la chance de pouvoir quitter Haïfa sans autre anicroche.

Sans presque personne à bord, l'*Oihonna* regagna Chypre, où de nouveaux croisiéristes embarquèrent.

Le pasteur Oskar Huuskonen et son ours Belzébuth tinrent comme d'habitude quelques réunions de prière à Limassol, avec un relatif succès.

À Chypre, on vit aussi monter sur le pont-garage de l'*Oihonna* un petit camion poussiéreux, un Bedford des années soixante-dix, qui transportait sur sa plate-forme un sauna finlandais en rondins. La construction, qui ne mesurait pas plus de deux mètres de large sur trois de long, avait une charmante terrasse, un tuyau de cheminée en tôle et des fenêtres enfumées. Le toit était recouvert de carton bitumé noir et les murs peints en rouge. C'était un très joli chalet, mais que faisait-il là, en Méditerranée orientale, à l'arrière d'un camion, et où l'emmenait-on ? Le pasteur Oskar Huuskonen avait vu bien des choses étranges au cours de son voyage, mais jamais encore de sauna finlandais entier transporté par bateau. Quoi qu'il en soit, une vague de nostalgie le submergea : cela faisait longtemps qu'il n'avait pas pris un bon bain de vapeur.

Quand l'*Oihonna* eut largué les amarres, cap sur la Crète et Malte, Huuskonen chercha à se renseigner sur le chauffeur du Bedford. Ce fut facile : dans la soirée, un quadragénaire à l'air fatigué se présenta au Bear Bar et commanda à l'ours une chope de bière fraîche. Il s'avéra être finlandais. Ravi, le pasteur Huuskonen se joignit à lui.

L'homme se présenta : David Sinkkonen, agent

commercial et représentant exclusif d'un groupe de fabricants de chalets finlandais. Il parcourait depuis maintenant quatre ans sans relâche des pays étrangers, de la Scandinavie, au début, à l'Europe de l'Ouest et, maintenant, au pourtour méditerranéen, pour placer ses produits.

« En Allemagne et en Autriche, et même dans les Alpes italiennes, j'ai vendu des dizaines de chalets et de saunas en rondins. Cinquante par an, je dirais. Mais ensuite, j'ai eu envie d'aller plus au sud, et je dois avouer que c'était une erreur. Les Méridionaux ne savent pas apprécier la qualité du travail finlandais du bois, et n'ont rien à faire d'un sauna. »

Belzébuth vint essuyer la table. Le pasteur demanda à l'agent commercial s'il ne trouvait pas étonnant que le barman soit un ours.

David Sinkkonen ne considérait pas le serveur velu comme une bien grande bizarrerie. D'un air las, il déclara :

« J'ai déjà rencontré des choses plus étranges, dans ma vie. Surtout ces dernières années, j'en ai vu de toutes les couleurs. »

L'agent commercial était divorcé, sans enfants. Ses parents étaient morts, il n'avait pas d'autre famille. Il préférait ne pas penser aux amis qu'il avait laissés en Finlande. Il menait une vie solitaire, et n'avait plus le sou. La dernière fois qu'il avait réussi à vendre un élégant chalet en rondins profilés, en Bosnie, la construction avait été enterrée par les troupes bosniaques dans la boue d'une montagne afin de servir de poste de guidage des tirs. La facture n'avait jamais été payée. Le fabricant avait prévenu Sinkkonen qu'il n'avait pas intérêt à réessayer de vendre des villas sur des champs de bataille, et que les saunas étaient en principe destinés à de paisibles activités de loisirs.

Sinkkonen termina sa bière. Puis il déclara qu'il était temps pour lui d'aller dormir sur les gradins de son sauna, sur le pont-garage. Il n'avait pas les moyens de s'offrir une cabine. Il habitait depuis déjà un an dans la construction témoin qu'il avait installée à l'arrière de son camion. Le petit chalet commençait à être plutôt défraîchi, ce n'était pas avec ça qu'il risquait d'attirer le client.

«Ce serait un vrai miracle si j'arrivais à réaliser ne serait-ce qu'une vente», conclut-il d'un ton résigné en souhaitant bonne nuit au pasteur.

30

Sauna finlandais à Malte

La Grèce et le Pirée, l'Italie et Salerne, la Sicile et Syracuse, et enfin l'archipel rocheux dressé au centre de la Méditerranée, Malte ! Des rhinocéros avaient jadis pâturé là, quand les îles de Gozo et de Malte étaient des péninsules africaines. Mais les continents secoués de tremblements avaient dérivé et elles s'étaient retrouvées entourées d'eau, entre l'Afrique, l'Europe et l'Orient, loin de tout, comme Solovki dans le Grand Nord.

L'*Oihonna* s'approcha lentement, dans la nuit, de l'immense port de La Valette et de ses murailles illuminées : construites à partir du Moyen Âge par les chevaliers hospitaliers chassés de Jérusalem et de Chypre, elles avaient été bombardées au cours de la Seconde Guerre mondiale, de même que le port rocheux, peut-être plus durement encore que Pearl Harbor dans le Pacifique ou Mourmansk dans l'océan Arctique.

Sur des kilomètres, les remparts de calcaire couleur de miel scintillaient d'or sous la lumière des projecteurs et miraient leurs silhouettes massives dans la mer turquoise. Dans le calme de la nuit, la respiration de la houle était à peine perceptible. Le spectacle était magnifique et tous les passagers de l'*Oihonna* s'étaient rassemblés sur le pont pour en profiter, y compris bien sûr Oskar Huuskonen, Tania Mikhaïlova, David Sinkkonen et Belzébuth, qui se tenait accoudé au bastingage et, après ce long voyage en mer, humait les odeurs de l'île et de ses habitants, le museau levé vers le ciel nocturne. Sa truffe frémissait et sa lèvre supérieure palpitait, l'air regorgeait de messages excitants.

David Sinkkonen fumait une cigarette, observant d'un regard expert les fortifications que longeait le navire tandis que des remorqueurs le tiraient jusqu'au grand quai de Senglea.

« Rien que du roc », constata-t-il laconiquement.

On amarra l'*Oihonna* à l'ombre de pétroliers géants. On aurait dit une coquille de noix entourée de baignoires. Les passagers n'étant pas autorisés à débarquer en pleine nuit, tous retournèrent à leur cabine, et David Sinkkonen à son pont-garage, où il retrouva les gradins de son sauna.

Au matin, quelques fonctionnaires montèrent à bord. Le certificat de quarantaine de Belzébuth fit l'affaire à leurs yeux, comme partout jusque-là. Les douaniers avaient entendu parler de l'ours :

« Il a l'air tout à fait normal, dévot ou pas. »

Il fut demandé au pasteur Huuskonen, au nom des autorités, de ne pas organiser pendant son séjour de grands rassemblements de masse comme à Chypre, en Crète ou à Haïfa. Le bruit en avait couru jusqu'ici et Malte, en tant qu'État indépendant membre du Commonwealth, ne voulait être le siège d'aucune agitation. Les autorités étaient tout particulièrement opposées à la tenue de manifestations susceptibles de susciter des mouvements d'extase collective, car il devait se réunir dans l'île une importante conférence ecclésiastique œcuménique dont il fallait garantir la tranquillité. On expliqua à Huuskonen que l'on attendait à La Valette des catholiques et des protestants de nombreux pays, ainsi qu'un certain nombre de musulmans de différentes obédiences. On ne voulait pas qu'un ours dévot vienne semer la pagaille parmi les évêques et les oulémas.

L'État maltais, qui comprend la grande île de Malte et sa petite voisine Gozo, est peuplé de 400 000 habitants et couvre une superficie à peu près équivalente à celle de l'archipel de Solovki, dans la mer Blanche. La capitale, La Valette, se situe sur un promontoire fortifié, sur la côte nord-est de l'île principale. L'*Oihonna* était à quai dans l'un des trois grands ports du sud-est de la ville, Senglea. Les hôtels se trouvaient à l'inverse au nord-ouest de l'agglomération, à Sliema, dont le vendeur de chalets en rondins David Sinkkonen prit la direction au volant de son vieux Bedford. L'opératrice radio Tania Mikhaïlova était assise à ses côtés dans la cabine tandis que le pasteur Oskar Huuskonen et son ours Belzébuth s'étaient installés sur les gradins du sauna témoin, sur la plate-forme arrière du camion. Dès les premiers mètres, Sinkkonen évita de justesse un grave accident, car il avait oublié qu'il fallait, à Malte, conduire à gauche. Les freins du vieux tacot protestèrent longuement dans les étroites ruelles du port de Senglea, le sauna tangua dangereusement, mais l'agent commercial parvint à reprendre le contrôle de son véhicule et à le remettre sur la voie de gauche. Il roula prudemment jusqu'à la place centrale de la capitale, où l'on s'arrêta pour déjeuner. Des curieux firent cercle autour du camion et la foule grossit encore quand Huuskonen ordonna à Belzébuth de venir déguster sa pâtée pour chiens sur la terrasse du sauna. Les humains se firent servir des omelettes et, tout en mangeant, David Sinkkonen essaya de vendre des chalets aux badauds. Les Maltais parlaient bien anglais, mais malgré l'absence de problèmes de communication, aucune villa en rondins ne trouva preneur sur la place principale de La Valette. On vit par contre arriver un agent de police aussi aimable qu'inflexible, qui déclara qu'il était interdit de circuler en camion dans les petites rues de la ville. Le léger repas commandé était heureusement terminé, et David Sinkkonen reprit le volant. La foule courut derrière le Bedford brinquebalant tandis qu'il faisait le tour de la citadelle par le bord de mer. L'on sortit enfin de La Valette et l'on parvint à Sliema, où Huuskonen prit deux chambres à l'hôtel Preluna. Il s'installa dans l'une d'elles avec Tania et laissa l'autre à David Sinkkonen. On gara le camion dans la cour de l'établissement. Il fut convenu que Belzébuth logerait dans le chalet témoin de l'agent commercial. Ce dernier n'avait pas d'argent et ne pouvait donc payer lui-même sa chambre, mais il rêvait depuis longtemps de prendre une douche et de dormir dans un vrai lit. Belzébuth accepta d'emblée de s'installer sur les gradins du sauna.

Le petit chalet de rondins de Sinkkonen avait d'ailleurs tout d'une tanière d'ours. Il était au moins aussi crasseux et sentait le chien mouillé ; le linge de lit sale — un sac de couchage déchiré et un oreiller taché de sueur — et les quelques guenilles éparpillées çà et là évoquaient plus une roulotte de romanichel que l'efficace attitude hygiéniste exigée des forces de vente modernes.

«Il y a longtemps que tu n'as pas fait le ménage, on dirait», fit remarquer Huuskonen tandis que l'agent commercial portait ses maigres effets personnels dans sa chambre d'hôtel.

« Je n'arrive pas à m'y mettre. Mais j'ai nettoyé un peu… en janvier dernier… ou est-ce que c'était à Noël ? Bref, j'ai lavé les gradins, balayé par terre et vidé les cendres du poêle. Je me trouvais en Grèce, du côté de la Macédoine. Je n'ai pas réussi pour autant à vendre un seul chalet, par là-bas. De ce point de vue, faire le ménage n'a servi à rien. »

Le pasteur Huuskonen n'osa pas demander de quoi Sinkkonen avait bien pu vivre, s'il ne vendait rien. L'agent commercial, sans doute conscient de son étonnement muet, expliqua d'un ton morne :

« Je me suis nourri de restes ramassés sur les marchés et dans les poubelles… et la nuit je volais des fruits dans les vergers d'agrumes. Un fabricant de chalets m'a parfois envoyé un peu d'argent de Finlande. Mais j'ai pas mal souffert de la faim et j'ai perdu au moins 15 kilos. Ce qui coûte le plus cher, ce sont l'essence et les billets de bateau. Je repasse moi-même mes pantalons, en les mettant pour la nuit sous mon sac de couchage, et je lave tout seul ma chemise. L'ennui, c'est que je n'en ai qu'une, et pas de produit de lessive. Ma cravate commence aussi à avoir l'air bizarrement lustrée. »

Tania téléphona dans l'après-midi au capitaine armateur Ernie O'Connor, sur l'*Oihonna,* et apprit qu'il levait l'ancre le lendemain pour une brève croisière autour de la Sicile — il ferait escale à Palerme et Messine, puis dans la péninsule italienne à Reggio

301

de Calabre, et retour à Malte par Syracuse. Il y en avait pour une semaine environ. Tania demanda un congé pour la durée de la croisière, ce qui laissait à Huuskonen et à ses compagnons tout le temps de visiter Malte. Le pasteur décida d'abord de mettre de l'ordre dans les affaires de David Sinkkonen, puisqu'il avait de l'argent et qu'un Finlandais, à l'étranger, se doit d'aider ses compatriotes.

Il fut convenu que l'agent commercial, couvert de crasse et épuisé par ses voyages, commencerait par se laver des pieds à la tête, puis ferait un bon repas et dormirait jusqu'à ce qu'il soit assez reposé pour aller s'acheter de nouveaux vêtements et faire le ménage dans son sauna avec l'aide de Tania, Oskar et Belzébuth. Il fallait aussi faire réviser le vieux Bedford, et Malte était l'endroit idéal. Les bus de La Valette, qui dataient pour la plupart des années cinquante, quand l'île faisait partie de l'Empire britannique, étaient de modèles encore plus anciens que le camion de Sinkkonen, mais ils étaient bien entretenus, peints de couleurs vives et dévalaient à folle allure les rues escarpées de la péninsule fortifiée. Auprès des garagistes locaux, le vieux Bedford passerait pour le summum de la modernité.

«Est-ce que c'est bien la peine de vous donner tout ce mal pour moi… je me demande si je n'aurais pas aussi vite fait de me pendre», s'interrogea l'agent commercial David Sinkkonen d'un air accablé. Il avait perdu non seulement sa fortune et sa confiance en lui-même, mais aussi le goût de vivre.

Le lendemain matin, pour le petit déjeuner, le pasteur Oskar Huuskonen et l'opératrice radio Tania Mikhaïlova donnèrent à Belzébuth, qui paressait sur les gradins du sauna dans la cour de l'hôtel, un bout de pain blanc et deux boîtes de 500 grammes de sardines. Ils firent porter un plateau dans la chambre de David Sinkkonen et allèrent eux-mêmes manger un morceau dans un proche café.

Avant que l'agent commercial se réveille, Tania et Oskar eurent le temps de vider le sauna témoin du linge sale et de tout un bric-à-brac qui s'y était accumulé, des boîtes de sardines vides aux revues porno écornées. Ils conservèrent les prospectus froissés des maisons en rondins, de même que la modeste comptabilité et le classeur où se trouvaient rangés les papiers du véhicule et des formules de contrat vierges. Quand David Sinkkonen, bien reposé, descendit dans la cour de l'hôtel, Huusko-nen lui donna de l'argent et l'envoya s'acheter des habits neufs à La Valette. Pendant ce temps, il se chargerait de faire réviser le Bedford et de le passer au lavage avec son sauna.

À Gzira, entre Sliema et La Valette, on trouva une station-service pouvant accueillir le camion et son chalet. Tandis que des mécaniciens s'occu-paient du véhicule, Huuskonen, Tania et Belzébuth entreprirent de nettoyer le sauna. Ils vidèrent d'abord les cendres du poêle et ramonèrent le conduit de cheminée, puis le pasteur dévissa les gradins, l'ours les porta dehors et l'opératrice radio les lava à grande eau avec du détergent. On récura aussi à fond les murs et le plancher du chalet. Belzébuth lessiva le plafond, debout sur ses pattes de derrière c'était lui le plus grand du trio. Pour finir, on lava aussi le camion lui-même, à l'intérieur comme à l'extérieur. Ces opérations prirent tout l'après-midi.

Huuskonen ramena le Bedford dans la cour de l'hôtel où David Sinkkonen attendait déjà, vêtu d'un nouveau costume et sentant un peu la bière. Il vanta la qualité et les prix modiques des magasins de prêt-à-porter de La Valette, puis il inspecta son camion, dont la carrosserie lustrée brillait de mille feux. Sinkkonen le regarda émerveillé et mit le contact : le moteur ronronna doucement, les vitesses passaient en souplesse, graissées avec soin. Mais le plus extraordinaire était la propreté du sauna. Le petit chalet sentait le frais, le poêle étincelait, les gradins avaient retrouvé leur blancheur et même les murs extérieurs avaient été débarrassés de la poussière des routes.

« Et si on prenait un sauna, ce soir, proposa Sinkkonen ému. Je vais m'occuper de trouver des bûches et, pour se flageller, on pourrait se servir de branches d'eucalyptus », déclara-t-il, et il partit aussitôt. Tania acheta sur la promenade du bord de mer quelques grandes serviettes-éponges bleues. Quand Sinkkonen revint, il déchargea deux sacs de son taxi, l'un plein de bûches et l'autre de branchages. Pendant qu'Oskar liait en bouquets les rameaux d'eucalyptus, l'agent commercial fit du feu dans le poêle du sauna. Belzébuth remplit la cuve avec de l'eau puisée à l'aide d'un baquet dans la piscine de l'hôtel, Tania prépara des sandwiches au jambon et déposa sur la terrasse du sauna une glacière pleine de délicieuse bière locale. Quand le sauna fut chaud, Sinkkonen recula le Bedford jusqu'à la plage toute proche, la terrasse du chalet tournée vers la mer, et l'on s'installa.

Ce fut une véritable soirée de sauna à la finlandaise. Sur les gradins retentissait le bruit de vigoureuses flagellations. Même Belzébuth se plongea dans la vapeur brûlante, et tous se trempèrent dans la mer. Puis ils s'installèrent sur la terrasse pour se rafraîchir et admirer les remparts de La Valette qui se reflétaient dans les flots de l'autre côté de la baie. L'atmosphère était paisible et détendue. Une jeune femme russe, assise nue devant le chalet, peignait ses cheveux propres, avec à ses côtés un ours gris brun qui se lissait le poil et, sur les marches de la terrasse, deux Finlandais rougeauds occupés à boire

de la bière et manger des sandwiches. Oskar Huuskonen, le gros orteil enfoncé dans le sable rouge,
songea qu'il fallait finalement peu de chose pour
être heureux.

31

Pugilat œcuménique

Huuskonen et ses compagnons passèrent la semaine à faire en camion le tour de l'île de Malte et de sa petite sœur Gozo. Ils découvrirent l'histoire de l'archipel, admirèrent ses innombrables églises, prirent des saunas et des bains de mer. L'ours grandissait et grossissait, il avait le poil propre et dru. Tania Mikhaïlova se prélassait au soleil, bronzée et épanouie, et même Oskar Huuskonen était si content de ces jours de vacances qu'il ne pensait plus à discourir sur l'intelligence supérieure et omnisciente qu'il imaginait nichée sur un astre lointain.

L'agent commercial David Sinkkonen vantait chaque jour avec énergie ses produits sur les marchés, dans les cafés, sur les plages, dans les églises. Il démarchait les maires, les commerçants, les hôteliers, mais personne ne voulait acheter de saunas finlandais. Sans se décourager, il tenta de recommander à un golf situé au sud de La Valette la construction d'un club-house en bois, mais en vain. Il suggéra aussi d'ajouter au fort Saint-Elme, à la pointe de la presqu'île de La Valette, un étage supplémentaire en solides rondins, mais on ne prit pas l'idée au sérieux, pas plus que celle d'édifier dans le prolongement d'une brasserie industrielle une taverne en bois de 100 mètres de long. Et Sinkkonen ne réussit pas à vendre le moindre petit chalet, malgré tous les alléchants rabais et garanties de bonne fin qu'il avait à offrir. Ces constantes rebuffades déprimaient l'agent commercial et, à la fin de la semaine, il se plaignit à nouveau d'être fatigué et d'avoir le moral à zéro. Il se remit à parler de suicide.

L'*Oihonna* revint de sa croisière en Sicile et Tania réintégra la cabine radio du bord. Le navire resterait quelques jours à quai à Senglea avant de reprendre la mer. Oskar Huuskonen demeura à l'hôtel afin de tenir compagnie à David Sinkkonen, qui broyait toujours du noir. Belzébuth continua de dormir sur les gradins du sauna comme il l'avait fait toute la semaine.

En quelques jours, La Valette s'était remplie d'une centaine de prêtres, évêques et mollahs, venus du monde entier pour assister à une conférence œcuménique convoquée afin d'examiner dans un esprit de concorde, plutôt que les divergences doctrinales, les possibles similitudes pouvant rassembler les différentes religions. Il y avait là, en plus de chrétiens et de musulmans de diverses tendances, des bouddhistes, des hindouistes, des taoïstes, des confucianistes et des shintoïstes. Les participants étaient là à titre privé et non en qualité de représentants de leur Église ou de leur communauté de croyants. On pensait ainsi éviter les conflits, dans la mesure où personne ne parlerait officiellement au nom d'une autorité supérieure. Le but ultime de la conférence était de trouver une solution permettant d'éviter les plus graves conflits théologiques et d'empêcher, au bout du compte, les guerres de religion.

Afin de garantir la sérénité des débats, aucun point de presse ni aucune célébration religieuse en commun n'étaient prévus. Le pasteur Oskar Huuskonen constata que la conférence avait commencé en voyant dans les rues des dizaines de hauts dignitaires ecclésiastiques en grande tenue. Ils parlèrent volontiers au prêtre finlandais de cette réunion œcuménique historique, dont ils attendaient beaucoup, et l'invitèrent à assister aux débats où chacun pourrait exprimer son point de vue sur la coexistence pacifique des différentes religions.

À l'hôtel Preluna, Oskar Huuskonen essaya de remonter le moral de l'agent commercial David Sinkkonen en lui proposant un tournoi amical de lancer de javelot ascensionnel. Il vanta à son compatriote déprimé les charmes de cette enthousiasmante discipline nouvelle et tenta de le convaincre de venir s'entraîner sous les hauts remparts de La Valette, où il ne manquait pas de lieux parfaitement adaptés, bien à l'abri du vent. Mais Sinkkonen n'éprouvait aucune envie de faire du sport. Il ne cessait de se reprocher d'avoir bêtement quitté sa patrie et d'être venu gâcher sa vie ici, parmi des étrangers.

Huuskonen lui proposa malgré tout de l'accompagner à la conférence œcuménique internationale qui se tenait à La Valette à l'auberge d'Aragon, sur la place de l'Indépendance. On emmènerait Belzébuth et on écouterait les disputations théologiques des dignitaires ecclésiastiques et des mollahs. L'événement était historique, le pasteur en était convaincu.

« Leurs litanies ne m'intéressent pas trop non plus. Allez-y tous les deux. Si vous passez par l'*Oihonna*, dites bonjour et merci de ma part à Tania. C'est une chic fille. »

Huuskonen laissa de l'argent à Sinkkonen et décida d'aller à la conférence avec Belzébuth. Il revêtit sa chape, qu'il avait heureusement emportée dans sa valise au lieu de la laisser sur le bateau. Il passa au cou de l'ours sa chaîne et sa croix. Fallait-il aussi lui mettre sa muselière ? Quand même pas, Belzébuth était si docile qu'il n'avait pas besoin de bâillon. À tout hasard, le pasteur prit quand même l'objet sous le bras.

Sinkkonen leur appela un taxi, serra l'ours dans ses bras et dit au revoir à Huuskonen en lui tenant

310

longuement la main. Cela fit sourire le pasteur, quelle solennité, tout d'un coup.

L'auberge d'Aragon, une hôtellerie construite à la fin du XVIᵉ siècle par les chevaliers de Saint-Jean, avait tout d'un palais ; en face d'elle se dressait la cathédrale anglicane Saint-Paul. Huuskonen paya le taxi et entra avec Belzébuth dans le hall du bâtiment, où il montra son passeport et déclara représenter les Églises des pays nordiques et plus particulièrement les paroisses rurales finlandaises, et pouvoir au besoin apporter aussi le bonjour de la Russie, des très pieux frères du monastère de Solovki, en mer Blanche. La réputation de l'ours les avait précédés et on les introduisit tous deux dans la salle des fêtes, où se déroulait un vif débat théologique. Un prêtre allemand vint s'asseoir à côté de Huuskonen et lui expliqua que des groupes de travail œcuméniques avaient siégé pendant plusieurs jours en bonne entente, élaborant avec ferveur un projet de déclaration commune qu'il s'agissait maintenant d'adopter. Mais comme souvent dans les conférences internationales, un accord final semblait impossible à atteindre. Les différentes religions du monde étaient trop dissemblables, les dogmes trop anciens et fossilisés, et leurs défenseurs n'osaient pas, au pied du mur, faire ouvertement un pas l'un vers l'autre, dans la crainte de subir des sanctions à leur retour dans leur pays.

Pour l'instant, la parole était à un vieux chanoine britannique en soutane rouge, qui, le poing levé, dénonçait à grands cris l'islamisme radical : le fondamentalisme est l'œuvre du Diable en personne, fulmina-t-il. De nombreux ecclésiastiques occidentaux hochèrent la tête d'un air approbateur. L'atmosphère se tendit dangereusement quand un mollah iranien à la mine farouche monta à la tribune et s'en prit violemment au chanoine et à tous les roumis : il prédit que l'islam conquerrait le monde et voua aux gémonies la majeure partie de l'humanité. Un rabbin juif, un prêtre shintoïste et d'autres s'exprimèrent avec une égale fureur.

L'adoption de la résolution finale de la conférence semblait compromise. Le pasteur Oskar Huuskonen ne put s'empêcher de s'en mêler : il se leva, présenta son ours dévot et demanda aux religieux de se calmer.

« Dans l'espoir de pacifier un peu les esprits échauffés de cette honorable assemblée, nous voudrions vous présenter notre programme, un spectacle de cabaret religieux que nous donnons avec succès à travers le monde depuis déjà plus d'un an. Nous vous saluons aussi au nom du Grand Nord, de la Finlande et du monastère de Solovki. »

Avec un sourire soulagé, le président de séance, un ouléma philippin, céda la tribune au représentant du lointain septentrion.

Oskar et Belzébuth se lancèrent. Le pasteur chanta d'abord un cantique finlandais, puis l'ours pria, se signa et se prosterna le museau tourné vers La Mecque avant d'exécuter avec enthousiasme tous les autres gestes de dévotion qu'il avait appris. Huuskonen tint un bref discours en plusieurs langues, en puisant dans les rites de différents cultes, et souhaita pour finir que l'humanité puisse désormais échapper à la violence interconfessionnelle et aux guerres de religion. Belzébuth termina le show, de son propre chef, en dansant un gopak endiablé.

Les participants applaudirent le spectacle, certains se levèrent même et bien peu y virent un sacrilège, y percevant au contraire un moyen exemplaire d'encourager l'œcuménisme parmi les nations.

Mais quand les débats reprirent, les divergences resurgirent. Des déclarations incendiaires fusèrent. Certains délégués élevèrent la voix au point de crier. Tout cela commençait à énerver Belzébuth. Entendant le ton monter, il se mit à grogner sourdement, mais personne n'y accorda la moindre attention et les théologiens surexcités, presque en transe, continuèrent de défendre leurs irréconciliables positions. Encore une fois, le pasteur Oskar Huuskonen se leva. De sa puissante voix de prédicateur, il tonna, comme du haut de sa chaire à l'église de Nummenpää :

« Cessez au nom du ciel ces querelles démoniaques !

Au lieu de défendre vos convictions, essayez donc d'écouter ce que les autres ont à dire! Il y a dans toutes les religions de la terre une bonté et une humanité profondes, toutes témoignent de dieux et sont par conséquent d'essence divine. Ne pensez pas qu'à vos défauts réciproques, bande de roquets possédés, mettez-vous à la place de vos frères! Amen!»

Huuskonen était réellement furieux. Belzébuth en conclut qu'il était temps de mettre les pires excités au pas, comme lors de leur mission dans les rues d'Odessa. Il sauta de son siège et balaya de la tribune un évêque anglican canadien, puis, comme celui-ci, surpris, tentait de résister, l'envoya valser d'un coup de patte à l'autre bout de la salle. Dans la foulée, il alla malmener quelques mollahs et un rabbin qui s'était plusieurs fois exprimé haut et fort. Dans un terrible chaos, prêtres et oulémas se ruèrent hors de la salle, piétinant les plus faibles au passage. Il ne resta sur place qu'Oskar et Belzébuth, couvert de sang.

Deux vigiles surgirent du hall, bientôt suivis par une escouade de policiers.

Le pasteur Oskar Huuskonen ordonna à Belzébuth de se calmer. Il lui emprisonna la gueule dans sa muselière et sortit sous bonne garde. On le fit monter avec son ours dans une voiture de police. Ils croisèrent deux ambulances qui arrivaient, sirènes hurlantes.

Au commissariat central de La Valette, on tenta de tirer l'affaire au clair. Le chef de la police fit poliment remarquer que selon ses renseignements, l'incident était regrettable et peut-être même grave. Le pasteur serait donc retenu un certain temps à des fins d'interrogatoire.

Mais que faire de Belzébuth ? Les Maltais se grattèrent la tête. Ils ne tenaient pas vraiment à arrêter l'ours, car en cas de rébellion de sa part, les seules forces de police de leur petit État insulaire n'y auraient pas suffi. Le pasteur Huuskonen résolut le problème en déclarant qu'on pouvait mettre l'animal dans le sauna témoin de son compatriote l'agent commercial David Sinkkonen, qui lui tenait lieu de tanière depuis une semaine. Le sauna se trouvait sur la plate-forme d'un camion, à Sliema.

Ainsi fut fait. On conduisit Belzébuth dans le chalet de Sinkkonen. Il semblait tout à fait placide et grimpa sagement sur les gradins. Huuskonen tenta lui aussi d'obtenir l'autorisation de regagner sa chambre d'hôtel, mais en vain. L'incident de la conférence œcuménique n'était pas clos. On ne savait même pas s'il y avait eu des morts parmi les prêtres ou les mollahs. Si c'était le cas, le gouvernement maltais se trouverait en fâcheuse posture, car il s'était engagé à assurer la sécurité des participants à la réunion.

Les autorités se reprochaient de n'avoir pas

imaginé qu'un évêque ou un chanoine puisse être déchiqueté par un ours. Mais ce n'est pas la première chose qui vient à l'esprit lorsqu'on réfléchit à la sûreté d'une conférence ecclésiastique internationale organisée au beau milieu de la Méditerranée.

Avant qu'on l'enferme dans sa cellule, Huuskonen demanda que l'on téléphone au capitaine armateur de l'*Oihonna* afin de l'informer qu'il se trouvait avoir été arrêté et placé en garde à vue au commissariat de La Valette ; il fallait aussi prévenir l'opératrice radio Tania Mikhaïlova. Sur ce, on mit le pasteur sous les verrous.

La prison, qui devait être vieille de centaines d'années, était creusée dans le roc. Il n'y avait qu'un petit soupirail au ras du plafond d'où filtrait un peu de lumière du jour, une banquette de pierre, une chaise et une petite table. Rien d'autre. On avait laissé à Huuskonen ses bretelles et ses papiers, ainsi que son portefeuille et sa montre. Celle-ci indiquait quatre heures de l'après-midi. Le pasteur était fatigué. La journée avait été plutôt mouvementée, songea-t-il en se laissant tomber sur la banquette.

Tard dans la soirée, la porte s'ouvrit et l'on introduisit Tania dans la cellule. Elle était bouleversée. Il s'était produit d'autres événements dramatiques depuis le pugilat de la conférence œcuménique. David Sinkkonen s'était suicidé, du moins d'après ce que la police avait indiqué à l'équipage de l'*Oihonna*. Le capitaine O'Connor avait chargé Tania d'annoncer à Huuskonen que le bateau prendrait la mer le soir même, et serait de retour à Malte dans une semaine. Ernie lui souhaitait bonne chance.

«Mais où est Belzébuth?» demanda Oskar, inquiet. Tania n'en savait rien. Sinkkonen avait pris la route au volant de son camion et sans doute l'ours s'était-il trouvé là au moment de son suicide, s'il était enfermé à l'arrière dans le sauna.

Tania proposa un sandwich au pasteur. Ils mangèrent en pleurant. Puis il fut temps pour l'opératrice radio de retourner à son travail à bord de l'*Oihonna*. Son au revoir sonna comme un adieu.

Quelle avalanche de problèmes, mon Dieu, songea Huuskonen resté seul. Primo, il avait été arrêté. Secundo, il était seul, Tania levait l'ancre avec l'*Oihonna*. Tertio, son compatriote déprimé s'était suicidé. Et pour finir, Belzébuth avait disparu.

Le pasteur Oskar Huuskonen éprouva soudain une soif brûlante. Il se leva de son lit, alla à la porte de fer et se mit à tambouriner dessus à coups de poing, secoué d'une rage impuissante. Il cria :

«Apportez-moi du vin! De l'eau-de-vie! De la vodka!»

Un silence de plomb régnait dans les profondeurs de la prison. Les larmes aux yeux, Huuskonen se rappela le livre de Joël, chapitre II, verset 32 :

317

« Alors quiconque invoquera le nom de l'Éternel sera sauvé. »

Et le miracle eut lieu : au petit déjeuner, le pasteur Huuskonen trouva à côté de son assiette et de son verre d'eau un petit godet de brandy maltais.

32

L'errance de Belzébuth

Sur les gradins du sauna, l'ours lécha le sang des mollahs et des chanoines de ses griffes, alla boire de l'eau fraîche dans la cuve et s'installa tranquillement pour dormir. La journée avait été animée, songea-t-il en fermant les yeux. À la tombée du soir, il se réveilla en sursaut, car le camion avait démarré et le chalet bougeait. L'agent commercial David Sinkkonen, mû par une pulsion de mort, sortit en marche arrière le vieux Bedford de la cour de l'hôtel, tourna dans la rue et appuya sur l'accélérateur. Les gradins du sauna se balançaient à la manière d'un berceau. Belzébuth regarda dehors par la petite fenêtre : c'était agréable, pour changer, de voyager à nouveau. Il se recoucha, content de l'aventure. Le doux roulis dura un moment.

Puis tout chavira. Belzébuth fut projeté contre le plafond du sauna, puis par terre, avant de réussir à s'agripper de ses griffes aux murs, dans une pluie d'éclats de bois. Les vitres explosèrent, l'eau du baquet se répandit. Le conduit de cheminée se détacha et roula sur l'asphalte.

L'ours arracha la porte du sauna de ses gonds et regarda la rue, qui avait maintenant des allures de petite route. Cramponné à deux pattes à la balustrade de la terrasse, il contempla le paysage côtier. Il n'y avait sans doute pas de quoi s'inquiéter. Belzébuth jeta la porte et le châssis de fenêtre sur le bas-côté et s'essuya le museau.

C'est à cet instant que la course folle s'arrêta net dans un fracas épouvantable. Le sauna se disloqua. Les jointures cédèrent, les rondins volèrent aux quatre vents, le camion prit feu et le toit du chalet fut projeté à la mer avec l'ours. Le Bedford en flammes se coucha sur les rochers, son capot défoncé s'abîma en fumant dans les vagues. Toutes sortes de débris jonchaient l'eau, dont le corps sans vie de David Sinkkonen ainsi que Belzébuth, qui planta ses dents dans le col de l'agent commercial et le ramena sur le rivage à la nage. L'homme semblait mort. L'ours lui lécha la figure, mais sans résultat. Sinkkonen avait une jambe de pantalon déchirée et le visage en sang, car il était passé à travers le pare-brise. Belzébuth tenta de le ranimer : il l'assit, le tenant comme une grande poupée, mais dès qu'il le lâcha, l'agent commercial retomba inerte sur la route.

Les rondins du sauna témoin flottaient tel un

train de bois sur les vagues de la Méditerranée. Des gens accouraient. Belzébuth décida qu'il était temps de se faire discret et gagna le couvert d'une orangeraie bordant la route. Une voiture de police et une ambulance arrivèrent sur les chapeaux de roue. On mit David Sinkkonen sur une civière et on l'emporta. Une foule curieuse se pressait sur le lieu de l'accident. Le soir tombait. Le soleil se coucha, plus vite qu'à Solovki où il ne faisait parfois qu'effleurer la surface de la mer avant de remonter. Il fit bientôt nuit noire. Belzébuth s'éloigna d'un pas lent. Poussé par son instinct, il se dirigea vers l'intérieur de l'île. Il ne savait pas où aller, ni que faire.

Les ours sont intelligents, mais il s'était produit de si grands événements, captivants et excitants, mais aussi terribles et incompréhensibles, que Belzébuth était complètement déboussolé. Il comprenait bien qu'il devait trouver Oskar et Tania, ou bien Sonia, ou Saimi. Il fallait mettre la patte sur quelqu'un. Mais où commencer à chercher ?

Cette nuit-là, l'ours resta terré dans l'unique petite forêt de l'île, au sud de La Valette, près d'un terrain de golf. Le bois ne lui offrait pas une grande protection, mais l'obscurité, ajoutée à sa prudence naturelle, l'aida à se dissimuler. Il lui semblait plus sage de ne pas se montrer. C'était une précaution instinctive : les gens étaient imprévisibles.

À l'aube, un brouillard humide descendit sur la

forêt. L'ours sécha sa fourrure d'un coup de langue et sortit prudemment de l'ombre des pins parasols. Il avait faim ! Il se désaltéra à une fontaine devant la toute proche église de Qormi. Mais ce n'est pas avec de l'eau qu'un gros ours peut se remplir la panse. Belzébuth huma l'air et se dirigea vers l'ouest. D'alléchantes odeurs animales semblaient venir de cette direction dans la brume humide du matin.

Bien vu ! Belzébuth trouva dans la campagne un petit village offrant de la nourriture en abondance. À Malte, on n'enfermait pas les volailles pour la nuit, pas plus qu'on ne mettait les moutons dans des enclos à l'abri des prédateurs, car il n'y en avait pas dans l'île, et encore moins d'ours affamés, jusqu'à ce jour. Dans une cour de ferme, Belzébuth choisit une grosse poule, la saisit habilement entre ses pattes, lui tordit le cou en toute discrétion et quitta les lieux sans un bruit, son poulet sous le bras.

Il avait à manger, et il se nourrit de bon appétit. Dans la période qui suivit, Belzébuth préleva un lourd tribut dans les basses-cours et les élevages de moutons de Malte, croquant ici ou là un succulent canard et parfois même un porcelet dodu. Il buvait l'eau des piscines des villas et des fontaines des jardins. Dans la journée, il restait au frais dans les vignes et les vergers, la nuit il battait la campagne à la recherche de Huuskonen. Il était jeune et fort et pouvait en quelques heures parcourir sans fatigue toute l'île d'un bout à l'autre. Il n'avait pas d'autre souci que la solitude : étrangère aux animaux, familière à l'homme. Il cherchait désespérément Oskar et Tania, ne comprenant pas où ils étaient passés et pourquoi ils l'avaient laissé seul.

Dans les villages maltais, on commençait à parler d'une étrange sorcière assoiffée de sang qui mangeait le petit bétail ; c'était une immense femme aux cheveux noirs, un ange rampant ivre de vengeance, qui avait traversé les siècles et qui emportait d'innocents agneaux, leur déchirait les entrailles et ne se montrait jamais vraiment. Bientôt elle s'en prendrait aux petits enfants et les entraînerait dans sa grotte, et personne ne saurait où elle les aurait dévorés. On murmurait que l'antique vierge de Malte violée et tuée par les chevaliers hospitaliers était revenue d'entre les morts pour se venger de la façon la plus cruelle qui soit de la lâcheté des habitants de l'île, car ils n'avaient rien fait, jadis, pour défendre son honneur.

Pour certains, il ne s'agissait que de chiens errants retournés à la vie sauvage, dont on exigeait dans le *Times* de La Valette qu'on les capture, ne serait-ce que dans l'intérêt du tourisme.

Belzébuth était débrouillard, mais morose : il était seul au monde. Il avait à boire et à manger à satiété, il était fort et sage, mais où était Huuskonen, le pasteur fou ? L'ours n'était pas encore tout à fait adulte, il n'en était qu'à son troisième été. La nuit, après s'être trouvé un endroit où dormir et avoir dissimulé quelques reliefs de volaille dans un bosquet d'orangers, il se demandait que faire. Il posait son museau sur ses pattes et laissait échapper de gros soupirs. De ses petits yeux perçants brouillés de tristesse, il fixait l'obscurité où ne flottait aucune trace olfactive de Tania, Sonia, ou Huuskonen.

Mais dès le soir suivant, il se relevait prudemment et reprenait sa silencieuse errance. Il chipait une poule ou un canard, tuait une brebis ou un goret et enterrait les restes de ses proies, mais poursuivait sa route sans rester à surveiller son garde-manger. C'était un géant vagabond, un ours fort et libre, seul de son espèce dans toute la Méditerranée, mais son maître, dont il était sans nouvelles, lui manquait. Il cherchait son compagnon, ce pasteur auquel il s'était attaché en grandissant.

Mais les jours passaient et sa truffe ne captait toujours pas la moindre trace de Huuskonen. L'ours eut alors l'idée de se mettre en quête de l'*Oihonna*. Il étendit ses vagabondages jusqu'à la mer écumante et, au clair de lune, il plissait les yeux pour voir s'il n'apercevait pas à l'horizon la familière coque blanche du bateau où il avait son bar, son Belze Pub à lui.

L'ours errait à Malte depuis déjà une semaine ou deux quand il tomba enfin par hasard sur le port de Senglea, qu'il reconnut aussitôt. Il possédait une bonne mémoire et y avait enregistré un répertoire infini d'odeurs : il huma les huiles rances du bassin du port, la graisse des grues, les flancs rouillés des pétroliers, l'âcre relent des étincelles de soudage, et conclut que c'était là que devait se trouver sa maison, l'*Oihonna*.

De l'autre côté de la baie, à La Valette, on entendit tonner le canon tandis que la procession de clôture de la conférence œcuménique défilait dans les rues pavées, soutanes au vent, mais Belzébuth se tint sagement coi. Toute la nuit, il erra dans le port. Il faisait preuve d'une grande prudence, guidé par un savoir vieux de millions d'années, et demeurait dans l'ombre des entrepôts et des hangars du chantier naval. Dans la journée, il restait couché à l'abri de la lumière et de la chaleur du soleil dans les profondeurs d'une ancienne carrière abandonnée qu'il avait trouvée derrière une proche colline. Dans ces galeries avait été prélevée, au cours des siècles, la pierre calcaire d'au moins cent églises et de dizaines de kilomètres de murailles. C'était maintenant le refuge diurne de Belzébuth. Le soir, le pauvre ours solitaire se faufilait jusqu'au port pour attendre l'*Oihonna*.

Le lendemain de l'arrestation d'Oskar Huuskonen, un porte-parole de la conférence œcuménique, le pasteur norvégien Reinhold Rasmussen, se présenta au commissariat de La Valette afin d'informer le détenu que tout allait bien, et même mieux que jamais : chanoines et oulémas avaient été conduits la veille au soir à l'hôpital des religieuses de Sliema, où ils avaient été soignés. Les griffes de Belzébuth avaient certes mis quelques soutanes en charpie, beaucoup de sang avait coulé des veines des intransigeants exaltés et l'on avait même diagnostiqué quelques fractures, mais c'était un mal pour un bien, les querelles théologiques avaient été enterrées et la déclaration finale adoptée. Le Norvégien épluncha une orange pour Huuskonen et lui offrit du brandy.

« Sur le plan des futures guerres de religion, vous et votre excellent ours avez réalisé un véritable tour de force. Je pense que grâce à vous, un ou plusieurs millions de morts, qui sait, pourront être évitées. Ce n'est pas négligeable, vu les circonstances. »

De retour à son hôtel, Huuskonen fit porter sa chape au pressing et prit un bain. Il se remit en civil tout en méditant sur sa vie. Tania avait repris la mer avec l'*Oihonna,* l'agent commercial David Sinkkonen s'était suicidé et Belzébuth était porté disparu.

Le pasteur alla jeter un coup d'œil à l'endroit de l'accident. L'épave du camion gisait sur les rochers, à demi noyée dans la mer. Le spectacle était tragique. Les rondins du sauna dansaient sur les vagues à quelque distance de la côte. Les autorités maltaises travaillaient à les repêcher et à les empiler sur la plage. C'était à coup sûr le premier chantier de flottage de bois jamais vu dans le pays. Huuskonen examina attentivement les lieux. Aucune trace de Belzébuth! Il appela son ours, mais les vergers d'agrumes restèrent muets. Il repensa à la disparition de son pestoun, à Solovki.

Lorsqu'il revint au Preluna, tard dans la soirée, Huuskonen eut l'heureuse surprise de trouver dans sa chambre, occupée à se mettre du rouge à lèvres, l'éthologiste de l'université d'Oulu Sonia Sammalisto. Sur la table, devant le canapé, il y avait un verre de vin et des crevettes. La jeune femme expliqua qu'elle avait pris l'avion pour Malte parce qu'elle se trouvait avoir du temps libre, pendant l'été, et souhaitait poursuivre ses recherches sur l'ours.

«Mais où est notre Belzébuth?»

Huuskonen lui fit part des derniers événements. Sonia ne se montra guère émue. Si un malheureux agent commercial jugeait bon de se précipiter avec son camion contre les rochers de la côte, et à Malte, par-dessus le marché, qu'y pouvait-on? Quant à Belzébuth, on le retrouverait sûrement. L'essentiel était d'être à nouveau réunis. L'éthologiste avait décidé qu'elle et le pasteur étaient faits l'un pour l'autre.

« Ah. »

Sonia apprit à Oskar qu'elle avait passé la nuit précédente au Sheraton de Sliema. Elle y avait été informée de ses exploits.

« Il y avait à l'hôtel une bonne centaine de prêtres en tout genre, plus bouleversés les uns que les autres. Ils ne parlaient que de toi et de ton ours.

— Ça ne m'étonne pas. »

Oskar Huuskonen demanda à Sonia ce qui lui avait donné l'idée de venir à Malte.

« C'est toi qui m'as invitée. D'après Saimi. »

Oskar se rappelait bien avoir convié la veuve d'agriculteur à venir passer des vacances en Méditerranée, mais voilà qu'elle avait envoyé Sonia à sa place.

« Saimi est très malade. Elle n'en a plus pour longtemps. Et qui est cette Tania ? Tu te vautres dans la débauche, si j'ai bien compris. »

En effet, Tania. Et l'*Oihonna* ? D'ailleurs, comment Sonia avait-elle su où le trouver ? Cela faisait bien des questions, et quelques embrouillaminis.

L'éthologiste nota n'avoir eu aucun mal à se renseigner sur les activités de Huuskonen. Tout Malte le connaissait. Une pétasse russe l'avait entretenu pendant l'hiver et l'été, puis abandonné à son sort. Le monde était plein de femmes de ce genre, d'après Sonia.

« Je suis venue remettre de l'ordre dans ta vie. »

Le pasteur expliqua qu'il n'avait personnellement aucun problème. C'était juste que Tania naviguait comme opératrice radio sur l'*Oihonna*, Sinkkonen s'était tué et Belzébuth avait disparu.

« Bien sûr. Et toi tu t'en sors toujours, refrain connu. »

Huuskonen fit remarquer que l'*Oihonna* reviendrait à Malte dans une semaine ou deux. Sonia était mieux renseignée. Elle avait téléphoné à bord, dès son arrivée à l'aéroport, et appris que la date de retour du bateau n'était pas encore fixée.

« Il reviendra bien un jour, mais pour l'instant il est temps de dormir, et la semaine prochaine nous chercherons Belzébuth. »

Puis Sonia fit manger et boire Oskar Huuskonen et l'informa que son opératrice radio s'était embarquée sur un baleinier russe. C'était cet ivrogne de capitaine irlandais de l'*Oihonna* qui le lui avait dit.

33

Le naufrage de l'Oihonna

Huuskonen loua une voiture afin de parcourir Malte en compagnie de Sonia, à la recherche de Belzébuth. Ils sillonnèrent villes et villages, avec l'impression d'être toujours à deux doigts de le trouver, mais sans résultat. Un jour il avait volé un mouton sur la côte sud de l'île, mais dès le lendemain on rapportait qu'il avait effrayé des golfeurs près de La Valette.

L'ambiance n'était de toute façon pas gaie. Le corps de l'agent commercial David Sinkkonen avait été autopsié et les autorités devaient faire le nécessaire pour l'enterrer. Selon les informations prises en Finlande, le défunt n'avait pas de famille. Huuskonen suggéra que l'on inhume Sinkkonen à Malte : c'était sa dernière volonté. Alors qu'ils prenaient un bain de vapeur ensemble dans le sauna témoin, il avait parlé de suicide et souhaité que le pasteur s'occupe de lui offrir une sépulture en terre maltaise. Les autorités délivrèrent les autorisations nécessaires et Oskar Huuskonen put bénir selon le rite luthérien la dépouille de son malheureux compatriote. Belzébuth était toujours en cavale, hélas, car il aurait pu, par ses prières, donner plus de solennité à la sobre cérémonie à laquelle n'assistaient, en plus du pasteur, que le consul de Finlande à Malte et l'éthologiste Sonia Sammalisto. On descendit le corps dans un caveau creusé dans le roc, près de La Valette. En plus de l'habituelle formule funèbre, Huuskonen récita le psaume XXXIV, verset 19 :

« L'Éternel est près de ceux qui ont le cœur brisé, et il sauve ceux qui ont l'esprit dans l'abattement. »

Peu après la Saint-Jean, l'*Oihonna* revint enfin. Il s'amarra à son emplacement habituel dans le port de Senglea. Oskar Huuskonen et Sonia Sammalisto coururent à bord dès qu'ils eurent été informés de l'arrivée du bateau par les autorités portuaires. L'opératrice radio Tania Mikhaïlova avait effectivement intégré l'équipage d'un baleinier russe en partance pour l'Antarctique. D'après le capitaine armateur Ernie O'Connor, elle devait se trouver à l'heure actuelle quelque part aux alentours de la pointe sud de l'Afrique. Tania avait tricoté pour Huuskonen des moufles sur lesquelles elle avait brodé leurs initiales entremêlées. Sonia Sammalisto traita l'affaire par le mépris. La Russe avait bien fait, à ses yeux, de s'embarquer pour le pôle Sud.

Tania était partie, Sinkkonen enterré, Belzébuth

perdu. Ainsi va la vie, qui vous prive de ceux qui vous sont chers, songea Oskar Huuskonen abattu. Il réintégra avec Sonia la cabine dans laquelle il avait navigué d'Odessa à Malte en compagnie de Tania. Il rangea ses affaires dans les placards, le cœur lourd à l'idée que Belzébuth s'en serait volontiers chargé. Où se trouvait donc maintenant le courte-queue ? Le pauvre était-il seulement en vie ?

La nuit suivante, l'ours mit tout le bateau en émoi en montant à bord. Il écarta d'un coup de patte le matelot de garde sur la passerelle de coupée et partit à la recherche de la cabine de Huuskonen et de Tania, qu'il trouva sans mal. Les retrouvailles furent un pur bonheur. Oskar et Belzébuth s'étreignirent et chahutèrent un bon moment dans les bras l'un de l'autre, jusqu'à ce que Sonia réussisse enfin à calmer les deux mâles. On donna à manger à l'ours et on le conduisit à sa cabine. Sur le pas de la porte, avant d'aller se coucher, il adressa encore quelques signes de croix au pasteur.

Quelques jours plus tard, l'*Oihonna* reprit la mer. Huuskonen alla s'asseoir dans la cabine radio, les écouteurs sur les oreilles, dans l'attente de messages de l'espace, mais le nouvel opérateur n'appréciait guère sa présence. Comme Sonia n'approuvait pas non plus ce passe-temps, le pasteur reporta son attention sur ses réunions de prière et ses spectacles de music-hall avec Belzébuth. L'*Oihonna* croisa en

Méditerranée occidentale tout le mois de juillet, et l'on organisa dans de nombreux ports des shows en plein air dont la vedette était bien sûr Belzébuth, l'ours dévot. Sa piété rapportait gros, économiquement parlant.

À Gibraltar, le chef mécanicien vint se désaltérer au Bear Bar.

«Ce rafiot ne va pas tarder à sombrer, grommela-t-il en buvant sa bière.

— Comment ça? s'affolèrent les autres clients.

— Croyez-moi. Les soudures craquent, c'est le moment ou jamais d'apprendre à nager», marmonna l'homme en trinquant avec l'ours.

Le pasteur Huuskonen objecta qu'il n'y avait sans doute pas de quoi paniquer, il avait prié avec le plus grand zèle depuis qu'ils avaient quitté la mer Noire, et tout s'était bien passé.

«Oui, merci, mais les bateaux ne flottent pas par la seule opération du Saint-Esprit. De nos jours, naviguer exige de l'eau et du fer. Pas comme avant, quand l'eau et le bois suffisaient.»

Le lendemain, alors que l'*Oihonna* fendait les flots de l'Atlantique, une bande de dauphins vint nager à ses côtés. Belzébuth, debout sur le pont arrière, leur adressa des grognements amicaux, et les cétacés fuselés redoublèrent d'acrobaties. Sonia Sammalisto apprit à Oskar Huuskonen que les dauphins étaient les plus merveilleuses créatures du monde animal, après les ours, bien sûr. Ils ne dormaient jamais, même en hiver, et quiconque mangeait leur chair perdait son âme. Huuskonen répliqua que l'on perdait aussi bien son âme sans rien manger.

L'*Oihonna* prit la direction du nord, le long de la côte ouest du Portugal. Le capitaine armateur O'Connor avait l'intention de conduire son navire en Angleterre, où il serait démantelé. On débarquerait les derniers croisiéristes à Londres, d'où ils regagneraient leur point de départ en avion.

Le bateau voguait de moins en moins haut sur l'onde, seuls les poissons pouvaient encore voir les lignes de flottaison repeintes sur sa coque à Odessa. Sous le pont-garage clapotaient paraît-il un millier de mètres cubes d'eau de mer. Le chef mécanicien ne dessoûlait plus. Les pompes fonctionnaient sans relâche. Il n'y avait cependant pas encore péril en la demeure.

À l'entrée de la Manche, le vieux paquebot gîta, pas de manière menaçante, mais de quelques degrés quand même. Le capitaine O'Connor quitta en hâte la passerelle pour venir trouver le pasteur Oskar Huuskonen et lui demander d'organiser sans tarder une réunion de prières supplémentaire, avec son ours. C'était l'heure de la sieste, mais on avait maintenant autre chose à faire qu'à se prélasser dans des transats. On ferma le Bear Bar et O'Connor annonça à la radio centrale du bateau que les passagers étaient priés de se mettre en tenue de sport, un exercice de sauvetage battrait bientôt son plein. C'était une question de vie ou de mort, tous devaient obéir aux ordres de l'équipage. Au nom de la compagnie de navigation, O'Connor remercia les croisiéristes et le personnel de l'*Oihonna* de leur confiance.

« Il va y avoir des funérailles d'enfer », pronostiqua d'un air sombre le chef mécanicien, remonté avec ses hommes des profondeurs de la cale envahie d'eau.

Le pasteur Oskar Huuskonen et son ours tinrent une dernière séance de prières dans le salon du navire. Belzébuth avait la mine grave et arborait un air de piété presque surnaturel. Son maître ne semblait pas non plus, pour une fois, être en proie au démon du doute ou du scepticisme. Dans le micro de la radio du bord, il chanta le cantique *C'est un rempart que notre Dieu* et récita quelques versets des Psaumes. Puis le bateau donna encore de la bande et la radio se tut. Huuskonen se dépêcha de monter avec Belzébuth sur le pont supérieur, où les secours s'organisaient. Sonia aidait des vieillards affolés à enfiler leur gilet de sauvetage. Le soir tombait, les falaises de craie des côtes anglaises étaient proches, mais désespérément loin à la nage. Droit devant brillaient les lumières du port de Southampton. Le chef mécanicien, l'air mauvais, fit savoir ce que lui inspirait l'idée de mettre les embarcations de sauvetage à la mer :

« En cas de naufrage, mieux vaut se tirer une balle dans la tête », déclara-t-il, et il alluma une cigarette.

Le capitaine armateur O'Connor, sur la passerelle, observait la catastrophe. Parfaitement calme, appuyé d'une main à la barre, il évaluait du regard les lumières de la côte qui grandissaient dans l'obscurité.

« Huuskonen ! Pourrais-tu chanter un peu, s'il te plaît ! », beugla-t-il tandis que le vieux rafiot s'enfonçait. Le pasteur finlandais entonna un cantique :

> « Flots mugissants, flots en furie,
> Entourez-moi, je n'ai pas peur ;
> Quoi qu'il en soit, paix infinie,
> Puisqu'à la barre est mon Sauveur. »

Belzébuth aidait des femmes en robe de cocktail à monter dans des chaloupes, il était de toute évidence à son affaire, s'efforçant de rassurer les passagers morts de peur en leur léchant le visage.

Craquant et grinçant de toutes ses membrures, le vieil *Oihonna* atteignit le côté sous le vent de la jetée du port de Southampton, où il sombra jusqu'aux cheminées. Il n'y eut pas un noyé ! Le capitaine armateur O'Connor proclama du haut de la passerelle que plus rien ne pressait.

« Il est 20 h 33, heure locale, et, au nom de la compagnie de navigation, je félicite tous les passagers et les membres de l'équipage pour le succès de cette croisière ! » brailla-t-il, enfoncé jusqu'à mi-corps dans l'eau huileuse.

34

L'enterrement de Saimi Rehkoila

Belzébuth était assis, l'air abattu, mouillé et huileux, sur le wharf du port de Southampton. Il tenta de sécher sa fourrure à coups de langue, mais le liquide visqueux qui collait à ses poils avait mauvais goût. Le pasteur Oskar Huuskonen et l'éthologiste Sonia Sammalisto tentaient eux aussi de se nettoyer de cette mixture. Des passagers de l'*Oihonna* naufragé erraient sur les quais, attendant qu'on les conduise en autocar à l'hôpital ou à l'hôtel. Aucun croisiériste ni membre d'équipage ne s'était noyé, et personne n'était gravement blessé. L'ours avait sans doute à lui seul secouru au moins une vingtaine de personnes qu'il avait, en bon nageur, remorquées jusqu'à la jetée, repartant à chaque fois chercher de nouveaux rescapés.

Le capitaine armateur vint serrer la main du pasteur Oskar Huuskonen et de Belzébuth et les remercier pour leurs efficaces prières d'intercession qui avaient finalement sauvé les passagers et l'équipage du navire.

«Il n'y a pas de quoi… l'*Oihonna* a coulé et gît maintenant au fond d'un bassin du port», se désola le pasteur.

O'Connor insista, tout était pour le mieux : il se trouvait débarrassé de son sabot rouillé, et de manière plus qu'honorable. La mer est le plus fier tombeau d'un navire ! Les assurances lui verseraient même des indemnités et il pourrait prendre l'avion pour rentrer chez lui en Irlande, y acheter un confortable cottage et remplir sa cave de tonneaux de bière.

Le pasteur Huuskonen et ses compagnons descendirent à l'hôtel. Il était sans doute temps de songer à regagner la Finlande, on était déjà en août, l'*Oihonna* n'était plus qu'une épave dans les eaux de Southampton et il fallait de nouveau dénicher une tanière pour Belzébuth. Sonia ne voulait pas passer un autre hiver dans la cour de ferme de Saimi Rehkoila, ce n'était pas indispensable à ses recherches. Oskar devait construire un plus bel antre s'il voulait avoir de la compagnie féminine pour la durée de la saison froide.

Huuskonen eut beau assurer aux compagnies aériennes desservant Helsinki que l'ours était apprivoisé et d'un caractère très doux, aucune n'en voulut à son bord. Il commençait à sembler vain d'espérer voyager par air, quand le pasteur repéra une société de fret irlandaise dont un appareil devait se rendre à vide de Londres à Lübeck pour en rapporter un plein chargement de saucisses de cocktail allemandes. Oskar, Sonia et Belzébuth purent obtenir des billets pour ce vol, car il n'y avait pas d'autres passagers. De Lübeck, la correspondance pour Helsinki fut facile à organiser : il naviguait entre l'Allemagne et la Finlande autant de porte-conteneurs qu'on voulait. O'Connor accompagna Oskar Huuskonen, Sonia Sammalisto et Belzébuth à leur avion.

Une terrible tempête soufflait sur la Baltique, le porte-conteneurs roulait et tanguait tant que Belzébuth eut le mal de mer. Sonia en fut étonnée, une telle réaction n'avait jamais été observée. La science n'avait jamais non plus entendu parler d'ours blancs souffrant de nausées à cause du mauvais temps. Malgré son état de faiblesse, le courte-queue nettoya les dégâts.

Du bateau, Sonia essaya de téléphoner à la veuve d'agriculteur Saimi Rehkoila, à Nummenpää, afin de lui annoncer leur arrivée. Mais personne ne répondait, et le choc fut grand, quand Sonia put se renseigner sur l'état de santé de Saimi, d'apprendre qu'elle était décédée d'une pneumonie à peine une semaine plus tôt.

Quand Huuskonen et ses compagnons parvinrent enfin à Nummenpää, ils se rendirent bien sûr aussitôt à la ferme de Saimi Rehkoila. Il s'y trouvait justement une aide ménagère, qui autorisa le pasteur, l'éthologiste et l'ours à passer la nuit dans la maison. Elle s'occupait d'organiser les funérailles, la défunte n'ayant pas de famille.

Sonia et Oskar la déchargèrent de cette tâche. Comme l'organisatrice de banquets Astrid Sahari était morte depuis longtemps, on fit appel à un traiteur du canton voisin. Des centaines de paroissiens vinrent à l'enterrement. La foule était telle que l'éthologiste ne put s'empêcher de penser que certains n'avaient revêtu leur tenue de deuil que pour voir l'irascible ex-pasteur Oskar Huuskonen. Juger des leçons qu'avait pu lui donner la vie.

La paroisse de Nummenpää était maintenant dirigée par Sari Lankinen, l'ancienne vicaire de Huuskonen. Elle l'invita à venir prêcher devant les fidèles le dimanche de l'enterrement, mais il refusa. Il n'était plus salarié de l'Église. Il bénirait par contre volontiers la dépouille de la veuve d'agriculteur Saimi Rehkoila.

Ce fut une belle cérémonie. Oskar Huuskonen évoqua le souvenir de la défunte, on chanta des cantiques, l'ours joignit les mains et fit quelques signes de croix. Le repas funèbre réunit de vieilles connaissances : l'industriel Onni Haapala, lui aussi vieilli, qui s'appuyait sur une béquille, l'enseignante

Taina Säärelä, le conseiller aux affaires agricoles Lauri Kaakkuri et le docteur Seppo Sorjonen. Il y avait bien sûr aussi le chef des pompiers Rauno Koverola, l'ouvrier forestier Jukka Kankaanpää, l'ingénieur-conseil Taavi Soininen et l'inventeur du javelot ascensionnel, l'agriculteur Jari Mäkelä. Ce dernier se vanta auprès du pasteur d'avoir amélioré son record de plus de 30 centimètres depuis leur dernière rencontre, le portant à 16,81 mètres! La conseillère en économie domestique Emilia Nykyri avait maintenant largement dépassé les quatre-vingts ans, mais avait toujours bon pied bon œil. On ne vit à l'enterrement ni la pastoresse Saara Huuskonen ni le général de brigade Maksimus Roikonen, et personne ne parla d'eux. La rumeur de la réussite tant morale que financière du pasteur Huuskonen dans le monde méditerranéen en tant que mentor d'un ours dévot était par contre parvenue jusqu'à son pays natal et son ex-paroisse. Le pasteur, plutôt flatté, tint à présenter à l'assistance l'éthologiste Sonia Sammalisto. C'était inutile, les habitants de Nummenpää avaient encore en mémoire les activités de la scientifique et du berger de la paroisse, près de deux ans plus tôt, dans la tanière de l'ours. Tous s'émerveillèrent d'ailleurs de la transformation de Belzébuth, devenu un grand mâle adulte. On demanda au pasteur où il avait l'intention de le faire dormir cet hiver. La question était encore ouverte. Il y avait certes dans la cour de ferme de Saimi Rehkoila une belle et bonne tanière, mais elle était désormais trop petite pour Belzébuth, et maintenant que la propriétaire était morte, il paraissait difficile de s'en servir sans permission. L'avenir de l'exploitation agricole était incertain. Sans doute serait-elle mise en vente.

Tandis que les plus jeunes enfants des invités aux funérailles jouaient dans le jardin à monter sur le dos de Belzébuth, on chanta en mémoire de la veuve, dans la grande salle de ferme, les strophes 1, 2 et 3 du cantique *N'es-tu pas, pauvre humain…*

Une semaine après l'enterrement, il se présenta à la ferme un parent éloigné accompagné de son avocat. Il n'y avait pas de testament, mais l'arrivant, le technicien de vente Alvari Rehkoila, prouva qu'il était le neveu de feu Santeri Rehkoila. L'exploitation agricole lui revenait donc. Huuskonen n'avait rien à objecter. Sonia et lui n'étaient que des amis de la famille. Ils demandèrent malgré tout si Belzébuth pouvait passer l'hiver dans la tanière construite dans la cour.

Le neveu, qui avait plus l'air d'un voleur de chevaux que d'un technicien de vente, déclara qu'il pouvait difficilement songer à leur louer l'antre. Il avait l'intention de vendre la ferme et la présence d'un gros ours mâle dans la cour n'était pas de nature à susciter l'enthousiasme d'éventuels acheteurs. Elle risquait au contraire de les faire fuir et donc de tirer vers le bas le prix de la propriété.

Ulcéré, le pasteur Oskar Huuskonen mit le feu à la tanière. Sonia et lui se chauffèrent les mains au-dessus des braises jusqu'à ce qu'il ne reste rien que des cendres froides. Il n'y avait plus qu'à dire adieu à l'accueillante ferme de Saimi Rehkoila, à faire une nouvelle fois les valises, sans oublier la planche à repasser de Belzébuth, et à partir. Cette fois en direction du nord. Sonia s'était mis en tête que le mieux, pour le sommeil hivernal de Belzébuth, serait la Laponie.

35

Le harnachement
de l'ours de selle

Huuskonen et ses compagnons prirent le train pour Rovaniemi. Pendant qu'Oskar et Belzébuth s'installaient à l'hôtel Pohjanhovi, Sonia partit se renseigner sur les chalets à louer dans la région.

Belzébuth défit comme d'habitude les valises, accrocha les vêtements dans les penderies, rangea chemises et jupes sur les étagères. Puis il prit une douche et se brossa les dents avant de laisser la salle de bains au pasteur. Celui-ci sortait de la douche quand Sonia Sammalisto revint de l'agence immobilière. Elle débordait d'énergie.

«J'ai loué pour tout l'hiver une maison en rondins!»

Huuskonen était bien conscient qu'il fallait trouver un toit pour la saison froide, non seulement pour Belzébuth mais aussi pour lui et pour Sonia, mais il ne s'était pas préparé à une décision aussi rapide. Balayant ses objections, l'éthologiste décrivit sa trouvaille en termes dithyrambiques :

elle avait déniché une villa de luxe presque neuve, construite loin dans le Nord en solides rondins de pin, sur le versant sud-ouest du mont Kälmi. Tout était magnifique : une cuisine entièrement équipée, un vaste sauna, des sanitaires carrelés, plusieurs chambres, une grande salle de séjour et même une tour en bois d'où s'ouvrait une vue spectaculaire sur le moutonnement infini de la toundra, aussi bien du côté finlandais que norvégien. La maison se trouvait à 22 kilomètres à l'est, à vol d'oiseau, du village de Nunnanen, dans la commune d'Enontekiö. Le Kälmi se dressait au sud du mont Korsa, là où le tracé du parc national de Lemmenjoki décrit un brusque coude, tout près des sources de l'Ivalojoki. Le paysage était splendide, avait affirmé l'agent immobilier à Sonia qui, en native du Nord, était prête à le croire.

« Et ce n'est pas tout : le loyer de cette merveille, pour tout l'hiver, n'est que de la moitié du prix normal ! » se félicita Sonia Sammalisto.

Huuskonen lui fit remarquer que le montant du loyer n'était pas un souci pour lui. Il avait gagné pas mal d'argent avec Belzébuth, tout au long de l'été, en sillonnant la Méditerranée.

« On en aura besoin au printemps prochain, pour nous marier et acheter une vraie maison », décréta Sonia.

Ce projet d'épousailles prit Huuskonen de court,

ce n'était pas exactement ce qu'il avait en tête pour l'avenir, mais d'un autre côté… pourquoi pas, tout compte fait, l'idée de fonder une nouvelle famille ne paraissait pas si mauvaise. Sans s'étendre sur le sujet, il demanda à sa fiancée plus de détails sur le chalet qu'elle venait de louer. Sonia répondit :

« Il a été construit par une société d'investissement en capital à risque qui a fait faillite depuis et qui y emmenait ses clients en hélicoptère, avec bien sûr de l'alcool et des filles.

— Pourquoi en hélicoptère ? Et pourquoi au mont Kälmi ? On n'aurait pas pu trouver un aussi bon endroit plus près, à proximité d'une route ? »

Sonia expliqua patiemment que tout le sel du projet était justement d'avoir construit ce lupanar au beau milieu des dernières terres vierges d'Europe, pour faire exotique. Les plus grandes régions inhabitées de Laponie se trouvaient précisément là. Même les matériaux de construction avaient été acheminés par hélicoptère car il ne passait dans le coin aucune route, pas même un sentier de rennes. C'était pour ça que le loyer de la villa était si bas, en ces temps de crise économique. Mais il y avait un groupe électrogène équipé d'un diesel et, avec un téléphone portable, Oskar pourrait joindre qui il voulait.

Sonia avait payé le loyer d'avance, elle avait les clefs et une carte avec une croix à l'emplacement de la maison, ainsi que l'adresse du correspondant de l'agence à Nunnanen, l'éleveur de rennes Iisko Reutuvuoma. Il fut décidé de faire la liste des vivres et du matériel à acheter pour l'hiver, puis de prendre le chemin de Nunnanen. Huuskonen espérait que Sonia n'était pas allée jusqu'à affréter un hélicoptère, cela reviendrait affreusement cher.

« Bien sûr que non, nous ne pouvons pas nous permettre de telles dépenses.

— Mais comment allons-nous réussir à transporter dans la forêt tout ce qu'il nous faut pour l'hiver ? »

Sonia avait une solution toute prête. Belzébuth était maintenant un grand ours mâle plein de vigueur. On le harnacherait d'un bât, ce qui permettrait de transporter facilement 100 kilos au moins de marchandises. En tant qu'éthologiste, Sonia estimait qu'avec sa force physique, l'ours, même lourdement chargé, devait pouvoir faire l'aller-retour de Nunnanen au mont Kälmi jusqu'à deux fois dans la journée, si nécessaire. Quand il aurait neigé et que Belzébuth dormirait, on pourrait assurer le ravitaillement en motoneige, il y en avait une à la villa.

On se partagea le travail : Sonia, munie de la liste des courses, alla faire des achats pour l'hiver. Oskar et Belzébuth prirent un taxi afin de se rendre chez le bourrelier Mauno Oikarinen, dans le quartier de Korkkalovaara. L'artisan habitait une maison individuelle dont le garage lui servait d'atelier. Il n'avait heureusement pas de chien et Huuskonen ne déclencha aucun charivari en se présentant avec son ours pour passer commande d'un bât sur mesure.

« J'ai d'jà fait des bâts pour toutes sortes de bestiaux, mais c'est bien la première fois qu'on m'en d'mande un pour un ours », se félicita Oikarinen. Sachant qu'il y aurait beaucoup de marchandises à transporter, il proposa de répartir la charge des deux côtés, dans quatre compartiments en forme de sacoches. On pourrait aussi poser sur le garrot de l'ours une selle pour une personne.

Oikarinen prit les mesures de Belzébuth. Celui-ci trouva le procédé un peu étrange, mais laissa l'artisan lui ramper sous le ventre et sur le dos.

« Y m'fait un peu peur, j'espère qu'y mord pas, s'inquiéta le bourrelier.

— Non… en général. »

Le pasteur Huuskonen se rappelait l'intervention de Belzébuth à la conférence œcuménique de Malte, mais ne fit pas part de l'incident à Oikarinen.

L'artisan promit que le bât serait prêt dans trois jours, vu qu'il s'agissait d'une commande spéciale et que le client était pressé de partir en randonnée. Quand Huuskonen et Belzébuth vinrent essayer le harnachement, le jour dit, ils le trouvèrent parfait : les sacoches de devant, les plus grandes, étaient tenues en place au niveau du garrot par une sous-ventrière et par une large sangle de cuir passant entre les membres antérieurs de l'ours. Confectionnées en cuir de renne, elles arrivaient à peu près aux aisselles de l'animal, suffisamment haut au-dessus du sol. La boucle de la sous-ventrière se trouvait du côté de l'épissure dorsale, sur laquelle Oikarinen avait disposé une selle solide. Le pasteur Huuskonen constata au premier coup d'œil qu'elle était assez grande pour accueillir le généreux postérieur de Sonia. Les sacoches arrière étaient reliées à l'ensemble par une large ventrière et à la selle du garrot par une sangle résistante, ainsi que par des lanières plus fines sur les flancs ; le bourrelier pensait qu'elles pourraient être utiles si l'ours, pour une raison ou une autre, se dressait sur ses pattes de derrière, comme il l'avait souvent vu faire.

«Ça dépend un peu des marchandises, mais j'pense qu'on d'vrait pouvoir en caser 100 à 200 kilos», assura Oikarinen. Il raconta avoir parfois fabriqué des bâts pour des rennes, comme on en utilisait naguère couramment en Finlande en été. «Avec ça, on peut transporter plus d'marchandises qu'avec dix rennes», conclut-il.

Huuskonen paya l'artisan et le remercia pour la célérité et la qualité de son travail, puis Sonia Sammalisto vint le prendre avec Belzébuth devant la maison, au volant d'une camionnette de location. Elle avait chargé le véhicule à ras bord de sacs et de cartons contenant d'après elle assez de provisions pour tout l'hiver. Sonia avait aussi acheté à l'intention d'Oskar des écouteurs et une série de câbles pour capter les messages de l'espace. Il y avait paraît-il une puissante antenne à la villa du mont Kälmi.

36

Un sidérant message du cosmos

À Nunnanen, Oskar Huuskonen et Sonia Sammalisto prirent contact avec l'éleveur de rennes Iisko Reutuvuoma, un vieux bonhomme d'une soixantaine d'années à l'air sournois. Il s'occupait de l'entretien du chalet du mont Kälmi depuis qu'il avait été construit pour le compte de la Société mobilière et immobilière Potentiel Plus. L'éleveur aida les arrivants à charger leur ours, un peu étonné par tout ce barda. Comment l'animal aurait-il la force de porter des quantités aussi invraisemblables de champagne, de viande fumée, de fruits en conserve, et tous ces livres, ces valises ?

« Et une planche à r'passer, bon d'la, dans la forêt ! Et cinq jav'lots. Pour quoi faire ? »

Huuskonen répondit qu'il pratiquait le lancer de javelot ascensionnel. « Je les envoie vers le ciel, expliqua-t-il.

— Tiens donc. C'est sûr qu'c'est pas la place qui manque, là-bas, pour ça », reconnut Reutuvuoma.

On était début septembre, la matinée s'annonçait claire et venteuse. Les pentes des monts et la lisière des tourbières se teintaient déjà de couleurs d'automne. L'éleveur de rennes marchait devant, Huuskonen guidait l'ours lourdement chargé, Sonia venait en dernier, surveillant qu'il ne tombe pas d'objets en chemin. Dans les endroits marécageux, elle montait en selle pour franchir sans encombre les passages les plus délicats. Belzébuth avançait d'un pas sûr et régulier, comme s'il avait servi toute sa vie d'ours de bât. Vers midi, on atteignit le mont Kälmi. Le pasteur Huuskonen était épuisé, ses muscles de clerc n'étaient pas faits pour des parcours aussi difficiles. Sonia et Belzébuth, par contre, étaient en pleine forme, comme bien sûr Iisko Reutuvuoma, habitué depuis toujours à courir la toundra. Le pasteur proposa que l'éleveur de rennes retourne chercher le reste des bagages à Nunnanen avec Belzébuth.

« J'pourrais bien l'abattre, aussi, quand on s'ra seuls », marmonna Iisko. Il trouvait insensé que des gens de la ville amènent exprès des ours en Laponie. Ceux du coin faisaient déjà bien assez de dégâts dans les troupeaux de rennes.

« Dès que l'printemps s'ra là, y va prendre goût aux faons et nous en dévorer au moins cent, c'est moi qui vous l'dis. »

Sonia Sammalisto grimpa sur le dos de Belzébuth

et déclara qu'elle venait aussi, afin d'éviter à l'éleveur de rennes la tentation de le tuer.

« J'viendrai p't-être quand même l'abattre avant l'printemps. Apprivoisé ou pas, un ours est un ours. »

Huuskonen répliqua qu'il valait mieux ne pas essayer. Belzébuth connaissait quelques tours diaboliques.

« Si j'viens avec mon fusil, c'est pas ses tours qui l'sauv'ront », grommela l'éleveur.

Huuskonen révéla que Belzébuth savait lui aussi se servir d'une arme à feu. C'était même un tireur d'élite.

« À Malte, par exemple, nous avons chassé ensemble le gibier d'eau. Cet ours a tiré au vol des colonies entières de flamants roses et à tous les coups on en voyait tomber dans la mer dans des gerbes d'écume. »

L'information fit réfléchir Iisko Reutuvuoma. Plus tard, il se plaignit amèrement, dans les bars à bière d'Enontekiö, de ces enragés de pasteurs de la ville qui allaient jusqu'à apprendre à leurs ours à tirer sur d'innocents éleveurs de rennes.

Le chalet en rondins de Kälmi se trouvait sur le versant sud-ouest du mont, à un endroit magnifique entouré de vastes horizons, un peu au-dessous de la limite des arbres, en bordure d'un pierrier de granit moussu ; à ses pieds, de profondes sapi-

nières s'étendaient jusque dans la vallée. Les premières gelées avaient illuminé le raisin d'ours et
les bouleaux nains de tons de rouge, de bleu et de
jaune, si vifs qu'on en éprouvait un étrange sentiment de gaspillage : ce trésor de couleurs était trop
beau pour être ainsi dépensé. Au nord se dressait la
silhouette indigo du Korsa et, loin derrière, la ligne
claire des montagnes norvégiennes. Au sud, là où
les eaux se séparaient dans la vallée de l'Ounas, les
tourbières réticulées et les épaisses forêts de Hanhi-
maa vibraient d'un vert grisé. À la lisière d'un bois
de sapins, Sonia, à califourchon sur le dos velu de
Belzébuth, s'éloignait entre les arbres à la suite de
l'éleveur de rennes Iisko Reutuvuoma, que l'on ne
voyait déjà plus.

Le pasteur Oskar Huuskonen avait l'impression
d'être enfin rentré chez lui. Il avait fait un long
voyage avec son ours, d'un bout à l'autre de son
continent natal, l'Europe. Il était parti au hasard,
sans but précis, et pourtant : il avait, comme d'un jet
de lasso, décrit une boucle de la Baltique à l'Atlantique, la mer de Barents, la mer Blanche, traversé
l'immense Russie jusqu'à Odessa et la mer Noire,
croisé de long en large sous le chaud soleil de la
Méditerranée avant de remonter vers le nord par
l'Atlantique et de nouveau la Baltique pour arriver
ici, au plus profond des dernières étendues vierges
que ce continent ancestral avait à lui offrir.

C'était une odyssée comme peu de simples vicaires, et encore moins d'évêques, ont l'occasion d'en connaître. Elle resplendissait d'un divin éclat, ponctué çà et là du souvenir de combats infernaux. Sacré tour, pour un montreur d'ours.

La villa du mont Kälmi n'était pas immense, mais comptait quand même quelques chambres, une grande salle, une tourelle avec un petit salon et un sauna, ainsi qu'une grotte creusée au cœur du roc qui abritait un groupe électrogène, une cave à vins et, derrière, au plus profond de la montagne, un abri antiaérien. Il s'y trouvait quelques lits, une télévision, une pile de revues porno.

Plus haut dans le pierrier, derrière la piste d'hélicoptère, une antenne parabolique peinte en gris, large comme une piscine pour enfants, frémissait dans le vent. Huuskonen en modifia les réglages afin qu'elle ne capte plus les émissions des satellites humains mais les messages de civilisations extraterrestres.

Sur le manteau de la cheminée en pierres sèches, le pasteur trouva le livre d'or des précédents propriétaires : *Souvenirs inoubliables de Potentiel Plus depuis 1989.* Il contenait essentiellement des blagues de commis voyageur, de l'humour gras et des grossièretés.

« Excellent allume-feu », conclut Huuskonen.

Tard dans la soirée, Sonia et Belzébuth revinrent

de Nunnanen, cette fois tous les deux à bout de forces. Oskar avait fait chauffer le sauna et préparé le repas. Ils prirent un bain de vapeur, dînèrent et allèrent se coucher.

Les jours suivants furent consacrés à s'installer tranquillement. Sonia et Belzébuth rangèrent encore une fois les vêtements dans les placards et dans le dressing. On fit le ménage, Huuskonen disposa ses livres dans la tour, où il brancha aussi les câbles d'écoute de l'antenne. Oskar et Sonia se préparaient des plats sains et roboratifs — sauté de renne aux airelles du jardin — et buvaient des vins fins dont l'éthologiste, prévoyante, avait acheté quelques caisses à Rovaniemi. Belzébuth ne mangeait presque plus rien et se préparait en bâillant à son troisième hiver de sommeil. Sonia lui aménagea une tanière dans l'abri antiaérien. On y porta de la mousse et des brindilles de raisin d'ours séchées, on nettoya les conduits d'aération et on laissa la porte ouverte. Belzébuth s'habitua vite à sa nouvelle demeure et, un jour de la fin septembre où soufflait une bise glacée, il vint tirer Huuskonen par la manche : il était temps d'aller dormir. On accompagna l'ours dans sa caverne creusée dans le roc, où régnait une fraîcheur constante, propice à un long et tranquille repos hivernal. Sonia chanta à son fidèle destrier les doux mots d'une vieille berceuse :

« Dors, ô dors, mon oiseau d'or
Clos les prunelles, mon hirondelle. »

Huuskonen écrivait des articles pour des revues européennes : une série de chroniques sur les pérégrinations des chevaliers de Malte, des récits de voyage rapportés des confins de l'Europe et une étude plus importante, qu'il intitula *Révélations sur la disparition des dinosaures et le secret des pyramides*. Il y émettait l'hypothèse qu'il y avait eu sur la terre, au paléozoïque, une guerre nucléaire destructrice qui avait tué les créatures les plus gigantesques. Les hommes de ce temps avaient construit des abris antiatomiques de forme pyramidale et avaient utilisé toutes les cavités naturelles de la planète pour échapper aux radiations, y emmenant bien sûr les animaux de petite taille, mammifères mais aussi insectes, par nuages entiers, ainsi que des spécimens de plantes, des mousses aux graines de séquoia géant. C'était sans doute là l'origine du mythe de l'arche de Noé, d'après Huuskonen.

Lorsque le feu nucléaire avait provoqué l'effondrement des civilisations de l'époque, les dinosaures étaient morts, car ils étaient trop gros pour entrer dans les grottes. Mais des dizaines de millions d'années plus tard, l'humanité se rappelait encore qu'il était prudent d'édifier des chambres de pierre ; autrement dit, les pyramides égyptiennes et incas n'étaient pas à l'origine des tombes royales. C'étaient les abris antiatomiques d'une ancienne guerre que l'humanité, par tradition, avait continué de construire pendant plusieurs milliers d'années, alors même que leur but premier s'était perdu dans l'oubli.

Tout en travaillant à sa thèse, Sonia Sammalisto, que son métier et sa nature portaient à la curiosité, feuilletait en cachette les listings d'ordinateur imprimés à Solovki. Sur l'un d'eux, des lignes partagées en segments égaux étaient effectivement visibles, un peu à la manière d'un langage codé. L'éthologiste, à force de se demander ce que ces traits pouvaient bien signifier, en vint à la conclusion qu'ils répondaient à une logique mathématique. En les analysant en base dix, on obtenait immanquablement les nombres 2, 4, 14, 6. Il se pouvait bien sûr que cette série de chiffres ne soit qu'une plaisanterie de radioamateur russe ou un galimatias de marin soûl. Mais Sonia était décidée à résoudre l'énigme. Elle avait tout l'hiver devant elle.

Le soir, on faisait du feu dans la cheminée et on allumait des bougies, on allait au sauna, on se prélassait dans l'atmosphère douillette du chalet en rondins et on écoutait les hurlements sauvages des loups sur le mont Korsa. Les premières neiges tombèrent, des aurores boréales vert-jaune dansaient dans le ciel, la lune brillait et, dans les profondeurs du roc, on entendait à peine le grondement sourd du diesel qui produisait de l'électricité pour le couple d'amoureux réfugié dans la solitude des forêts.

Cette paix idyllique fut quelque peu troublée par l'arrivée du vétérinaire communal intérimaire Torsti Nieminen. Ce dernier se traîna à pied jusqu'au mont Kälmi, la boussole à la main et la morve au nez, par un soir d'octobre où tombait un fin grésil. Il était officiellement là car il avait appris que l'ours dont Huuskonen était propriétaire, numéro d'ordre ministériel 1994/007, était entré dans le pays sans que soit respectée la période de quarantaine exigée par la réglementation en vigueur. Il fallait donc l'endormir et le transporter dans un zoo afin de l'y garder sous surveillance pendant la durée prescrite de quatre mois.

«Pourquoi vouloir l'endormir, il dort déjà», protesta le pasteur Oskar Huuskonen.

Les références professionnelles de l'éthologiste Sonia Sammalisto n'y firent rien non plus. Le fonctionnaire exigeait de pouvoir dépister les possibles trichines et autres maladies oursines contagieuses qui sévissaient en Europe. Sonia le mit en garde:

«Ne réveillez pas l'ours qui dort.»

Faisant fi des objections, l'obstiné fonctionnaire pénétra dans l'abri antiaérien. Quelques mortelles secondes s'écoulèrent, puis on entendit Belzébuth grogner et la porte de fer vibrer tel un énorme steel-drum caraïbe au passage du malheureux vétérinaire éjecté de la tanière. Traînant la jambe, Nieminen remonta dans les étages humains et rédigea les certificats de quarantaine nécessaires. Tout rentra dans l'ordre, si ce n'est que quand on put enfin rapatrier le vétérinaire éclopé à Nunnanen en motoneige, une semaine plus tard, il avait eu le temps de passer son rhume à l'éthologiste et au pasteur.

Quand vint l'avent, on se mit à piéger des perdrix des neiges, selon la méthode préconisée par le président de la république d'Estonie Lennart Meri. Ce dernier avait pris part, dans les années cinquante, à un voyage d'exploration dans le Kamtchatka, où il avait entre autres rencontré un habile chasseur et éleveur de rennes koriak, Äiteki. Celui-ci avait un peu amélioré un ancien système de piégeage : après avoir vidé dans son gosier une bouteille de champagne russe, il la remplissait d'eau chaude, la refermait et s'en servait pour faire fondre la neige, creusant ainsi des trous en forme de flacon au fond desquels il disposait d'appétissantes baies que les perdrix blanches venaient picorer avec entrain, sans pouvoir ensuite ressortir de ce piège aux parois gelées. Il ne restait plus à Äiteki qu'à les fourrer dans son sac.

Le pasteur Oskar Huuskonen et l'éthologiste Sonia Sammalisto appliquèrent cette excellente technique sur les pentes du mont Kälmi : ils vidaient chaque jour deux ou trois bouteilles de champagne, dont la cave à vins était abondamment garnie, les remplissaient d'eau bouillante et chaussaient leurs skis pour aller, suivant l'exemple d'Äiteki, piéger du gibier à plumes. La chasse était toujours bonne et, pour conclure la journée, ils se régalaient d'une bouteille de champagne supplémentaire, accompagnée d'une délicieuse fricassée de perdrix des neiges. Car en vérité, l'homme ne vit pas que de pain, en tout cas pas dans le rude climat du Grand Nord, loin du regard de Dieu.

Sonia, imprégnée comme elle l'était de religiosité, eut finalement l'intuition, peu avant Noël, que la série de nombres qu'elle avait découverte pouvait s'appliquer à la Bible. C'était à vrai dire d'une simplicité enfantine : le premier chiffre permettait de savoir s'il s'agissait de l'Ancien ou du Nouveau Testament, le deuxième indiquait le livre concerné, le troisième le chapitre et le quatrième le verset. Et voilà ! La Bible était l'ouvrage le plus diffusé au monde, la base de notre civilisation, et il était donc naturel qu'une intelligence supérieure venue d'un astre inconnu tente de l'utiliser pour faire passer son message. Dans le cas présent, son contenu était facile à traduire, grâce à la vieille Bible de poche du pasteur. Sonia décida de ne parler de son incroyable découverte à Oskar que pour Noël. Ce serait le cadeau qu'elle offrirait à son futur époux et, par son intermédiaire, à l'humanité entière, s'il voulait se charger de diffuser le message de l'espace. Il aurait là de quoi s'occuper pour le restant de ses jours.

Le soir du réveillon, avant de passer à table, Sonia Sammalisto lut l'Évangile de Noël. Le repas terminé, après qu'Oskar lui eut offert une bague en or, la jeune femme donna son cadeau à son fiancé : elle annonça avoir décrypté le signal extraterrestre capté à Solovki. Il s'agissait d'un extrait du Nouveau Testament (2), de l'Évangile selon Jean (4), chapitre XIV, verset 6. Huuskonen vérifia aussitôt si Sonia avait bien lu la Bible.

« Incroyable ! Ce doit être ça ! L'humanité nous remerciera pour cette promesse de salut ! Aux siècles des siècles, amen ! »

Dans la pénombre de la nuit de Noël, à la lueur des bougies et du reflet du feu allumé dans la cheminée, le pasteur Oskar Huuskonen lut d'une voix sonore le sidérant message du Livre :

« Je suis le chemin, la vérité et la vie. »

PREMIÈRE PARTIE
L'OURSON ORPHELIN

DU MÊME AUTEUR

Composition QUALAME
Impression Novoprint
à Barcelone, le 15 octobre 2008
Dépôt légal : octobre 2008

ISBN 978-2-07-035949-3./Imprimé en Espagne.

161249